모든
　　저녁이
저물 때

Aller Tage Abend
by Jenny Erpenbeck

Copyright ©2012 by Albrecht Knaus Verlag, a division of
Verlagsgruppe Random House GmbH, München, Germany
Korean Translation copyright ©2018 by Hangilsa Publishing Co.,Ltd.

This Korean edition is published by arrangement with Verlagsgruppe Random House GmbH
through BC Agency, Korea.

모든
저녁이
저물 때

예니 에르펜베크 장편소설
배수아 옮김

한길사

지난여름만 해도
우리는 여기서 기차를 타고 마리엔바트로 갔다.
그런데 이제,
이제 우리는 어디로 가는 걸까?

• W.G. 제발트, 『아우스터리츠』 중에서

제1권   9
막간극   75

제2권   83
막간극   145

제3권   151
막간극   211

제4권   225
막간극   257

제5권   265

옮긴이의 말·배수아   305

제1권

1

신이 주셨고, 신이 거두어갔다.
할머니는 구덩이 옆에서 그녀에게 말했다. 하지만 그 말은 틀렸다. 신은 주신 것보다 훨씬 더 많이 가져가버렸기 때문이다. 지금의 아이뿐 아니라 아이가 자라서 될 미래의 모습까지도 전부 저 아래에, 땅속에 묻혀 있다. 흙 세 줌 그리고 등에 책가방을 메고 집을 나서는 어린 여자아이가 땅속에 묻혀 있다. 아이가 점점 멀어지는 동안, 책가방은 계속 아래위로 춤을 추며 흔들린다.
흙 세 줌 그리고 하얀 손가락을 움직여 피아노를 치는 열 살 난 여자아이가 땅속에 묻혀 있다. 흙 세 줌 그리고 구리처럼 윤기 나는 붉은 머리카락 때문에 남자들의 눈길을 끄는 소녀의 몸 위로 흙이 덮였다. 흙이 세 번 뿌려졌고, 이제 성인이 된 여자아이, 어느 날부터 동작이 느려지기 시작한 그녀의 손에서 일감을 가져가면서, 어머니 그만 이리 주세요, 라고 말했을 처녀도, 흙이 입속으로 밀려들어가면서, 천천히 질식해 죽어갔다.
흙 세 줌 아래 한 늙은 여자가 묻혀 있다. 동작이 느려지기 시작하면서부터 다른 젊은 여자나 아들에게서, 어머니 그만 이리 주세요,

라는 말을 종종 듣게 될 늙은 여자도 이제 땅속에서, 자신의 몸 위로 흙이 충분히 덮이기를, 그래서 무덤이 가득 채워지기를, 완전히 채워지는 것 이상으로 조금 더 많이 채워지기를 기다리고 있다. 땅속 깊이 묻혀 있어서 아무도 실제로 볼 수는 없는 육신이지만 그래도 그 부피만큼 무덤 모양이 봉긋하게 솟아날 테니까. 갑작스레 죽은 갓난아기의 몸은 봉분을 만들지 못한다. 하지만 원래 무덤이란 알프스 산맥처럼 거대하게 우뚝 솟아야만 하는 거라고 그녀는 생각했다. 비록 알프스를 한 번도 직접 보지는 못했지만.

　어린 시절 할머니의 옛날이야기를 들을 때면 늘 앉곤 했던 그 발받침대에 그녀는 지금 앉아 있다. 그것은 그녀가 결혼할 때 유일하게 물려받고 싶어 했던 할머니의 물건이었다. 그녀는 지금 현관의 발 받침대에 앉아 벽에 등을 기대고 두 눈을 감은 채 친구가 앞에 가져다놓은 물과 음식에는 손도 대지 않고 있다. 이레 동안 그녀는 이렇게 앉아 있을 것이다. 남편이 그녀를 일으켜 세우려고 갖은 방법을 다 썼지만, 강철 같은 의지를 꺾지 못했다. 마침내 문이 남편의 등 뒤에서 닫히자, 그녀는 기뻤다.
　바로 지난주 금요일만 해도, 아기의 증조할머니가 잠든 아기의 머리를 쓰다듬으면서 "우리 딸내미"라고 부르지 않았던가. 그녀가 딸을 낳음으로써 그녀의 할머니는 증조할머니로 바뀌었고, 어머니는 할머니로 바뀌었다. 그러나 이제 모든 변화는 무효가 되었다. 그저께, 그때까지만 해도 아직 할머니로 불릴 수 있었던 그녀의 어머니가 담요를 한 장 가져왔다. 쌀쌀한 날에 갓난아기와 함께 공원을 산책할 때 쓰라는 것이었다.

밤에, 남편이 어떻게 좀 해보라며 고함을 질렀다. 하지만 그녀는 이런 상황에서 무얼 어떻게 해야 하는지 아무 생각도 떠오르지 않았고, 머릿속이 하얗게 텅 빌 뿐이었다. 남편이 고함을 지르고, 그녀는 무얼 어떻게 해야 하는지 아무 생각도 떠오르지 않던 짧은 순간 이후, 남편도 무얼 어떻게 해야 하는지 아무 생각도 떠오르지 않던 그날 밤 그 순간 이후, 남편은 그녀와 한마디 말도 나누지 않았다.

위급한 상황에서 그녀는 어머니에게 달려갔다. 어머니는 이제 할머니가 아니었다. 어머니는 그녀에게 당장 집으로 돌아가라고, 집에서 기다리고 있으면 사람들을 보내주겠다고 말했다. 남편이 거실에서 계속 서성이는 동안 그녀는 차마 아기를 건드릴 엄두도 내지 못했다. 그녀는 집 안의 양동이란 양동이에 모두 물을 채워 집밖으로 가져가 쏟아버렸다. 복도의 거울을 담요로 덮었고, 아기가 있는 방의 창문을 밤을 향해 활짝 열었다. 그런 다음 그녀는 요람 곁에 앉았다.

이렇게 손을 놀리면서 그녀는 인간이 거주하는 삶의 영역을 상기할 수 있었다. 하지만 여기 그녀의 집 안에서 발생한 지 한 시간도 채 되지 않은 그 일은, 인간의 손이 닿지 않는 영역에 속했다.

불과 8개월 전 그녀의 딸이 출생한 순간도 마찬가지였다. 하룻밤, 하루 낮 그리고 다시 하룻밤 동안 아기는 몸 밖으로 나오지 않았다. 그녀는 차라리 죽고 싶었다. 그동안 그녀는 삶에서 너무나 아득히 멀리까지 떨어져 나갔다. 밖에서 기다리는 남편에게서, 방 한구석 의자에 앉아 있는 어머니에게서, 수건과 대야를 들고 분주한 산파에게서 멀리 있었고, 자신의 몸 안에 들어 있다는, 하지만 보이지 않는 상태로 쐐기처럼 박혀 있는 아기에게서도 진작부터 아득히 멀어진 상태였다.

다음 날 아침 딸을 낳은 그녀는 침대에 누워서, 자신의 임무를 척척 해치우고 있는 주변사람들을 지켜보았다. 이제 할머니로 바뀐 그녀의 어머니는 축하인사를 하러 온 친구를 맞았고, 증조할머니로 바뀐 할머니는 아기 침대에 걸어줄 시편 21편이 적힌 카드와 갓 구운 따끈한 케이크를 가져왔다. 남편은 아기의 탄생을 기념하는 축배를 들기 위해 술집으로 갔다. 그녀는 아기를 가슴에 안고 있었다. 아기는 출산 몇 달 전부터 그녀와 그녀의 어머니 그리고 할머니가 곱게 수를 놓아둔 옷을 입고 있었다.

마찬가지로 지금 일어난 일에도, 그에 맞는 질서가 있었다. 동이 트자 사람들이 왔고, 요람에서 아기를 꺼낸 다음 천으로 싸고 커다란 들것 위에 올렸다. 천으로 감싸인 뭉치는 너무나 작고 가벼워서, 그들이 계단을 내려가는 동안 굴러떨어지지 않게 한 사람이 손으로 붙들고 있어야만 했다. 제발 부탁이야, 계단에서 굴러떨어지지는 말아줘. 제발. 그녀는 바로 그날이 저물기 전에 아기가 땅에 묻히리라는 것을 알았다.

지금 그녀는, 할머니에게서 결혼식 선물로 받은 조그만 나무 발받침대에 앉아, 가까운 이의 죽음을 겪은 다른 사람들이 하는 걸 본 대로, 두 눈을 감고 있다. 예전에 간혹 그녀는 장례를 마치고 아직 슬픔에 잠겨 있는 유가족들에게 음식을 가져다주곤 했다. 그런데 지금은 한 친구가 가져다놓은 음식 그릇이 그녀의 발치에 놓여 있다. 지난밤 집 안에 있는 물이란 물은 모두 바깥으로 쏟아버렸듯이, 왜냐하면 죽음의 천사가 검을 물에 담가 씻을 테니까. 거울을 덮고 창문을 열어놓았듯이, 왜냐하면 다른 사람들이 그렇게 하는 걸 보았으니까. 하지만 그 이유만은 아니고, 그래야 아기의 영혼이 되돌아오지 않고 영원히 날아가 버릴 것이기 때문에. 이제 그녀는 이레 동안 여기 이렇게 앉아 있을 것이다. 왜냐하면 다른 사람들도 이렇게 앉아 있는 것을 보았으니까. 하지만 그 이유만은 아니고, 그녀 자신이 이 자리 말고 다른 어디에 있어야 할지 도무지 알 수가 없었으므로, 지난밤 아기가 있던 방에, 그 비인간적인 장소에 이제는 발을 들이고 싶지 않았으므로. 인간의 관습은 마치 판자 보행로처럼, 비인간성 속으로 깊이 파고들어갔다. 조난자가 붙잡고 물 밖으로 머리를 내밀 수는 있는, 하지만 그 이상은 아무것도 할 수 없는 구조물. 신이 아니라 우연이 지배하는 세상이라면 얼마나 좋을까, 하고 그녀는 생각한다.

담요가 너무 두꺼웠다는 것이 이유일지도 모른다. 아기가 똑바로 누워서 잤다는 것도. 자다가 사레가 들렸을지도 모른다. 아기가 아팠는데 아무도 그걸 몰랐을 수도 있다. 문이 닫혀 있어서 아기가 울어도 거의 들리지 않았을 것이다. 아기방에서 어머니의 발소리가 들린다. 그녀는 보지 않고도 어머니가 거기서 뭘 하는지 안다. 요람에서 이불과 베개를 꺼내고, 커버를 벗긴다. 요람의 지붕에 씌워진 천을 나무틀에서 빼내고 요람을 한쪽 구석으로 치워둔다. 팔 한가득 커버와 이불보를 안은 어머니가 방을 나와, 여전히 두 눈을 감은 채 발 받침대에 앉아 있는 딸의 곁을 지나, 빨랫감을 모두 세탁실로 갖고 내려간다. 그녀는 아직 너무 젊어서, 지금 당장 해야 할 일을 모르니까. 그녀의 어머니는 단 한 번도 그런 얘기를 들려주지 않았으니까. 아무것도 모르기로는 그녀의 남편도 마찬가지니까. 엄격하게 말해서 그동안 그녀는 언제나 오직 아기와, 생명이 있던 아기와 단 둘뿐이었으니까. 생명이 기계처럼 작동하는 건 아니라고 말해준 사람이 이전에 단 한 명도 없었으니까.

어머니가 다시 돌아온다. 어머니는 지나가면서 거울에 덮여 있는 담요를 벗기고, 차곡차곡 접어 아기방으로 갖고 가 가방 가장 깊숙한 곳에 넣는다. 어머니는 오로지 그 목적으로 일부러 가방을 갖고 온 것이다. 그다음 옷장 서랍에서 아기 물건을 모조리 꺼내 담요가 든 가방에 함께 넣는다. 아기를 낳기 전 임신부였던 그녀와 어머니 그리고 할머니는 다 같이 이 겉옷을, 원피스를, 모자를 바느질하고, 수놓고, 뜨개질했다. 이제 어머니는 텅 비어버린 서랍을 닫는다. 옷장 위에는 은색 방울이 달린 장난감이 있다. 어머니가 그것을 치우는 순간, 방울이 잘랑거리면서 울린다. 어젯밤에도, 아직 어머니였던 딸이 아기와 놀아줄 때, 이 방울은 이렇게 울렸다. 방울소리는 그동안 흘러간 스물네 시간 동안 조금도 달라지지 않았다.

이제 어머니는 장난감을 가방 제일 위에 놓고, 가방을 닫고 나서 가방을 든다. 그리고 방을 나와 가방을 들고 현관에 있는 딸 곁을 지나, 가방을 지하실로 가져간다. 그런데 어쩌면, 아기가 아직 세례도 받지 않았고, 아기 부모가 시간이 없어 그냥 법률혼만으로 예식을 치른 것이 이유일지도 모른다. 유대교 풍습에 따라 그들은 오늘 아기를 묻었고, 유대교 풍습에 따라 그녀는 앞으로 이레 동안 여기 발받침대에 앉아 있을 것이나, 남편은 여전히 그녀와 말을 하지 않는다. 지금 그는 분명 교회에서 아기의 영혼을 위해 기도하고 있으리

라. 그런데 아기의 영혼이라니, 그건 어디로 갔단 말인가. 연옥인가, 천국인가 아니면 지옥인가. 또는 많은 사람이 흔히 믿는 것처럼, 아기에게는 부모가 모르는 다른 삶이 있었고, 아기는 거기서 끝내지 못한 일을 마치기 위해 아주 짧은 시간 동안만 이 세상에 머물다 갈 목적으로 태어난 그런 영혼 중의 하나였으므로, 그래서 그렇게 서둘러 돌아가 버린 것일까. 그런 영혼들은 어디서 온 것일까.

  어머니가 다시 온다. 아기방으로 들어가서 창을 닫는다. 어쩌면 삶 저편에는 아무것도 없는 것이 아닐까. 이제 집 안은 쥐죽은 듯 고요해졌다. 사실상 그녀가 가장 소망하는 바였다.

  어두워질 무렵, 그녀의 젖가슴은 딱딱해지면서 아프기 시작한다. 젖이 아직도 있다. 땅속에 묻혀버린 아기를 위한 젖이 아직도 있다. 그녀는 지금 너무 많이 갖고 있는 그것 때문에 딱 죽어버리고 싶은 심정이다. 아기가 숨을 가쁘게 몰아쉬다가 마침내 얼굴이 파랗게 질리는 동안, 그녀는 마음속으로 자신의 모든 생명을 아기에게 넘겨주었고, 조상들의 신과 거래하여, 그녀 자신의 생명과 그녀의 몸에서 태어난 생명을 교환하기를 간절히 원했다. 그러나 신은, 신이 있다는 전제하에서, 그녀가 건넨 것을 받지 않았다. 그녀는 여전히 살아 있다.

  지금 문득 생각이 났는데, 결혼식을 마친 뒤로 그녀가 할아버지를 보러 가겠다는 것을 할머니는 끝내 허락하지 않았다. 나중에 아기를 낳은 다음 그녀가 아기를 반드시 보여주어야 한다고 고집을 피우고 나서야 알게 된 사실은, 할아버지가 바로 그날에, 자신의 손녀가 비유대교인과 결혼하는 날에, 멀쩡히 살아 있는 신부를 위해서 사자를 애도하는 의례 시바^{shiva}를 치렀고, 노쇠한 몸으로 이레 동안 침대에 앉은 채로 보냈다는 것이다. 천상에서 보자면, 할아버지의 하늘에서 보자면, 그녀 또한 이미 생사의 경계를 넘어선 것이나 다름없었고, 그러니 신에게 교환하자고 내놓을 물건 따위는 애초에 갖고 있지도 않았던 셈이다.

밤이 되자 그녀는 음식 그릇을 옆으로 치우고, 발 받침대가 있는 자리에 그대로 드러누워 잠을 잔다. 어머니가 잠자리에 드는 소리를 그녀는 듣지 못한다. 남편이 돌아오는 소리도 듣지 못한다. 이 밤의 어느 순간, 갈리시아의 한 작은 도시, 북위 50.08333도, 동경 25.15000도에서, 한 갓난아기가 갑자기 사망한 지 정확히 스물네 시간이 지난다.

2

어두컴컴한 오두막 안, 한 노인이 침대에 말없이 누워 있다. 이미 오래전부터 그는 매일 그렇게 누워 있었다. 다들 자신이 죽어간다고 수군댄다는 것을, 그도 알고 있다. 하지만 대부분의 사람들에게 죽음은 작은 대기실 같은 것이어서 한 걸음만 앞으로 내디디거나 한 번만 펄쩍 뛰면 방을 가로질러 다른 쪽으로 건너갈 수 있는 데 반해, 그에게 죽음은 엄청나게 광활한 공간이라 그곳을 건너가기가 참으로 힘겹기만 했다. 아마도 노인이 너무 쇠약한 탓이리라.

그의 곁에는 아내가 앉아 있다. 오랫동안, 한마디 말도 없이. 그 사이에 바깥은 다시 어둠이 덮인다. 신이 주셨고, 신이 거두어갔어. 마침내 아내의 입에서 이 말이 흘러나온다.

지난 연초에 아내는 시간만 나면 그의 곁으로 와 앉아 뜨개질을 했고, 그는 비록 시력은 좋지 않았으나 그녀가 뭔가 아주 작은 물건을 만들고 있음을 알아차렸다. 어느 날 아내는 그들이 일주일은 충분히 먹을 만한 밀가루와 재료를 꺼내서 케이크를 굽더니, 집 밖으로 나갔다. 그 주의 안식일 수프에는 달걀이 들어 있지 않았다. 그는 묻지 않았고, 아내도 설명할 필요가 없었다.

오늘 아침 일찍, 아직 날이 밝기도 전에, 그는 잠결에 아내와 딸이 옆방에서 소곤거리는 소리를 어렴풋이 들었다. 점심식사 후에 아내는 집을 나갔다가 어둠이 깔릴 무렵에야 돌아와 그의 곁에 와서 앉더니, 오랫동안 침묵을 지키다가 마침내 말했다. 신이 주셨고, 신이 거두어갔어.

손녀의 결혼식에 이들 노부부는 초대받지 못했다. 그날, 손녀가 비유대교인과 결혼하는 날에, 노인은 침대에서 일어나 앉았고, 살아 있는 신부를 위해, 보통은 죽은 자를 애도할 때나 행하는 시바를 치렀다.

지금 그의 아내는 말이 없다. 병들어 누워 있는 늙은 남편 곁에서 말없이 머리를 흔든다. 도대체 무슨 생각으로 우리 딸내미가 자기 딸을 이교도와 결혼시켰는지, 정말로 모를 일이야, 하고 노인은 말한다.

3

그녀는 담요와 베개를 요람에서 꺼내고, 이불보와 베개 커버를 벗긴다. 요람의 지붕에 씌워진 천을 나무틀에서 빼내고 요람을 한쪽 구석으로 치워둔다. 불행은 이미 오래전에, 그녀의 딸이 갓난아기였을 때 시작되었다. 바깥에서 소음이 들려오자, 남편은 즉시 보모에게 아기를 안겨 아기방으로 보내면서, 방문을 걸어 잠그라고, 밖에서 두드려도 절대 열어주면 안 된다고, 창의 덧문도 단단히 잠그라고 일렀다.

그들은 맨 아래층의 창에서 창으로 옮겨 다니면서 밖의 동정을 살폈다. 주변의 거리와 집 앞의 광장에 사람들이 모여 있는 것 같았다. 달리는 사람, 고함지르는 사람도 많았다. 하지만 그들이 고함치는 말은 무슨 소리인지 알아들을 수가 없었다. 첫 번째 돌이 집으로 날아들어 올 때 그녀와 남편은 아직 1층 창의 덧문도 다 닫지 못했다. 남편은 누가 돌을 던졌는지 내다보다가, 안드레이가 그랬다는 것을 알았다. 안드레이, 그가 창밖으로 소리 질렀다. 안드레이! 그러나 안드레이는 듣지 못했거나, 어쩌면 못들은 척했을 가능성이 더 큰데, 안드레이는 자기가 돌을 던진 이 집에 누가 사는지 너무 잘 알고 있었기 때문이다. 곧이어 안드레이가 던진 돌이 유리창을 깨고 날아들어 왔고, 아슬아슬하게 그녀의 머리를 스쳐지나가 그녀 뒤의 책장 유리문을 박살내고, 남편이 부모님에게서 졸업선물로 받은 가죽장정의 괴테 전집 제9권을 맞추었다.

그 어느 곳에도 바람이 없어라! / 죽음 같은 고요 치가 떨리도다! / 망망한 끝없음의 한가운데 / 한 점의 파도도 일지 않는도다!

그러자 남편은 화가 머리끝까지 치밀어 올라 현관문을 열어젖혔다. 안드레이의 멱살을 움켜쥐고 단단히 야단을 쳐줄 작정이었겠지만, 안드레이가 다른 청년 서너 명과 함께, 그들 중 한 명은 손에 도끼까지 들고, 집을 향해 빠른 걸음으로 다가오는 걸 보자, 금세 다시 문을 닫아버렸다. 재빨리 열쇠로 문을 잠그고, 아내인 그녀와 함께, 이런 위급한 상황에 대비해 늘 문 근처 손닿는 곳에 두는 널빤지를

문에 대고 못질을 하려고 했다. 하지만 그러기에는 이미 너무 늦었다. 못이 어디 있고, 망치는 어디 있는지, 벌써 문짝은 도끼질에 틈이 벌어지기 시작했는데. 안드레이, 안드레이.

그녀와 남편은 계단을 달려 올라가, 보모와 아기가 있는 방문을 두드려댔으나 보모는 문을 열지 않았다. 보모는 들어오려고 하는 이가 누군지 알아차리지 못했거나, 아니면 공포심이 너무 커서 문을 열지 않은 것이다. 그녀와 남편이 집의 가장 꼭대기 가파른 계단을 올라가 다락방으로 몸을 숨겼을 때, 안드레이와 그 일행은 이미 아래층에 침입해 들어온 다음이었다. 침입자들은 1층의 유리창이란 유리창은 남김없이 깨부수었고, 창틀을 벽에서 뜯어냈으며, 책장을 쓰러뜨렸고, 침대보를 갈가리 찢어발겼고, 그릇과 유리 용기들을 산산조각 냈으며, 식료품을 길거리에 쏟아버렸다. 그러던 중 한 명이 그녀와 남편이 다락방 문을 막으려고 하는 소리를 듣자, 그들은 1층에서 난동 피우던 것을 당장 중단하고 계단을 달려 올라갔다. 올라가는 도중에도 벽지를 찢고, 도끼로 여기저기 찍어서 벽에 구멍을 냈다. 얇디얇은 다락방 문 뒤에 있는 그녀와 남편은, 빗장을 지르기는 했으나, 문을 안전하게 막아줄 만큼 무거운 가구는 찾지 못했고, 침입자들의 발소리는 마지막 가파른 다락방 계단을 올라오는 중이었다.

신이여 내 기도를 들으시어 내 부르짖음에 귀 기울이소서. 내 눈물 흘릴 때에 침묵하지 마옵소서. 나는 당신의 집에 깃든 나그네며 내 조상들이 그랬듯이 이방인으로 떠도나이다. 나를 용서하시어 내가 죽음으로 영원히 사라지기 전에 강건함을 회복하게 하소서.

하늘에 계신 신이시여. 아래로 내려갈 길이 없다면, 위로 올라가는 수밖에 없었다. 그들은 맨손으로 지붕의 벽돌을 하나하나 쳐내며 빠져나갈 구멍을 만들기 시작했다. 그러나 그들의 등 뒤에 있는 문은, 침입자들을 아주 잠시 동안 막아주기는 하겠으나 너무나 얇은 판자조각에 불과했다. 남편의 도움으로 그녀가 먼저 구멍을 통해 지붕 위로 올라갔다. 그런 다음 그녀는 남편을 끌어올리려고 했다. 그 순간 얇은 문짝이 폭도들의 도끼질을 더는 버티지 못하고 부서졌다. 그녀는 남편의 한쪽 팔을 잡아당기는데, 아래에서는 폭도들이 다른 쪽 팔을 붙잡았다.

롯은 자신의 집에 손님으로 든 천사들을 밖으로 내보낼 생각이 없었다. 그는 문지방에 버티고 서 있고, 폭도들은 그의 팔을 잡아끌면서, 손님을 끝까지 보호하려는 그를 처벌하려고, 적어도 그에게 덤벼들어 그를 때리려고, 그를 능욕하고 침을 뱉어주려고, 그를 학대하고 짓밟아 뭉개려고 했다. 하지만 천사들이 집 안에서 그의 다른 쪽 팔을 손수 잡고 있으니, 천사들은 강하여, 바깥의 폭도들을 단번에 눈멀게 만들어 롯을 다시 집 안으로 들인 다음 그와 폭도들 사이에 문을 닫아 걸어버렸다. 밖에 있는 자들은 서로를 보지도 못하고 롯의 집 입구를 찾지도 못하니, 손으로 벽을 더듬으면서 돌아갈 수밖에 없었다.

오, 신이여 지체하지 마시옵소서.

그녀에게는 천사의 힘이 없어서, 남편을 자신이 있는 위로 끌어올리지도 못한다. 남편의 팔을 붙든 채, 어린 시절부터 알고 지내던 안드레이에게 제발 봐달라고 사정한다. 그녀가 모르는 다른 남자들에게, 그중에서 도끼를 들고 있는 자에게도, 봐달라고 사정하고 사정한다. 하지만 그녀가 위에서 남편의 손을 꼭 잡고 있는 동안에, 아래에서는 남편이, 그녀가 모르는 남자들에게, 그녀가 어린 시절부터 알고 지내던 안드레이에게, 일단은 욕설을 듣고, 그런 후에 사정없이 두들겨 맞고, 마침내는 그녀 자신의 눈 아래서, 고기처럼 난도질을 당한다. 그녀는 손을 놓지 않는다. 처음에 그녀가 손에 잡고 있던 것은 남편이었으나, 나중에는 한 조각의 너덜너덜한 살덩이다. 마침내 그녀가 지붕 위로 끌어올린 것은 더는 생명이 붙어 있지 않은 물체뿐이다. 그 순간 그녀는 죽음을 손에 쥔 유대인 과부다.

그제야 그녀는 손을 놓고 일어서서, 눈 아래 펼쳐진 작은 도시를, 탁 트인 풍경을 내려다본다. 햇빛이 환한 날이다. 짚으로 덮은 지붕과 널빤지를 인 지붕이 있고, 거리와 광장, 우물이 보이고, 더 먼 곳에는 들판과 숲이 있으며, 목초지에는 소들이 있고, 마차 한 대가 들길을 달려간다. 집 아래에는 사람들이 모여 서서 그녀를 올려다본다. 그들은 침묵 속에서, 조금도 움직이지 않는다. 그리고 불현듯 그녀는 본다, 눈이 내리는 것을. 이제 모든 것이 얼어붙겠구나, 하고 그녀는 생각한다. 좋구나, 눈이라니, 눈이라니. 그리고 의식을 잃은 그녀는 쓰러지며, 가파른 지붕에서 아래로 굴러, 행운 덕분인지, 침입자들이 조금 전에 길거리로 집어던진 옷가지와 이불, 커튼 등이 잔뜩 쌓인 더미 위에 떨어진다.

그녀는 갈가리 찢긴 누더기 더미 위에, 지난여름 자신이 직접 만든 나무딸기 잼의 피 한가운데 가만히 누워 있다. 잼 병은 그들이 내던지는 바람에 산산이 부서졌고, 그녀는 부러진 팔다리로 두 눈을 감고 가만히 누워 있다. 침묵 속에서 바라보는 광장의 사람들 가운데 누구도 가까이 다가와 그녀의 생사를 확인하려 하지 않는다. 그녀는 살아 있으나, 그 순간 그녀 스스로는 그 사실을 알지 못한다. 그녀가 추락하자 집 안에서는 다시 한번 더 광란의 회오리가 일면서, 찢겨진 침대에서 더 많은 깃털이 빠져나와 흩날리고, 공기 중에 둥둥 떠다니던 부드러운 거위 솜털은 나뭇가지 위로 느리게 내려앉는다. 눈이라니, 눈이라니, 마치 겨울과도 같구나.

팔 한가득 빨랫감을 든 그녀는 이제 아기방을 나와 발 받침대에 앉아 있는 딸 곁을 지나간다. 그녀는 자신이 왜 딸을 기독교인과 결혼시켰는지, 그 이유를 너무나 명백하게 알고 있다. 그녀는 딸이 아버지에 대해서 묻기 시작하자 아버지는 어느 날 집을 나가서 영영 돌아오지 않았다고 설명했다. 왜 아버지는 집을 나갔나요? 그래서 어디로 간 건가요? 언젠가는 돌아오나요?

책장에는 새 유리를 끼워 넣었다. 그녀는 유대인 거주지역의 집을 팔고 시내로 이사했으며, 남편이 운영하던 상점을 이어나갔다. 조금이라도 남는 돈은 전부 딸의 결혼자금으로 모아두었다. 딸이 이제 조만간 깨닫게 될 사실을 그녀는 이미 오래전부터 잘 알고 있었다. 한 사람이 죽은 하루가 저문다고 해서, 세상의 모든 저녁이 저무는 것은 결코 아니라고.

4

그가 일생 동안, 특히 최근 3년간 더욱 강하게 가졌던 예감이 지금 확연히 명백해졌다. 그 예감이란 정해진 궤도를 아주 약간이라도 벗어난 사람은, 이런저런 나락의 구렁텅이를 향해 똑바로 돌진한 사람과 조금도 다를 바 없는 종말을 피할 수 없다는 것이다. 갈리시아 지방 칼 루드비히 철도의 35킬로미터 구간을 책임지는 오스트리아-

헝가리 제국의 철도 공무원으로서 그는, 질서의 창출뿐 아니라, 이미 질서가 창출된 곳이라도 그 질서를 얼마나 잘 유지하느냐가 만사를 결정한다는 것을 잘 알고 있었다. 하지만 삶은 평생 그를 가로막기만 했다. 월급도 받지 못하던 수습 시절, 너무나 굶주리다 못해 그는 빚을 냈다. 그래서 수습 기간이 끝나고 정규공무원 11등급, 즉 최하위 급료를 받을 때부터 그는 이미 빚의 수렁에 빠진 상태였다. 어쨌든 그의 굶주림은 적어도 그가 살아 있다는 상징이었고, 그 첫해 겨울 그가 겪어야 했던 추위도 마찬가지였다. 하지만 그 빚은 감독관이 몰래 작성하는 '비밀평가서'에는 부정적인 영향을 미칠 것이다. 과연 언제 11등급에서 10등급으로 올라가 빚을 약간이라도 갚을 수 있을지, 당시 그로서는 짐작도 할 수 없었고, 그에게 말을 해주는 사람은 아무도 없었다. 다시 말해서, 정상적인 삶으로 다시 올라설 수 있는 전망은 보이지 않았다. 일단 한번 주도권을 잡은 삶은 흔히 그렇듯이 절대로 물러설 생각이 없었고, 그렇게 굶주림과 추위는 또 다른 굶주림과 추위를 불러왔다.

 그 무렵 그는 유대인 상점 여주인과 딸을 알게 되었다. 특히 딸은 피부가 얼마나 하얀지, 만약 그가 딱정벌레라서 그녀의 피부 위를 기어 다닌다면 눈처럼 흰 빛 때문에 금세 눈이 멀어버릴 것 같았다. 그녀에게 청혼했을 당시, 어디가 길이고 어디가 아닌지 그가 알기만 했더라면. 유대인의 지참금으로는 빚이 없어지지 않는다. 설사 빚을 다 갚았다 해도 말이다. 그리고 다른 점이 있다. 그 다른 점은, 자신 주변에 침묵이 퍼지는 것으로 확인된다. 클럽에서 또는 사무실에서. 그런 침묵은 보편적으로 종말과 관련된 그 무엇이라는 것을, 이제 그는 이해한다. 종말이 눈에 보이는 시점에서, 그는 이제 알게 되었다. 갑자기 아기가 조용해진 것을.

그의 아버지는 그들이 법률혼을 할 때도 아기가 태어날 때도 오지 않았다. 길이 너무 멀고 돈이 너무 많이 든다고 했다. 그러니까 3년 동안 아버지는 그를 보지 않은 것이고, 아무 일도 일어나지 않았다면, 그 역시 아버지를 두 번 다시 만날 일이 없었으리라. 아기가 태어난 다음 날 아침 그는 혼자 주점으로 가서 생판 모르는 사내들과 함께 갓난아기를 위해 축배를 들었다. 화주를 들이키기 전에 입속에서 혀로 맛을 음미하는데, 문득 막 태어난 자신의 어린 딸도 입속에 혀를 갖고 있으며, 몸속에는 장기臟器까지 지니고 어머니에게서 빠져 나왔다는 것이, 몸속에 동굴을 지닌 채로 어머니의 동굴에서 빠져 나왔다는 것이 생각났다. 11등급의 공무원은, 생명을 지닌 존재를 낳았고, 그 사실을 인정하기 위해서는 어떤 비밀평가서도 필요하지 않았다.

황제가 지나가는 것을 축하하려고 브로디역 주변을 꽃으로 장식하기 위해 200파운드 정도에 상당하는 끈이 필요했다. 선로 사이의 횡목을 교체할 단면 15센티미터의 떡갈나무 목재도. 11등급 공무원 연봉은 600굴덴인 데 반해 10등급은 800굴덴을 받았고, 행운이 따른다면 200굴덴을 보너스로 받을 수 있다. 그런데 이렇게 계산할 수 없는 일에는 어떻게 대처해야 하나. 한 아기가 살아 있던 1초와 이제는 살아 있지 않은 1초 사이에는 얼마나 긴 순간이 가로놓였는가. 그런 한순간과 한순간을 가르는 것이 정녕 시간일까. 아니면 다른 이름으로 불러야만 하는 그 무엇인데 아직 적당한 이름이 만들어지지 않은 것일까. 한 아기를 죽음의 영역으로 끌고 가는 힘을 어떻게 예측해낼 수 있을까.

그는 약혼녀의 다리 사이 새하얀 틈새를 처음으로 상상하던 순간을 기억한다. 포동포동하고 탄력이 있으며, 손가락으로 벌리면 조그맣고 새빨간 닭 벼슬이 보일 거라고. 하지만 결혼한 후에 그가 사랑한 것은 땀에 흠뻑 젖은 그들 두 사람의 육체가 서로의 살을 비비다가 서로에게서 떨어질 때 나는 소리, 쭉쭉거리고 빨아들이는 소리였다. 그들의 입과 혀, 입술은 서로의 속으로 파고 들어갔으며, 원래는 각자 별개의 존재인 그들은, 끊임없이 빨고 또 빨면서, 오직 살덩이로 구성된 단 하나의 축축한 구멍으로 변해버렸다. 살덩이, 살덩이, 종종 살덩이란 그 말 하나만으로도 그를 흥분시키기에 충분했다. 그러나 어젯밤, 아내의 팔에서 축 늘어진 죽은 아기를 빼앗아 요람에 눕힌 이후로, 그는 죽은 것이 얼마나 차가운지를 알게 되었으니, 막연히 예상하고 있던 정도보다 훨씬 더 차가웠다. 그 차가운 감촉을 도저히 잊을 수 없을 것 같았다. 그, 11등급의 공무원은, 죽은 존재를 낳고, 그 사실을 확인하기 위해서는 어떤 비밀평가서도 필요하지 않았다.

그가 앉아 있는 주점, 거칠거칠한 소나무 목재 바닥에 햇살이 떨어진다. 어젯밤에 그가 이곳에 왔을 때는 러시아인 탈영병 몇 명이 탁자 아래 드러누워 자고 있었다. 그가 독주를 한 잔, 두 잔 그리고 석 잔째 마시고 있자 그들은 잠에서 깨어났다. 그러고는 각자의 꾸러미를 주섬주섬 챙겨, 아마도 미리 약속이 되어 있었던 듯 동이 틀 무렵 나타난 키 작은 대머리 사내와 함께 떠나버렸다. 대머리 사내도 러시아인들도 거의 말을 하지 않았지만, 그런 주점에서 흔히 마주치는 부류인 이 러시아인들은 다시는 자기 나라로 되돌아가지 않기로 결심한 사내들이라는 것만은 분명했다. 그, 11등급의 공무원은 지난밤 그 일을 겪은 이후로, 국경을 넘는 것의 진실한 의미를 갑자기 이해하게 된다. 절대로 되돌아갈 수 없다는 의미를, 그는 너무나 잘 이해한다. 지금까지 그의 인식을 방해하던 사물의 껍데기가, 그가 보고 마주치는 것에서 몽땅 떨어져 나간 느낌이었다. 그래서 그 속에 숨겨져 있던 본질을 원하든 원하지 않든 인식할 수밖에 없고, 그 인식을 견뎌야만 하는 것이다. 하지만 어떻게 견뎌야 하는지 그는 알지 못한다.

그는 아기를 볼 때마다 도대체 이 아기가 어디서 왔을까 종종 의문이 들곤 했다. 어머니가 수태하기 전에 아기는 어디에 있었을까. 지금 그의 소망은, 아기가 나타났다가 너무나 짧은 찰나를 머물다 가버렸거나 아예 처음부터 나타나지도 않았거나, 이 둘 사이에 아무런 차이가 없었으면 하는 것이다. 하지만 그렇지 않다. 그 둘은 차이가 있다. 엄지손가락으로 그는 매끈매끈한 외투 단추를 만지작거린다. 삶과 죽음 사이의 차이를 측량할 만한 그 어떤 척도도 없기에, 그 어리디 어린 아기의 죽음은 다른 모든 죽음과 마찬가지로 오직 절대적일 뿐이다. 그 자신의 직업이기도 한 측량을 이날 아침처럼 무용하게 느낀 적은 단 한 번도 없었다. 일상이 다만 의복에 지나지 않음을 인식하게 된 지금, 그는 일상을 다시 걸쳐야 할 것인가.

지난밤 그는 아내에게 고함을 질렀다. 아내는 아기를 안고 어떻게든 달래보려고 했지만, 실제로는 뭘 어떻게 해야 할지 판단을 내리지 못해 허둥지둥하기만 했다. 왜냐하면 죽음을 달랠 수 있는 방법을 몰랐으므로. 하지만 그가 고함을 지른 것은 그 자신도 죽음을 달래는 방법을 몰랐기 때문이다.

그, 최하급 공무원인 그는, 죽음에 대적할 수 없었다.

그러면 지금은?

키 작은 대머리 남자가 다시 주점에 들어서서, 주인에게 고개를 끄덕이고는, 아침에 러시아인들을 데려갈 때 이미 보았던 오스트리아-헝가리 제국 공무원에게서 그리 멀지 않은 탁자에 앉는다. 공무원은 금색 단추가 달린 외투를 빈 의자 위에 아무렇게나 걸쳐 놓았다. 그 외투가 아니었다면 대머리 남자는 이날 이 시간에는 원래 사무실에서 일하고 있어야 할 사람이 주점에 앉아 있다는 사실을 몰랐을 것이다.

공무원은 면도도 하지 않은 얼굴에 콧수염 끄트머리는 지저분했으며 넥타이조차 하지 않았고, 그런 상태로 어느새 독주를 또 한 잔 앞에 놓고 있다. 그는 창밖을 내다보고 있다. 그곳에는 개 한 마리가 자기 꼬리를 물려고 뱅뱅 도는 중이다. 개는 그러다가 얼어붙은 물웅덩이에서 미끄러져 버둥대더니, 다시 일어나 자신의 덥수룩한 꼬리를 낚아채려는 시도를 계속한다. 간단한 식사로 절인 청어와 맥주 한 잔을 주문한 대머리 남자는 흡족한 기분이다. 바로 오늘, 바로 이 자리에서 새로운 일거리 하나가 더 생길 가능성을, 그는 배제하지 않는다.

5

그녀가 잠에서 깨어났고, 다음 날이 밝았다. 이날도 마찬가지로 하루 종일 발 받침대에 앉아서 보내게 될 것이다. 애도자가 건드리지도 않은 음식 그릇은 분명 밤이나 이른 아침에 어머니가 치워버렸으리라. 부엌에서는 뭔가를 만드는 소리, 물소리, 식탁의 물건을 옆으로 치우는 소리가 들리더니, 복도를 걸어오는 발소리, 그릇이 달그락거리는 소리가 들려온다. 이제 아기방에는 들어갈 일이 없다. 어젯밤 그녀가 잠이 들면서 가졌던 두려움은 현실로 일어나지 않았다. 잠든 사이에 그 일을 까맣게 잊고 있다가, 깨어남과 동시에 기억이 엄청난 충격으로 그녀를 덮치게 될 거라는 두려움 말이다. 그렇지 않았다. 잠자는 내내 그녀는 아기가 죽었다는 사실을 알고 있었고, 깨어나는 순간에도 그 사실을 알고 있었으며, 잠은 현실보다 더 암울하지도 덜 암울하지도 않았다. 그래서 그녀는 무미건조한 일상이 다시 한번 더 무너져 내리는 모습을 보지 않아도 되었다. 그녀가 몸을 일으켜 다시 발 받침대에 앉자, 부엌은 조용해진다. 마치 그녀가 깬 것을 알아차린 어머니가 동정을 엿보며 귀를 기울이는 것처럼.

왜 집이 사냥터 같은가. 거실의 작은 괘종시계가 맑고 텅 빈 소리로 6시를 알리고 나자, 집 안은 완벽한 정적으로 빠져든다. 남편은 보아하니 집에 없는 것 같다. 어제 장례식에서 돌아온 그녀가 발 받침대에 앉았을 때, 그는 그녀를 일으켜 세우려 했으나 그녀의 고집을 꺾지 못하자 밖으로 나가버렸다. 이후로 그녀는 남편을 보지 못했다. 이제 그녀는 어머니와 같은 길을 걷게 될 것인가. 어린 시절, 가족을 떠난 아버지를 상상할 때마다 항상 그녀의 머리에 떠오르는 것은 목매달아 자살한 남자의 모습이었다. 아마 아버지는 미국에 있을 거야, 하고 어머니는 말했다. 아니면 프랑스에 있거나. 하지만 그녀는 한 번도 그 말을 믿은 적이 없다. 어머니는 아버지의 부재에 대해 언제나 확정된 사실로, 불가역적인 사건으로만 언급했지, 아주 조금이라도 딸의 가슴에 아버지가 돌아올지도 모른다는 희망을 심어주는 말, 예를 들면 가까운 도시에서 다른 여자와 새로 낳은 아이들과 함께 살고 있다는 식의 말은 결코 하지 않았다.

종종 그녀는, 처음 보는 사람을 만나 자신의 이름을 말하면 상대편이 순간적으로 말을 잇지 못한다는 느낌을 받곤 했다. 아마 미국에, 하고 어머니는 말했다. 아니면 프랑스거나. 하지만 그녀의 상상 속에서, 아버지는 단 한 번도, 미국에서도, 프랑스에서도, 살아 있는 사람이었던 적이 없다. 근처 도시에서도 아니었다. 아버지는 언제나, 예를 들면 목매달아 자살한 남자의 모습으로 나타났다. 그런 상상 속에서 익숙한 느낌을 주는 것이 있다면, 그건 그가 매달려 덜렁거리고 있었을 숲이다. 아마도 그녀는 아버지가 목매달 끈을 걸었던 그 나무 아래를, 한 번쯤 지나갔을지도 모른다.

뭐 필요한 것이 있느냐고 어머니가 묻는다. 어머니의 등 뒤로는 부엌으로 쏟아지는 햇빛이 보이고, 그래서 어머니의 모습은 어두운 실루엣으로만 나타난다. 딸은 고개를 젓는다. 발 받침대에 앉아 있는 둘째 날, 딸은 어머니와 그리 많은 대화를 나누지 않는다. 그녀보다 어머니를 더 잘 아는 사람은 없고, 어머니보다 그녀를 더 잘 아는 사람도 없다. 그러니 굳이 말을 많이 할 필요는 없다. 그녀는 앉아서, 자신의 일부가 흙 속에 묻혀 썩어가고 있다는 생각을 하고, 그런 다음, 아직 공기 중에서 숨 쉬며 살아 있는 자신의 피부를 들여다본다. 한 친구가 다시 그릇을 들고 찾아와서 말한다. 아이는 또 낳으면 되잖아. 둘째 셋째 넷째 아이도 낳으면 되잖아. 그녀는 대답한다. 나중에 이야기하자. 친구가 가져온 그릇 중 하나에는 달걀이 들어 있다. 의례적으로 그렇게 한다는 건 알고 있지만, 그녀는 그 달걀을 먹고 싶지 않다.

한 이웃 여인은 심지어 문을 두드리지도 않고, 엉엉 울면서 미친 듯이 안으로 뛰어 들어와서는, 신발에 묻은 눈을 털 생각도 하지 않고, 앉아 있는 그녀의 발치로 눈물을 쏟으며 곧장 쓰러진다. 그러고 나서 유일한 판관이시여 칭송 받으소서, 소리를 지르더니, 벌떡 일어나 이번에는 다시 어머니의 목을 잡고 매달려 훌쩍이며, 왜 이런 일이, 왜, 머리를 흔들며, 아무 말도 잇지를 못한다. 너무 울어서 목소리가 나오지 않는 이유다.

이번에는 마부 시몬이 왔다. 그는 현관문에 서서 말한다. 너무나 안타깝다고, 수프를 조금 가지고 왔으며, 그의 아내도 조의를 표한다고, 그런데 아내는 오늘 몸이 좋지 않아 올 수가 없었노라고. 이번에는 다른 친구가 와서, 처음부터 아기가 이상하게 창백해 보였다고 말한다. 또 다른 친구는 왜 의사를 부르지 않았느냐고, 그 정도로 빨리 진행된 거냐고 묻는다. 세 번째 친구는 어린 아기들은 아주 작은 일에도 위험해질 수 있다고, 무한히 위대하신 신이 무엇을 계획하고 계신지 인간이 어떻게 알겠느냐고 말한다. 네 번째 친구는, 그런데 네 남편은 도대체 어디 있는 거냐고 묻는다. 저녁이 되자 할머니가 와서 그녀 곁 바닥에 앉아 손녀의 양말 신은 발을 허벅지에 올리고 손으로 따스하게 감싸니, 그제서야 손녀는, 아기가 죽은 이후 처음으로 눈물을 흘릴 수 있다.

셋째 날, 다시 이런저런 사람들이 온다. 친구들과 유대인 거주지역의 옛 이웃들이, 마치 제단 앞에 모인 사람들처럼 애도자가 앉은 발 받침대 앞으로 하나하나 다가와서, 음식을 건네주고, 위로를 해준다. 그들은 아기를 잃는 마음이 어떤지 잘 알거나, 모르기도 한다. 아마도 그중 적지 않은 수는 이교도와 결혼한 여자에게 그런 불행이 닥친 것을 고소해하고 있을 것이 분명하지만, 그래도 그런 내색을 하지는 않는다. 그래도 네가 살아 있다는 사실이 제일 중요한거야, 그런 말만 하고 만다. 그녀의 입장에서 보자면, 어쨌든 방문객이 있으면 울지는 못하는 것이다. 셋째 날 이미 그녀는, 성스러운 도움의 의무를 다하려고 찾아오는 사람들 때문에 지칠 대로 지쳐버렸고, 아기의 죽음이 이대로 멈추지 않고 계속된다면, 지금 이런 상태로 영원히 지속되면서 조금도 줄어들지 않는다면 과연 견뎌낼 수 있을지 의문이 들기 시작했으나, 방문자 가운데 그 누구에게도 이런 이야기를 하지는 못한다. 셋째 날 저녁, 그녀는 남편이 아직도 돌아오지 않았으니 이제 영영 돌아오지 않으리라는 것을 알게 된다. 그래서 어머니에게 묻는다. 남편 없이 산다는 것은 어떤 건지. 어머니는 대답한다. 어렵단다. 한 친구가 말한다. 늦어도 내일이면 남편이 돌아올 거야. 지금은 분명 정신이 나가도록 술을 마시고 있을걸. 할머니는 그녀 곁에서 아기 노래를 불러준다. 그녀가 어른으로 머무는 시간은 이제 벌써 다 지나갔단 말인가. 그녀가 앞으로 나가는 길을 잃어버리면, 시간은 방향을 돌려, 왔던 길을 거꾸로 가버리는 것일까.

넷째 날, 그녀는 자신의 애도 행위가 어쩐지 낯설게 느껴지고, 한 존재가 이편에 있거나 저편에 있거나 어쩌면 아무런 차이가 없을지도 모른다는 생각을 한다. 다섯째 날 어머니는 말한다. 이제 앞으로 어떻게 할 것인지 슬슬 궁리해봐야지. 여섯째 날, 괘종시계는 맑고 텅 빈 소리로 하루가 가진 모든 시간을 알린다. 이제 아버지를, 만약 그가 목매달아 죽지 않았다면, 아버지를 찾아 나설 때가 된 것일까. 일곱 째날 아침 어머니는 그녀를 일으켜 세워 부엌 식탁으로 이끈다. 딸이 식탁에 자리를 잡은 다음에야 어머니는 말한다. 우리는 절약해야 한단다. 일곱째 날이 되어서야 딸은, 자기 자신도 누군가의 딸이라는 사실을, 그것도 생명을 가진 딸이라는 사실을 처음으로 깨닫는다. 그 딸의 생명이 17년이란 짧은 유예가 지난 지금에 와서야 위기를 맞고 있다는 것도. 어떤 소망은 영원히 이루어지지 않지만 그 여부가 언제 확정되는지 인간은 아무도 알지 못한다. 어머니는 그녀 곁에 앉아, 그녀의 손을 잡고 말한다. 네 아버지는 폴란드인에게 맞아죽었단다.

6

그는 어디서 브로커를 구할지 알게 된다. 대머리 남자가 그에게 주소를 가르쳐주었다. 길거리로 나오자, 자신의 동료 중 하나도 첫째 아이를 어릴 때 잃었던 것이 기억났다. 아기가 죽은 지 얼마 안 돼서 동료는 그에게 아기 무덤을 보고 싶으냐고 물었다. 사실은 전혀 보고 싶지 않았지만 그는 보고 싶다고 대답했다. 그래서 어느 날 점심때 그들은 묘지로 갔다. 동료는 그에게 묘지 담벼락 왼쪽 아기의 이름이 적힌 명패를 가리켰다. 그 앞에는 봉분이 있고, 작은 난간과 돌 울타리가 설치되었다. 그때부터 일 년 반도 채 지나지 않아 그 동료는 다시 아버지가 되었고, 새로 태어난 아기는 죽은 아기의 이름을 중간 이름으로 해 세례를 받았다.

그는 여행에 반드시 필요한 금액을 인출하기 위해 은행으로 들어

선다. 은행 옆 환전소에서, 대머리가 입국할 때에 필요하다고 했던 20달러를 건네받는다. 그가 아내의 자는 모습을 흉내 낼 때마다 아내가 웃음을 터뜨리던 것이 기억났다. 똑같은 농담을 매번 반복하면서, 매번 별것도 아닌 농담인데도, 그들은 매번 웃음을 터뜨렸다. 어쩌다 한자리에 있는 장모님은 도대체 뭐가 우습다는 건지 전혀 이해하지 못하면서 어깨만 움찔거렸다. 지금까지 그가 감독해오던 선로 위로, 이제 곧 그가 탄 기차가 지나갈 것이다. 그 구간은 1시간 20분으로, 길지 않으니, 지금까지 그가 책임져왔던 구간이란 이제 앞두고 있는 전체 여행거리에 비하면, 마치 없는 것처럼 짧다. 그가 아내를 껴안으면, 젖가슴이 그의 갈비뼈 굴곡에 딱 맞게 들어왔다. 종종 그렇게 껴안은 채로 가만히 서 있으면서 그들은 행복을 느끼곤 했다. 종종 둘이 함께 거울 앞에서 얼굴을 찡그려 보이거나, 그가 뾰쪽한 콧수염을 아내의 귓속에 넣거나, 어떨 때는 코와 코를 서로 비비기도 했다. 브레멘까지는 육로로 가고, 거기 도착한 다음 배를 타라고, 배 이름은 슈페란자호라고, 그렇게 대머리 남자가 일러준다. 다른 부부도 자기들끼리 있으면 이렇게 장난치고 노는지, 그들은 궁금해 하곤 했다.

  역으로 가는 도중에 그는 길 건너편에서 잠시 멈추어 서서 자신의 집을 쳐다본다. 지금까지 그의 삶이라고 불리던 것이, 저기 위층에서 일어났다. 그냥 길만 건너면, 그냥 계단만 올라가면, 그러면 자신이 속한 세계로, 아내에게로 간단히 되돌아갈 수가 있다. 집 안에서 나는 울음소리, 고함소리가 그가 서 있는 곳까지 들려온다. 아내의 목소리는 아니다. 그건 분명 확실하다. 그가 착각하는 게 아니라면 장모님의 목소리도 아니다. 그렇다면 누가 그의 집에서 그의 아기의 죽음을 슬퍼하고 있단 말인가.

문이 열리고, 그가 모르는 여자가 집 밖으로 나온다. 납작한 신발을 신고 외투 단추는 목까지 채웠으며 머리카락을 수건으로 감싼 여자는 연신 눈물을 훔치며 걸어가는데, 건너편에 남자가 서 있는 것을 알아차리지 못한다. 알아차렸다 해도 무슨 이유로 거기 서 있는 것인지 짐작도 못 했으리라. 그리고 이미 다음 모퉁이에 이르기도 전에, 여자의 얼굴에서 울음의 흔적은 어디에도 찾아볼 수 없게 된다. 여자가 모퉁이를 도는 순간, 맞은편에서 막 다가오던 한 나이든 남자와 아슬아슬하게 부딪힐 뻔했는데, 그는 손에 그릇을 들고 있다. 나이든 남자는 여자에게 고개를 숙여 인사하고, 천천히 걸어 집 앞으로 가서, 아기 상을 당한 어머니에게 주려고 가져온, 아마도 수프인 것 같은 그릇 속 내용물을 쏟지 않으려고, 어깨로 밀어 문을 연다. 그, 최고 단계의 고통을 겪는 그는, 돌을 던지면 닿을 만큼 가까운 거리에서 나이든 남자의 구부정한 어깨를 바라보며, 그 남자가 대팻밥이나 건축폐기물, 우유 등을 실어 나르곤 하던 유대인 구역에 사는 마부 시몬이라고 알아차린다. 시몬이 마부석에 앉아 있는 모습을 지금처럼 뒤에서도 여러 번 보았기 때문이다.

이곳 사람들은 전부 자신의 의무를 잘 알고 있는 듯하다. 무엇을 해야 할지 모르고 서성이는 이는 오직 그 하나뿐이다. 만약 그의 어머니가 살아 있다면 지금 그와 함께 묵주 기도를 올리겠지. 그는 아기방의 작은 관 옆에 앉아서 죽은 아기의 아버지 자리를 지키겠지. 자신의 인생을 떠나버리는 것은 비겁한 걸까, 아니면 새로운 인생을 시작할 용기가 있다는 증거일까.

7

아기방을 지금부터 영구히 폐쇄할지 말지, 그런 고민은 할 필요가 없다. 집 전체를 포기해야만 할 것이 명백하기 때문이다. 그녀에게 남은 유일한 선택권은 어머니의 집으로 들어가는 것이다. 남편이 자기 부모님의 허락도 없이 유대인인 그녀를 아내로 맞을 때 그녀는 기쁘지 않았던가. 그녀를 향한 열정이 너무나 뜨거운 나머지 그가 자신의 근본을 잊어버릴 지경이 된 것이 그녀는 기쁘지 않았던가. 그런데 이번에 남편이 떨쳐낸 것은 다름 아닌 그녀 자신이고, 남편은 그녀의 허락도 없이 그녀를 혼자 남겨두었다. 이제 그녀는 안다. 남편의 부재는 그녀와 아기를 향했던 남편의 사랑만큼, 딱 그만큼의 비중을 가지며, 지금 따지고 보면, 남편과 그녀를 연결해주던 끈이 죽음의 그림자로 나타난 것뿐이라고.

내 딸아, 네 남편이 너를 이용해서 빚을 갚았다는 걸 잊으면 안 돼. 나 때문에 승진을 못 하는 부담을 짊어지기도 했어요. 나 때문에 그는 영원히 11등급으로 살아야만 했을 거야.

영원히 그렇지는 않아.

이건 아이 때문이에요.

그렇게 생각하니, 그는 그냥, 너와의 결혼이 자신에게 전혀 유리하지 않다는 걸, 예전에는 미처 깨닫지 못했던 거야.

아. 그러니까, 그게 위로라고 하는 말인가요?

맞아.

그나마 행복했던 시절마저도 빼앗아버리려 하는군요.

내 말은 그저, 지금 잃어버렸다고 생각하는 것만큼 예전의 네가 많이 갖고 있지는 않았다고 말하는 거야.

그러니까 그렇게 생각하면 내 마음이 더 편할 거라는 거죠?

그러기를 바라지.

그렇다면 차라리 다시 앞치마를 두르겠어요. 그리고 사과 세 알 대비 청어 한 마리 무게 비율을 기억해볼게요.

청어나 사과라면 적어도 네가 뭘 상대하는지는 분명하지.

어머니는 누군가를 사랑해본 지가 너무 오래된 거예요.

지금 네가 공정하지 않은 건 알지?

더 이상은 말하기 싫어요.

항상 그녀는, 두 사람이 하나가 되는 일은 경계를 넘어서는 과정이라고 생각해왔다. 다른 누구와도 함께 넘지 못했던 경계를 넘어, 세계를 등 뒤에 두고, 그 순간부터 모든 것을 둘이서 나누는 행위라고. 그런데 이제는 그 경계가 변할 수 있으며, 예를 들어 지금과 같은 상황에서는 경계의 위치가 옮겨진다는 것을 알았다. 아무도 모르는 사이 경계는 그들 사이로 미끄러져 들어와, 남편을 다시 그녀에게서 떼어놓았다. 이전에는 그녀가 남편의 자유였는데, 지금 그는 바깥세상에서 자유를 찾고 있다.

8

만약 그가 죽음을 어디서 찾을 수 있는지 알기만 했다면, 가벼운 죽음을 얼마나 간절히 바라는지, 그토록 오랫동안 누운 채로 죽음을 기다리기만 한 지금.

입맞춤처럼 가벼운. 우유에서 머리카락 하나를 건져내듯이, 그렇

게 가벼운.

이웃 여인이 그에게, 말해달라고 부탁하지도 않았는데, 아기가 질식사했다고 알렸다. 탈무드에는 903가지 죽음 중에서 질식이 가장 힘든 죽음이라고 나와 있다. 질식은 양털에 엉켜 붙기 때문에 있는 힘껏 잡아 뜯어 뒤로 던져버려야만 하는 가시풀 같다. 너무 좁은 구멍을 통해 끌어당기는 굵은 밧줄 같다.

찾아라 찾아라.

결혼식 날 그의 친구가 이렇게 축복을 빌었다. 52년 전이다. 찾는 일은 오늘까지도 이어지고 있으니, 찾아라, 토라*의 지혜를, 찾아라, 좋은 여인을, 찾아라, 마지막 흙이 시신 위로 덮이는 그날까지 평화로운 삶을, 찾아라,

입맞춤처럼 가벼운 죽음을, 입맞춤처럼 가벼운, 신이 아담에게 생명을 불어넣은 그런 입맞춤.

신은 그의 코에 숨결을 불어넣었고, 운이 좋다면, 어느 날 신은 다시 입맞춤으로, 부드럽고 가볍게, 숨결을 다시 거두어갈 것이다. 그러나 이제 와서 생각해보니, 인간은 볼일이 아주 다급할 때면 변소를 찾아야 하는구나, 그는 이빨 없는 늙은 입을 희죽이며 늙은 웃음을 짓는다. 나 급해, 하고 그는 바깥을 향해 소리친다. 친구가 그에게 *찾아라* 하면서 축복해준 그 결혼식, 52년 전의 그날에 자신의 신부가 되었던 아내의 도움 없이는 일어서지 못하기 때문이다.

---

* 구약성서의 첫 다섯 권으로 유대교에서 가장 중요한 경전.

9

 물은 회색, 회색이고, 그는 토하고, 토하면서 잠깐 고개를 들어, 사람이 토할 때는 도대체 누구를 향해 토하는 건지 생각해보다가, 다시 속이 고약하게 울렁거리는데, 이처럼 속이 울렁거리는 경험은 그야말로 생전 처음이다. 예전에 아내는, 자신은 어린 시절 내내 세계가 팬케이크처럼 편평하다고 굳게 믿었다는 말을 했다. 그리고 이 국경 도시의 다른 주민들처럼, 자신은 팬케이크 가장자리에 뿌려진 한 알의 설탕이라고 생각했다고. 어쩌다가 도시 인근에서 길을 잃기라도 하면, 잘못해서 가장자리 경계선에 너무 가까이 다가가는 바람에 갑자기 아래로 추락할까봐 그것이 가장 두려웠다고. 나의 설탕 알갱이. 반면 그녀에게 지평선이란 나중에 학교에서 배운 대로, 러시아 너머로 뻗어 있는 상상의 선이었다. 좁은 고장에서만 사는 사람에게는 이해하기가 쉽지 않은 내용이니, 심지어 젊은 공무원이며, 직업상 철도를 돌보는, 즉 인간의 이동과 관련된 임무를 맡은 그에게조차도 마찬가지였다. 이곳. 흔들리는 배 위에 있고 나서야 그는 지구가 공처럼 둥글다는 말의 의미를 비로소 분명하게 깨달았다. 지구의 둥근 곡면 때문에 현기증이 나고, 그는 그 곡면을 따라 빙빙 돌고 있어서 그것만으로도 견딜 수 없이 힘든데, 회전하는 그의 눈앞에서 수평선이 계속 움직이면서, 끊임없이 뒤로 물러나고 있다. 마치 여행자인 그가 목적지로 영영 다가가지 못하도록 파도 위에서 흔들리는 배가 안간힘을 써서 한자리에 머물러 있기라도 한 것처럼, 마치 지금 그가 달아나듯이 여행의 끝이 그에게서 달아나는 것처럼, 그래서 그가 끊임없이 움직이면 움직일수록 그만큼 그의 움직임이

상쇄되어 버리도록.

물은 회색이고, 그는 속이 메스꺼워져 가장자리에 서서 토하고 있는 다른 이들처럼 토한다. 배가 진행하는 방향에서 불어오는 맞바람은, 제국이자 왕국의 제복 외투 자락을 사납게 헤집어, 얼마 전까지 종신직 공무원이었던 남자가 배 뒤쪽 난간 위로 허리를 구부리고 고향이 그에게 먹여주었던 모든 내용물을 작별의 인사로 다시 고향을 향해 되돌려주는 동안, 그의 등을 얼음처럼 시리게 만든다. 이삼 일이 지나면 구역질은 진정될 거라고, 그의 뒤에 선 누군가가 말한다. 이등선실의 한 방을 그와 함께 쓰는 승객이다. 갑판을 산책 중이던 그 스위스 신사는 그를 발견하고는 당장 급하게 필요해 보이는 손수건을 건네며, 처음에는 이렇지만 차차 나아질 거라고 말한다. 이런 여행에 익숙한 듯한 스위스 신사는 휘몰아치는 바람에 머리칼이 흐뜨러지는 것도 신경 쓰지 않고 주머니에서 사과를 한 알 꺼내더니, 자기는 신선한 공기를 마시니 도리어 식욕이 돈다면서 사과를 베어 물고, 그에게도 사과 한 알을 권한다. 아니 괜찮습니다. 젊은이는 이렇게 대답하고 다시 바다로 몸을 돌린다. 그럴 수 있지요, 이해합니다, 하고 사과를 가진 신사는 말하고는, 두 번째로 꺼낸 둥근 것을, 화물칸의 최하급 선실 여행자들을 향해 집어던진다. 그들은 분명 배가 고플 것이지만 구역질이 나더라도 마음 놓고 토할 수 있는 배 난간으로는 접근할 수 없다.

10

그리고 그녀는? 약 3년 동안 그녀는 청어의 무게를 달고 사과, 빵,

우유, 성냥을 판매대 위로 건넨다.

사람들 얼굴을 그렇게 오래 빤히 쳐다보면 안 돼.

그럼 뭘 쳐다보란 말인가요.

그건 예의에 어긋나. 아이들이나 그렇게 하는 거야.

아무도 뭐라고 하지 않잖아요.

크모라 부인은 예전처럼 자주 오지 않고, 파이텔 씨도 마찬가지야.

드나드는 사람 하나하나를 다 체크하나 봐요.

그런 건 아니지만 난 손님에 대한 육감이란 게 있어.

그리고 난 없고 말이죠.

기본적으로는 너에게도 있어.

하지만 난 그런 거 필요 없어요.

제발 금세 그렇게 토라지지 좀 마라.

난 토라지지 않았어요. 그리고 내 도움이 필요 없다면, 난 갈래요.

아 그래? 어디로 갈 건데?

딸은 입을 다문다.

그런 뜻은 아니라는 걸 잘 알잖니.

난 아무것도 몰라요.

예전에 그들은 요한나 자비츠키에게서 달걀을 받았는데, 최근에 카렐의 달걀이 더 신선하다는 사실을 알았다. 램프용 등유는 가격이 떨어졌다. 갈리시아산 석유가 채굴된 다음 팔리는 속도보다 부패하는 속도가 더 빠르기 때문이다. 그들은 청어와 오이피클을 한데 묶어서, 레비네 상점보다 더 좋은 가격에 손님들에게 제공했다.

손님이 아무도 없을 때, 그냥 서성이지만 말고 이런 데 좀 훔치고 그러면 좋잖니.
네네.
얘야, 여긴 네 가게이기도 해. 넌 성인이고.
내가 선택한 일은 아니잖아요.
그래, 다 내 잘못이다.
이럴 거면 내가 뭐 하러 학교에서 괴테를 암기하고 그랬을까요?
학교에 다닌 것만으로도 행복한 줄을 알아야지.
이제, 상점 여주인이 그동안 항상 딸에게 진실이라며 일러준 거짓말이 스스로 생명을 얻었다. 이제 딸은 버림받은 아내라는 여주인의 자리를 차지했고, 여주인은 비록 숨기고는 있었으나 그녀의 원래 자리에 해당하는, 과부가 되었다.

11

크모라 부인은 예전보다 가게에 덜 오고 파이텔 씨도 그렇다는 건 사실일 것이다. 하지만 그 대신, 얼마 전부터, 어머니가 농가에 달걀과 우유를 받으러 가는 바로 그 시간대에, 한 장교가 매일 가게에 들러 성냥을 사간다. 장교는 아마도, 그녀의 머리 모양이 마음에 든다고 말하며, 그녀는 아마도, 훈련 때 쏘는 것이 진짜 총알이냐고 묻는다. 또는 그가, 오늘 기동훈련이 있는데 비가 내리지 말아야 할 텐데, 하고 말하고, 그녀는 거기에 대고, 비가 온다고 설마 녹아버리기야 하겠어요, 라고 대꾸하며 웃는다. 그러자 그는 그녀의 웃음이 예쁘다고 말한다. 그리고 언젠가는, 그녀가 판매대 위로 성냥을 건네자, 그걸 받아들기 전에 그가 갑자기 흰 가죽 장갑을 벗더니, 짧은 순간 그녀의 손을 건드리면서, 나지막하게, 나는 불타고 있어요, 라고 말하니, 그녀는, 가격은 1그로센이에요, 라고 평소에 늘 말하던 대로 대답한다. 왜냐하면 자신이 잘못 알아들은 거라고 믿었으므로. 그리고 다음번에 올 때 아마도 장교는 특별한 말을 하지 않고, 장갑도 낀 채로 있으니, 그건 어머니가 딸 곁에 서 있었으므로, 왜냐하면 그날은 일요일이고, 어머니가 달걀과 우유를 받아오는 농부들이 교회에 가기 때문에.

하지만 그다음 주 초, 그녀가 다시 혼자 가게를 지킬 때, 장교는 말없이 그녀를 지그시 바라보면서, 성냥 값과 함께 쪽지를 내밀었다. 그녀는 그가 나가고 난 다음에야 쪽지를 펼쳐 읽는다. 쪽지에는 오직 거리 이름, 집의 번지수, 날짜, 시간만이 적혀 있을 뿐이다. 아 이거였구나, 그녀는 생각하니, 그래 잘못 들은 게 아니었어. 그리고 나중에 그날 저녁, 홀로 침대에 누워, 어린 시절에 잠자던 침대, 아기가 죽은 이후 다시 돌아온 그녀의 침대, 거기서 매일 밤 잠들며 늙어갈 침대, 그리고 언젠가는, 누구도 모를 일이긴 하지만 아마도 거기 누워 죽게 될 침대에서, 나중에, 그날 저녁에, 저녁이 깊어 이미 밤이 되어갈 시점까지, 장교가 그녀를 기다리고 있는 곳으로 정해진 시간에 가지 말아야 할 적합한 이유를 찾지 못한다.

그래, 안 될 이유가 무엇인가. 남편은 떠났고, 아기는 이제 이 세상에 없다. 어머니에게 말해야 할 필요도 없다. 그녀는 갈 것이다. 따뜻하고, 건조하고, 거칠거칠한 장교의 손을 생각하면 그녀는 욕망으로 아찔한 현기증을 느낀다. 욕망이 그녀 몸의 모든 끄트머리를 향해 뻗어나가는 바람에, 손가락 끝, 발가락 끝 그리고 다리 사이까지도 어지러울 지경이다. 유혹이 하나의 말로만 머물지 않고 삶으로 침투할 때, 어느 여인의 치마 속으로 스며들어올 때, 그리하여 언젠가는 죽어 썩어질 육신을 관통해 갑작스럽게 엄청난 위력을 발휘할 때면 늘 그런 것처럼. 유혹당하는 자는 우월하다고, 왜냐하면 오직 그만이 유혹을 물리칠 기회를 가지니까, 하고 수년 전 할아버지는 말했다. 어머니가 말과 마차를 타고 시골을 돌면서 물건을 사러 다니는 사이, 소녀이던 그녀는 발 받침대에 앉아서 그 말을 들었다.

유혹에 저항한 사람은 무슨 상을 받나요?

유혹을 물리친다는 것 자체가 상이란다.

그건 내가 나에게 상을 주는 거랑 같잖아요.

네가 유혹을 물리치기만 한다면.

내가 유혹을 물리치기만 한다면요.

신은 네가 그에게 합당한 사람이기를 원하신다.

그것 말고 다른 건 원하지 않고요?

다른 건 원하지 않지.

그러면 내가 어떻게 하는지에 달렸네요.

너에게 달렸지, 너는 천지만물의 일부니까.

그 말은, 내가 곧 신의 시험대라는 거네요.

무슨 소리냐?

내가 유혹을 물리치지 못하면, 그건 신이 날 잘못 만들었단 증거잖아요.

할아버지가 웃음을 터뜨리자, 이빨이 몇 개 남지 않은 할아버지의 입속이 들여다보였다.

그거 참 우스워서 눈물이 날 지경이로구나, 바닷물을 호스처럼 다

빨아들이는 분이 너 같은 어린아이에게 자신을 시험하려 하다니.

하지만 그러면 무엇 때문에 신이 내 절제를 필요로 하나요?

그 당시 그녀는 키가 크게 자란 상태라서, 발 받침대에 쪼그리고 앉아서 무릎으로 턱을 받치는 데 아무 문제가 없었다. 그녀가 이교도와 결혼하는 날, 할아버지는 그녀를 죽은 사람 취급해 자리에 앉은 채로 죽은 자를 위한 애도식 시바를 행했다. 그날 이후로 일 년 반 전 할아버지가 죽을 때까지, 그녀는 할아버지를 보지 못했다. 할아버지는 그녀와 인연을 끊었으나, 그가 인연을 끊은 후에도 그녀의 삶은 계속되어 오늘까지 이르렀다. 이제는 할아버지가 살아 있지 않은 것으로 규정해버린 그녀의 삶이 그날 이후 어떤 율법에 따라 진행되었는지, 그녀는 물을 사람이 없다. 그날 이후 삶은 오직 삶일 뿐이었다.

12

어느 날은 승객 모두 구명조끼를 착용해야 한다. 안개가 너무나 짙게 낀 바다를 항해하느라 다른 배와 충돌할 위험이 있기 때문이다. 또 어느 날은 극심한 폭풍우가 휘몰아치는 바람에 한 나이든 여인이 목걸이에서 메달을 잡아 뜯고는, 신과 배가 조화로운 관계를 회복하기를 기도하며 그것을 바다에 던진다. 어느 날은 아래층 갑판 어딘가에서, 오페레타 「박쥐」의 한 곡을 연주하는 바이올린 소리가 들린다. 그러나 전직 공무원은, 빈에서 기술학교를 다녔는데도 그 음악을 알지 못한다. 절대로 잦아들지 않는 뱃멀미 때문에 그가 만약 여기서 최후를 맞는다면, 회중시계와 금색 단추가 달린 그의 외투는 누가 가져갈 것인가. 선실 일행인 신사는 폴란드 아이에게 바나나 껍질 까는 법을 시범으로 보여준다. 그는 바나나의 작고 검은 끄트머리를 이빨로 끊어서 바다에 뱉는다. 하지만 폴란드 아이는 바나나를 먹으려 하지 않는다. 이틀이 지나고, 사흘이 지나고, 나흘이 지나도록 젊은 공무원의 뱃멀미는 사라질 기미가 없다. 영원처럼 길었던 열흘하고도 이틀 반이 지난 어느 날, 그는 갑자기 갑판으로 몰려든 인파 한가운데서 자유의 여신상을 본다. 어쨌든 여신상이 보인다는 것은 영영 보지 못하고 마는 것보다는 나은 일이다.

스위스 신사가 항해 도중 그에게 한 독일 선장 이야기를 해주었는데, 그 선장의 배는 너무나 낡아빠진 고물이라서 그런 배에 승객을 싣고 대양을 건널 엄두를 내지 못해 스코틀랜드 앞바다를, 승객들에게 해안이 보이지 않을 정도로만 멀리 떨어진 곳에서 왔다 갔다 했다고 했다. 그렇게 아흐레를 돌아다닌 후에 이민자들을 한 작은 항구에 내려주면서, 여기가 아메리카라고 말한다는 것이다. 여기나 거기나 말은 다 똑같이, 이민자들은 어차피 한마디도 알아듣지 못하는 영어고, 남자들이 치마를 입고 다니는 건 아마도 뉴욕의 최첨단 패션일 거라고 생각했을 테니까. 그래서 이민자들 모두가 자신이 여전히 유럽에 있다는 걸 알아차리기까지는 거의 일주일이나 걸렸다고. 하지만 그때 이미 고물 배의 선장은 신세계로 가는 뱃삯을 몽땅 챙겨들고 멀리멀리 달아나버린 후였다.

이제 감격에 겨운 남자, 여자 그리고 아이들까지 모두 눈물을 흘리며, 서로서로 거대한 여신상을 가리켜보인다. 옆에 서 있는 사람을 끌어안기도 한다. 한 나이든 여인도 오스트리아 공무원을 얼싸안으려 하지만 그는 거부한다. 출발하기 전 그는 자기 아버지에게 엽서 한 장을 써 보냈을 뿐이다. 그런데 지금 와서 무슨 인간적인 감정을 발휘한단 말인가. 아마도 자신은 매우 냉정한 사람인 듯하다고, 처음으로 그는 스스로에 대해서 생각해보며, 낯선 나라에 온다는 것이 한 사람을 완전히 다른 성격으로 바꾸어 놓을 수도 있는지 자문한다. 한 아이가 여신상을 가리키며 묻는다. 저게 뭐예요? 그가 대답한다. 콜럼버스란다.

13

그녀가 들어선 집은 다른 집들과 달라 보이지 않는다. 수요일 오후, 입구에는 아직도 햇살이 드리우는데, 그녀는 어머니에게 친구를 만나러 간다고 말한다. 이미 그녀는 5분 늦었고, 그러니 절대로 그보다 먼저 도착했을 리는 없다고 확신한다. 그 집에 도착해 문을 두드리기도 전에, 그가 먼저 문을 연다. 계단을 올라오는 그녀의 발소리를 들은 것이다. 그는 그녀를 안으로 끌어당겨 집 안으로 들이고, 끌어당김은 곧 지체 없는 포옹으로 변하며, 입맞춤으로 이어지고, 그녀의 혀가 그의 이빨을 건드린다. 그의 침이 그녀의 입 가장자리를 촉촉하게 적시고, 다음 순간 그녀는 그를 밀어내며, 다음 순간 그가 그녀를 붙잡고, 팔로 그녀의 입을 막으니, 그녀는 그의 팔을 깨무는데, 달리 무슨 행동을 해야 할지 모르기 때문이다. 그가 말한다. 아, 이 여자가 세게 무는군, 그리고 다시 아, 하고 소리 내니, 그녀는 뼈가 드러날 때까지 그의 팔을 물어뜯고 싶은 충동에 휩싸인다. 그가 그녀를 밀쳐냈다가, 다시 강하게 껴안고, 그녀를 돌려세워, 등 뒤로 여러 개의 고리가 길게 달린 옷을 벗겨내고, 그녀의 코르셋도 벗겨낸다. 그사이 그녀는 고개를 숙여 머리에서 핀을 뽑아낸다. 이들의 이 절제된, 조용한 행위는, 사전에 합의된 어떤 일을 위한 준비 작업인데, 앞으로 일어날 그 일은 절제되지도, 조용하지도 않을 것이다.

그가 그녀를 초청한 곳은 가구 딸린 작은 방으로, 커튼은 누렇게 변색되었고 화장대에 딸린 세면대의 에나멜은 떨어져 나갔으나, 그녀의 눈에는 보이지 않는다. 그녀가 보는 것은 다만, 몸에 착 달라붙은 장교의 바짓가랑이 부분이 확연히 불룩 솟아오른 것. 그녀는 손으로 불룩한 그 부분을 쓰다듬으며, 자신이 이렇게 할 수 있다는 사실을 신기하게 여기고, 자신이 이렇게 할 수 있음을 안다는 사실도 신기하게 여긴다. 이날 오후의 많은 것이, 남편과는 다르다. 발기된 장교의 성기는 아래가 아니라 위를 향해 구부러지고, 장교는 남편이 단 한 번도 하지 않았던 일, 그녀의 젖가슴을 빤다. 그녀가 자신의 몸 위로 올라가자, 손바닥으로 엉덩이를 찰싹 소리 나게 때린다. 그녀에게 이날 오후의 매 순간은, 다시 돌아가기에 너무 늦은 시간이다. 그러나 장교가 이 방을 빌린 두 시간이 거의 다 지나가자, 그는 그녀의 뺨에 입 맞추고는 말한다. 아쉽지만 이제 가야 해. 그가 일어설 때 그녀는 길고 근육질인 그의 다리를 본다. 남편의 다리보다 훨씬 길다.

그는 몸을 구부린 채 바닥에 한데 뭉쳐 있는 그들의 옷가지를 따로 분리해 그녀의 옷과 코르셋, 스타킹을 침대 위로 던져주고, 자신은 몸에 착 달라붙는 바지를 다시 입으니, 불룩 솟아올랐던 부분은 이제 보이지 않는다. 그는 그녀가 아기를 한 번 낳은 몸이란 걸 모르지만, 그녀는 그 사실을 알리고 싶다. 그런데 어떤 식으로? 이제 그녀도 일어나서 스타킹을 신는 동안 그는 지갑을 찾는다. 아마도 그녀는 아기를 하나 정도는 더 낳게 되리라, 그것도 그의 아이를. 이렇게 생각하는 그녀의 얼굴에 미소가 떠오른다. 코르셋을 입고 능숙하게 고리를 잠근다. 결혼을 했건 안 했건, 그런 건 이제 그녀에게 중요하지 않으니—그 사이 마침내 그는 그녀에게 주려던 지폐를 찾았고—그것과 상관없이 그녀는 어차피 행복할 테니까. 그녀가 옷을 머리 위로 올려 입자, 바스락거리는 소리가 난다. 머리를 옷 밖으로 내민 다음에야, 그가 내민 손에 지폐가 들려 있는 걸 발견한다. 이 모든 시작이었던, 건조하고도 따뜻한 그의 손과 지폐를 바라보며, 그녀는 당장 웃음을 터뜨릴 듯한 얼굴로 묻는다. 이게 뭔가요? 하지만 그는 웃지 않고, 아마도 이렇게 말한다. 네 거야. 또는 아마도 이렇게 말한다. 법석 떨지 말고 받아. 또는 거스름돈은 필요 없어. 또는 귀여운 것, 넌 이만 한 값어치를 했어. 이런 비슷한 말을 그가 한다. 그녀는 처음 보는 낯선 사람인 듯, 그렇게 그를 바라본다.

그는 고개를 끄덕이더니, 지폐를 화장대에 놓고, 그녀가 혼자서 옷도 입지 못하는 아기인 양 등을 돌려세워서, 길거리로 나가도 아무도 뭔가를 눈치 채지 못하도록, 깊은 생각에 완전히 빠진 듯 보이는 그녀의 등 뒤고리를 하나하나 잠가준다. 마지막으로 흰 가죽 장갑을 끼고 나가면서 그는 말한다.

내가 간 다음에 조금 기다렸다가 내려와.

그녀는 그를 바라보지도, 대답하지도 않는다. 그냥 방 한가운데 서서, 방바닥을 내려다볼 뿐이다. 마치 방바닥이 그의 눈에는 보이지 않는 어떤 심연이라도 되는 것처럼.

14

    중병을 앓고 있었지만 다른 건강한 많은 사람보다 더 오래 살았던 남편이 마침내 죽었을 때, 노인은 딸의 초청을 받아들여, 닭들은 이웃에게 나누어주고, 성서와 팔이 일곱 개 달린 촛대 그리고 식기 두 벌을 싸서 딸의 집으로 들어갔다. 노인은 일생 동안 살고 있었던 어둑함을 뒤로하고, 다리가 긁히고 상처투성이인 가구들, 다리가 썩어가자 남편이 톱으로 몇 센티미터씩 잘라내 키가 작아진 가구 몇 개를 뒤로하고, 손녀가 어릴 때 나무 막대기로 철자를 쓰던 대문 밖의 진흙과 다름없는 진흙 방바닥을 뒤로했다. 버려진 집은 이제 곧 짚을 얹은 초가지붕에 눌려 무너질 것이고, 쪼그라져 흙더미로 변한 채, 지붕의 짚이 다 썩을 때까지 그 자리에서 그렇게 덮여 있으리라.

    여기, 딸의 집에는, 이교도가 손녀의 지참금을 들고 달아나버린 뒤로, 카펫과 식탁보, 중국산 도자기를 진작 팔아치웠으나, 집만은 여전히 딸이 가지고 있다. 떡갈나무 복도는 반들반들하게 닳았고, 문 손잡이는 놋쇠며, 유리창으로는 햇빛이 환하게 쏟아진다. 매일 아침 노인은 거위 털 솔을 방마다 갖고 다니면서 얼마 남지 않은 가구 위의 먼지를 닦아낸 다음, 앞치마를 벗고 소파에 앉아 토라를 읽는다.

    항상 성서를 읽고 또 읽으라, 그 안에 모든 것이 있으니, 성서 안에서 나이 들고 성서 안에서 저물며, 어떤 일이 있어도 성서를 피하지 마라, 성서보다 더 좋은 건 세상에 없기 때문이다.

딸이 부유한 상인의 아들과 결혼할 때 그녀와 남편이 줄 수 있었던 유일한 지참금은 성서에 대한 열정뿐이었다. 잠든 아기를 침대에 눕힌 뒤, 밤늦도록 젊은 부부는 노부부와 함께, 인간이 단지 볼 줄 아는 눈만 있다면 과연 신의 왕국을 진실로 이 지상에서 발견할 수 있을지, 인간 세상에 삶의 수수께끼가 숨겨져 있는 건지, 아니면 저세상에나 가야 알 수 있을지에 대해 기나긴 토론을 벌이곤 했다. 기본적으로 두 개의 세계가 존재하는지, 아니면 오직 하나의 세계뿐인지. 오직 하나의 성스러운 삶을 통해서만 인간은 찢겨진 것을, 앞으로 도래할 세계와 지상의 세계를 연결할 수 있다고 남편은 말했다. 그러자 사위가, 하나의 성스러운 삶이란 무엇이냐고 물었다. 모든 것은 인간의 성서 해석에 달려 있지 않느냐고, 인간이 착각을 한다면, 올바른 삶을 향한 노력 또한 착각일 수 있지 않겠는가. 그렇다고 딸이 말했다. 사실상 지상에서 인간이 경험하는 모든 일을 알아야 한다고, 성서에 적혀 있는 것만이 중요한 건 아니라고 말이다. 그런 밤이면 노인은, 지상에서의 영원한 삶을 믿었다. 자신의 눈앞에서 그런 삶을 보았기 때문이다. 노인 자신, 남편, 딸과 사위 그리고 머리를 뒤로 하여 목덜미에 깊이 파묻고 잠든 갓난 손녀딸.

하지만 사위가 맞아죽은 다음, 더는 그런 밤의 대화는 없었다. 딸은 유대인 거주지역을 떠났고, 손녀가 자라자 이교도와 결혼시켰다. 그런데 이교도는 집을 나가버렸고, 그래서 손녀는 다시 소녀 시절의 집으로 돌아와 어머니와 함께 살며, 어머니가 없을 때면 할머니가 예전처럼 손녀를 돌본다. 사람의 한평생은, 도주 계획을 좌절시킬 만큼 충분히 길었다.

저녁이 되면 노인은 책을 옆으로 치우고 다시 앞치마를 걸친다.

고기가 있으면 요리를 시작하기 위해 일단 아래층 마당으로 내려가, 고기를 썰 잘 드는 칼을 흙 속에 찔러 넣었다가 빼내는 방식으로 씻는다. 이 집 안에서 그녀 말고는 식기와 요리기구의 분리 규칙을 지키는 사람이 아무도 없을 것이기 때문이다. 하지만 어쨌든 새끼 염소는 자기 어머니의 젖 속에서 끓어서는 안 되는 법이니까.

15

맨해튼이 바라다 보이는 작은 엘리스섬에서 이민자들은 자유로운 삶에 적합한 몸인지 아닌지를 심사받는다. 눈을 검사하고, 폐를 검사하고, 목을, 손을 그리고 마지막으로 알몸 검사도 받는다. 남자와 여자가 분리되고, 아이들과 부모도 서로 분리된 채로.
눈 검사할 때 갈고리를 든 사람이 오면 조심해야 해!
그건 왜?
그걸로 눈을 빼버릴 수도 있으니까.
정말이야?
정말이고말고. 어떤 남자가 그러던데 자기는 그러다가 눈알이 겉옷 주머니로 들어가 버렸다는 거야.
그의 차례가 오자 검사실로 들어가 옷을 다 벗으라는 지시를 받는다. 그는 영어로 내려진 지시를 알아듣지 못했지만, 통역이 알려준 다음에도 옷 벗을 생각을 하지 않는다. 미국인들은 다 정신이 돌았나? 아니면 자기네 나라에 온다는 게 새로운 탄생쯤 된다고 생각하는 건가? 그가 빈에서 기술학교를 다닐 때도 시험이 쉽지는 않았지만, 분명 이런 식은 아니었다.

컴 온. 그들이 말했다. 서두르라는 뜻이다.

피할 수 없다. 이럴 수가, 그는 아내 앞에서 나체였던 것보다 더 심한 나체가, 지금 이곳 환한 불빛 아래 그것도 우글거리는 의사들 앞에서 나체가 되어야만 한다. 사람이 자유의지로 선택한 길이 어디로 이어질지 미리 알 수만 있다면. 그러는 사이 그의 외투와 옷가지는 소독처리 되었고, 검사가 끝난 후 그가 건네받았을 때는 형편없이 구겨진 상태였다. 그러니까 자유에 따르는 보상은 수치심으로 갚아야 한다는 거로구나. 아니면 이 나라에는 수치심이 아예 없다는 것이 바로 자유라는 의미일까. 그렇다면 미국은 낙원이 분명했다.

16

남편은 일 년 반 전부터 죽음 이후의 세계를 알고 있고, 노인도 조만간 알게 될 터이다. 하지만 딸은, 비록 과부로 지낸 시간은 노인 자신보다 더 길지만, 아직 갈 길이 멀었다. 가게를 꾸려나가느라 고생이 많은데, 만약 딸에게 무슨 일이 생기면 홀로 남을 손녀는 앞으로 어떻게 될 것인가.

두 척의 배가 항구에 정박해 있어.

귓불이 축 늘어진 귀를 아무리 남편의 입 가까이 대어 봐도 그의 말소리는 너무 작아서 나머지 말은 전혀 알아들을 수가 없었으나, 그건 노인도 이미 아는 이야기였다.

그중 한 척은 먼 항해에서 막 돌아왔고, 다른 한 척은 먼 항해를 막 떠나려는 참이지.

남편이 말을 하려면 몹시 힘들 것이므로, 노인은 남편에게 물을 주려고 했다. 하지만 그는 마시려 하지 않았고, 물은 삐죽삐죽 수염이 솟아난 그의 턱을 적시다가 베개까지 흘러내리고 만다.

출항을 위해 돛을 올린 배에는 환호와 축복이 쏟아지지만, 반면에 막 도착한 배에 신경 쓰는 사람은 아무도 없었지. 하지만 과연 도착한 배가 축하받을 자격이 없는 것일까.

남편과의 사이에 딸 하나밖에 못 키웠던 것은 정말 안타까운 일이다. 다른 아이도 둘이나 더 낳았지만 태어나자마자 금방 세상을 떠났다. 죽은 아이들을 애도하느라 여러 날 동안 눈물을 흘리며 밤을 지샐 때, 남편은 곁에 앉아 머리를 끄덕이며 졸았다.

도착한 배는 행복하게 항구에 정박하고 있었지. 하지만 출항하는 배가 앞으로 어떻게 될지, 그건 아무도 몰라. 누가 운명을 알겠는가. 배가 자신을 기다리고 있는 폭풍우를 과연 잘 헤쳐 나갈 수 있을지, 그걸 누가 알겠는가.

딸은 얼마 전에, 아무래도 가게를 닫고 집의 일부를 세놓는 편이 차라리 더 낫겠다는 말을 했다.

물이 싫으면 수프를 드실래요?

남편이 호흡을 멈췄을 때, 베개는 노인이 남편에게 주려던 물로 아직 축축하게 젖어 있었다.

17

상점 여주인은 이교도 남자가 처음으로 상점에 나타나서, 당시 막 열일곱 살이 된 딸을 쳐다보던 날을 아직도 생생히 기억한다. 얼마 뒤 그가 진지한 관심을 나타내자, 그녀는 남자를, 딸이 아직 학교에 있을 오전 시간에 차 마시러 오라고 집에 초대했다. 거실과 괴테 전집이 꽂힌 책장을 보여주고, 지참금 얘기도 하고, 나중에는 딸의 방에까지 데려갔다. 안락의자 등받이에는 딸이 전날 입었던 옷이, 그 곁에는 구두가, 한 짝이 뒤집어진 채 놓여 있으며, 침대 위에는 고양이가 잠들어 있었다.

우리가 유대 혈통이란 건 알고 있죠?

네, 압니다.

아직은 포기할 시간이 있어요.

그녀는 그동안 상점에서 아주 많은 물건을 팔아왔다. 손님이 가게를 떠나기에 너무 늦어버리는 시점이 언제인지, 그녀는 잘 알고 있었다. 선택의 자유를 많이 주면 줄수록, 손님은 더더욱 정확히 그녀가 팔려는 물건을 골랐다.

어떻게 하실래요?

주인 없는 침대 곁의 두 사람은 한동안 아무 말 없이, 꿈속에서 발톱을 세웠다가 털 속으로 감추기를 반복하는 잠든 고양이를 내려다보며 서 있었다.

그날 오전 그녀는 딸의 행복을 얻기 위해 딸의 행복을 팔아치웠다. 간혹 물건 가격은 계산을 치른 후에도 계속 오를 수 있고, 그래서 이미 돈을 지불한 지 한참이 지난 후에야 너무 비싸다고 판명되는 경우가 있다. 거래란 그처럼 살아 움직이는 균형이란 것을, 사위가 사라진 최근 3년 동안에야 그녀는 깨달았다. 이익과 손실은 그냥 자기들끼리 게임하기 위해서 상인을 이용하지만, 그들은 따지고 보면 자기 자신과 거래를 한 것이며, 어느 시점에 이르자, 다시금 그들 스스로 균형을 이루어 낸 것이다.

햇살이 환한 고요한 안식일, 누군가의 손바닥이 벌어지며 거기서 편지 한 통이 다른 누군가의 펼친 손 안으로 떨어진다. 안식일 날 편지를 전달하려는 자는, 탈무드에 쓰여 있는 대로라면, 편지를 건네주어서는 안 된다. 그건 노동이기 때문이다. 노동이란, 길에서 집 안으로 들어오는 일, 즉 실내와 실외가 뒤섞이는 것이다. 안식일에는 쉬어야 하고, 세 개의 공간—외부, 내부 그리고 야생—은 각자 서로 분리되어야 한다. 하지만 배달부가 길거리를 향해 열린 창으로 다가가 편지를 수신인의 손에 떨어뜨리면, 배달부는 자신의 공간인 거리를 벗어난 것이 아니고 수신인 또한 자신의 공간인 실내에 머문 것인 데다가, 편지를 떨어뜨리는 것은 주는 일이 아니고, 떨어지는 편지가 펼친 손바닥으로 들어오는 것은 받는 일도 아니다.

그녀와 남편은 이 문제로 얼마나 격렬하게 노부모와 논쟁을 벌였던가, 이 지점에서 탈무드조차도 기만의 방식을 보여주게 된다고, 율법을 지키기 위한 탈무드가 율법을 위반하게 된다고. 아버지는 일단은 한계를 구체적으로 명시해놓는 것이 중요하기 때문이며 어디까지가 허용되고 어디서부터 금지인지 그 시작과 끝을 정확히 알지 못하면 금기를 엄수할 수 없기 때문이라고 말한다. 그러자 남편은 말한다, 어쨌든 이건 비유가 아니라, 엄밀하게 말해서 순수한 수학의 문제라고. 어머니는 웃으면서, 배달부가 떨어뜨린 것이 달걀이 아닌 게 천만다행이라고 한다. 당시 그녀는 배달부가 주저하는 태도가 너무 소심하다고 생각했으나, 아버지는 미소 띤 얼굴로, 너무 흥분하지 마라, 넌 아직 그 의미를 이해하지 못하는 거야, 라고 했다. 당시 그녀는 의미를 다 이해하고 싶은 생각은 없었다. 아버지가 살아서 항상 거기 있었으므로, 그녀는 비록 성인이긴 하지만, 의미를 몰라도 상관없었던 것이다. 햇살이 환한 고요한 안식일, 누군가의 손바닥이 벌어지며 거기서 한 통의 편지가 다른 누군가의 펼친 손 안으로 떨어진다.

남편이 맞아죽은 지 20년이 지났고, 딸이 남편에게 버림받은 지 3년이 지났고, 아버지가 죽어 땅에 묻힌 지 일 년 반이 지난 지금 그녀는 생각한다. 그 이야기 속 배달부처럼 최소한의 행동으로 어떤 일을 일으킬 수 있고, 더구나 자신에게 주어진 임무까지 수행해버리는 사람은 얼마나 행복할까. 늙은 어머니가 정화를 시킨다며 집 안의 칼에 흙을 묻혀놓은 흔적을 발견하면, 그녀는 어머니에 대한 혐오감이 치솟는다. 또 딸은 가게에서 얼마나 굼뜨게 움직이는지, 당장 딸의 머리채라도 움켜잡고 일을 제대로 시키고 싶을 때가 한두 번이 아니다. 그뿐만 아니라 10킬로그램 밀가루 자루를 마차에 실을 때면 기력이 딸려 헉헉대는 자신의 육신도 참을 수 없기는 마찬가지인데, 어떨 때는 그녀를 도와주기도 하고 어떨 때는 도와주지 않는 농부들은, 마렉, 크르치스토프 또는 들을 때마다 그녀를 얼어붙게 만드는 이름, 안드레이라고 한다.

18

손으로 시작된 일은 손으로 끝내야 한다. 그녀를 돈으로 살 수 있다고 생각한 남자에게 선물까지 주어야 한단 말인가. 그건 아니지, 남자가 나간 후 그녀는 화장대의 돈을 집었고, 방을 나와 계단을 내려가,

다른 집과 달라 보이지 않는 집 밖으로, 거리로 나선다. 길거리에 쪼그리고 앉은 첫 번째 여자 거지에게 그녀는 돈을 주어버린다. 그후 이틀 동안 삶은 예전과 조금도 달라지지 않는다. 사흘이 지난 일요일, 그 장교가 다시 가게로 찾아와 아무 일도 없었다는 듯이 평소처럼 성냥을 달라고 한다. 어머니는 가게 뒷방에서 신문지로 물건을 포장하느라 부스럭 소리를 내고 있다. 그는 다시 판매대 위로 손을 내밀어 그녀의 턱을 잡고, 억지로 자신의 눈을 쳐다보게 하며, 목소리를 죽이지도 않고서 말하길, 자신의 친구 한 명이 관심이 있다고.
부스럭거리는 신문지.
날짜, 시간, 다른 집과 달라 보이지 않는 집,
부스럭거리는 신문지.
다른 사람에게 이 일이 알려지는 게 싫으면, 약속 장소에 가는 게 좋을 거야.
정적.
얘, 이리 와서 나 좀 도와주렴.
네, 어머니.
너도 즐겼잖아, 인정할 건 인정해야지.
아 젠장 이걸 어째. 왜 빨리 안 오는 거니, 금방이라도 손이 떨어질 것 같아.
지금 가요.

19

입국자들의 살덩이 검사가 끝난 후 이번에는 정신이 똑바른지 알아보는 검사가 있고, 남자와 여자 그리고 아이들은 서른 개의 문항에 답변해야 하며, 만족스러운 답변을 작성한 사람들만이 건너편 육지로 넘어갈 수 있다.

광증, 우울, 무정부주의 이런 부류의 것들은 입국시키지 않는다. 투옥된 적이 있는가? 일부다처인가? 다 구겨져버린 외투를 걸친 오스트리아인은 생각하기를, 이렇게 엄격하고 까다로운 입국 심사를 거치니 아마도 이곳 미국에는 부실한 것이라곤 하나도 없고, 불구자도 없고, 불치병도 없고, 광증도 불복종도 없고 그리고 어쩌면 죽음까지도 없는 건 아닌지?

20

팬케이크 가장자리에 설탕 한 알갱이로 떨어져 사라지는 인생이란 그런 법이었다. 두 번째 고객에게 받은 돈은 그녀가 가졌고, 새 스타킹을 샀다. 결국 그녀가 팔려고 내놓은 그녀의 몸이었다. 세 번째 고객의 돈으로는 스카프를, 커튼을 열어 둬, 너를 보고 싶으니까, 네 번째는, 이봐 반항도 좀 해봐, 그리고 다섯 번째, 여기다 입으로, 여섯 번째, 더러운 유대년, 다섯 번째와 여섯 번째 돈을 합해서 구두 한 켤레. 그녀는 괴로웠고, 역겨웠으며, 가소로웠고, 종종 피부의 예민한 부위가 갈라지면서 화끈거렸지만, 점차 판단력이 흐려지면서, 그것은 그녀의 일이 되어갔다. 이제 그녀는 남자들이 자기 가족들에게 숨기는 일을 알게 되었다. 심지어는 길에서 군복 차림으로 모자나 실크해트를 쓰고 가운을 입은 남자들을 마주치면 그들의 원초적인 본모습인 나체 말고는 전혀 다르게 볼 수가 없었다. 그 일로 벌어들인 돈으로 산 물건은, 그녀가 세상의 그 누구와도, 심지어는 자기 자신과도 더는 하나라는 느낌을 받지 못하는 것에 비하면, 참으로 하찮고 빈약했다. 그러나 옷 한 벌, 모자, 보석이 그녀가 내주어야 했던 것에 비해 무의미하면 무의미할수록, 자신을 또다시 팔아넘기는 일이 점점 더 쉬워졌다. 지금은 오직 혼자만 알고 있는 그녀의 진실한 가치가, 언젠가는 측량할 수 없는 지경이 되리라.

후회하는 죄인을 발견하니 신은 기뻐하도다. / 불타는 두 팔로 탕아들을 들어 올리니 / 드높이 하늘에까지 이르도다.

어머니는 그녀가 걸치고 다니는 새 물건들이 어디서 난 거냐고 묻지 않지만, 그녀 스스로 먼저 어디어디에서 이 구두를 싸게 샀노라고, 새것이 아니라 중고품이라고, 이것과 저것은 친구에게서 선물 받았노라고, 이 반지는 길에서 주웠노라고 말한다. 어머니도 어린 시절 내내 아버지에 대해 그녀에게 거짓말을 해오지 않았던가.

21

어둑어둑한 대형 강당에는 천 명, 아니 이천 명의 사람들이 가득 차서 검사 결과를 기다리는데, 그사이에 새로운 이주자들이 도착한다. 긴 의자에는 쪼그리고 앉거나 누운 사람들, 보따리와 침구류, 베개, 사모바르*를 든 사람들, 짐이 하나도 없는 사람들, 뛰어다니는 아이들, 우는 아기들, 바닥에 드러누워 잠자는 사람들, 노쇠한 부모를 데리고 있는 사람들, 영어를 한 마디도 알아듣지 못하는 사람들, 여

---

* 러시아에서 찻물을 끓일 때 쓰는 큰 주전자.

기서 그들을 데려갈 거라는 사람이 정말로 나타날지 아무런 확신이 없는 사람들, 희망에 부푼 사람들, 의심하는 사람들, 고향이 그리운 사람들, 겁에 질린 사람들, 이제 무슨 일이 일어날지 알지 못하는 사람들, 25달러의 입국료를 어디서 구할지 궁리 중인 사람들, 갑자기 되돌아가고 싶어진 사람들, 발아래 땅이 더 이상 흔들리지 않는다는 이유만으로 기뻐하는 사람들, 짧은 바지 또는 긴 바지를 입은 사람들, 머릿수건을 쓴 여자들, 재킷, 양복, 모자, 술 장식이 달린 옷, 구두나 슬리퍼, 장갑이나 커프스, 땋은 머리, 콧수염, 곱슬머리와 정수리 가르마, 아이가 많거나 적은 사람들 또는 단 하나의 아이도 없는 사람들 등 셀 수 없이 많은 사람이 모두 자신의 이름이 불려지고, 미국 땅에 남을 수 있는지 아니면 유럽으로 송환되는지 판명이 날 그 순간을 기다린다. 이 사람들 사이에서 마찬가지로 결과를 기다리는 젊은 남자는, 아마도 최후 심판의 날 풍경도 이와 크게 다르지 않으리라고 생각한다.

갑자기 강당에 큰 소리가 울리자 다들 순식간에 입을 다물고 주위를 둘러본다. 커다란 중국 화병이 바닥에 떨어져 산산조각이 났다. 하필이면 강당 바닥에서도 인간이나 짐보따리, 옷가지 등으로 덮이지 않아 석조 타일이 그대로 드러난 극히 드문 자리에 떨어진 것이다. 화병을 떨어뜨린 소녀는 부쿠레슈티나 바르샤바, 빈, 오데사, 아테네나 파리 인근의 소도시를 출발해, 브레멘, 안트베르펜, 단치히, 마르세유, 피레우스 또는 바르셀로나를 거치는 기나긴 여행 내내 그것을 팔에 안고 있었다. 그 화병이 여기 입국장에서, 뉴욕으로 들어가는 마지막 관문에서 산산조각이 났다. 소녀가 생전 처음으로 피부가 검은 사람을, 우연히 그 순간 강당을 지나가던 이민국 직원인 흑

인을 보고, 아마도 악마일 거라고 생각했기 때문이다. 소녀의 어머니는 당장이라도 딸을 때려죽일 듯한 표정을 지었고, 소녀는 그야말로 죽고 싶다는 얼굴이다. 다시 소란이 시작된다. 울음소리, 이야기 소리, 비명소리, 아이들은 다시 달리기 시작하고, 어른들은 기다리고, 한 소년은 면회 온 친척이 사다준 아이스크림을 벤치 옆자리에 내려놓는 바람에 그것이 천천히 녹아 없어져버린다. 소년은 아이스크림을 한 번도 본 적이 없기 때문이다.

이것 좀 봐, 네 등에다 감독관이 분필로 철자를 하나 써놓았어. 내 등에도 있니?

소년은 자기에게도, 체류인지 아니면 유럽 송환인지를 결정할 것이 분명한 그런 철자 표시가 있는지 봐달라고 등을 친구에게 내보인다.

아니 네 등에는 아무것도 없는데.

그럼 그건 무슨 표시지?

나도 몰라.

내가 되돌아가야 한다는 건가? 아니면 네가?

내가 그걸 어떻게 알아.

바닥에 어린 소녀 둘이 앉아 있다.

목이 말라.

배터리 공원에 가면 우물이 아주 많다고 할머니가 그랬어.

그러면 난 물 마실래.

그건 절대로 안 돼.

왜 안 되는데?

거기 물을 마시면 고향에 관한 기억을 모조리 잊어버린다고 그랬어.

그럼 난 우리 집 정원을 잊어버리는 거야?

그래.

벽난로도?

그래.

할아버지도?

그래.

할머니도?

그래.

고양이도?

그래.

전부 다?

그래.

그런데 할머니는 어떻게 그걸 알지?

사람들이 그러더래.

22

어느 날 저녁, 식탁에는 음식이 차려져 있지 않았다. 어머니와 딸이 할머니 방의 문을 열려고 했으나 할머니의 몸이 문 앞에 쓰러져 있으므로 문은 열리지 않는다.

무슨 일이에요, 무슨 일인 거예요?

도와달라고 불려온 마부 시몬이 도끼로 방문을 찍는 동안, 어머니는 손으로 입을 가리고 곁에 서 있다. 딸은 할머니를 부르지만 안에서는 대답이 없다.
　오늘은 뭐 할 거예요?
　오늘 손님이 한 분 오신단다.
　할머니한테는 손님이 많이 오나요?
　고독해진 영혼이야말로 몸의 손님이 아니겠니? 오늘 왔다가, 내일 가버리는 손님이지.
　문의 도끼 구멍이 충분히 커지자, 두 여자는 손을 넣어 할머니의 몸을 더듬지만, 몸은 이미 차가워졌으니, 죽은 몸만이 그럴 수 있을 정도로 차가워진 다음이다.

23

　엘리스섬의 대강당, 수없이 많은 조그만 사각형 창구 하나에서, 로셀은 루이스가 되고, 다브나르는 데이빗이 되고, 아르덴은 앨빈이 되고, 샤이아는 클라라가 된다. 그리고 그, 요한도, 조가 된다. 그는 정말로 이렇게까지 멀리 오려고 했던 것일까. 무엇 때문에 그랬을까. 조그만 사각형의 다른 창구 앞에 있는 사람들은, 그들의 가족은 미국에 체류할 수 있으나 그들 자신은 안 된다거나 그들 때문에 가족 전체가 송환선에 올라타 이제는 그들의 고향이 아닌 곳으로, 거기서 굶어 죽거나 아니면 맞아죽을 일밖에 없는 곳으로 돌아가야 한다는 말을 듣는다. 그러자 그들은 비명을 지르며 서로에게 달라붙어 매달렸고, 어떤 이들은 그냥 그 자리에 선 채로 소리 없이 속으로 눈물을 삼키거나, 말을 잃고 깊은 침묵 속으로 빠져든다.

24

할머니를 묻고 난 다음에야 어머니는, 딸이 첫 걸음마를 할머니의 손을 잡고 걸었다는 것을 말해준다.

어머니는 어디 있었는데요?

난 이사를 준비하느라 바빴고 게다가 가게도 계속 열어야 했거든.

도와줄 사람도 없었고요?

없었어.

왜 없었죠?

잘못된 방향으로 이사를 하는 바람에.

그러니까 어머니는, 아이가 자신을 아는 것보다 훨씬 더 많이 아이에 대해서 아는 것이다. 만약 그녀의 아이가 살아 있었다면, 어머니인 그녀는 분명 아이에게, 한 발을 다른 발 앞으로 내딛는 법을 가르쳤을 것이다. 어느 날 오전, 남편이 사무실에 있는 동안, 아이는 그녀의 손을 잡고 장롱에서 옷궤까지, 넘어지지 않고, 날씨가 좋다면 아래층 대문에서 다음 모퉁이까지, 생애 첫 구간을 걸었을 것이다. 어머니인 그녀는 그날을 결코 잊지 못하고 기억하고 있다가, 언젠가 나중에 아이에게 말해줄지도 모르고, 어쩌면, 특별한 이유가 있어서 또는 아무런 이유 없이 말을 안 할지도 모른다. 하지만 지금, 모든 비밀과 기억은 오직 그녀 한 사람에게만 속하고, 그녀가 말하지 않는 것들을 물어올 사람은, 수년의 세월이 흐른 다음에도, 아무도 없을 것이다.

할머니의 집은, 지금 들었듯이 그녀가 걸음마를 배운 곳이고, 할머니의 집은, 최근에 눈으로 보았듯이, 이미 무너져 내리고 말았다.

지붕이 방 안으로 내려앉았고, 예전에 방이었던 공간에는 쓰레기가 가득 쌓였다. 쓰레기 더미 위를 분주하게 돌아다니는 닭들은 부리로 썩은 밀짚을 쪼아대면서, 지렁이나 벌레를 찾는 데 일생을 바쳤다. 그녀가 이 작은 도시에서 생의 나머지 전부를 보내게 된다면, 아마도 조만간에, 다른 집과 달라 보이지 않는 어느 한 집에서 밖으로 나오는 길에, 어머니와 정면으로 마주칠지도 모르고, 그게 아니면 이웃집 여자나 친구라도 만날 터인데, 그것만으로도 이미 충분하다. 아니, 자신을 찾을 능력도 없이, 남들에게서 죽은 자 취급을 당할 때를 기다리기는 싫다. 이미 지금도 그녀는 뼛속까지 자유로우며, 이미 지금도 그녀가 하는 일은, 그녀 자신과 아무런 상관이 없다.

걸음마를 배울 때 넘어지지 않으려고 할머니의 손을 꼭 잡았던 바로 그 손으로, 이제 그녀는 꼭 중요한 것들만 챙겨 가방을 싸고, 역으로 가서 기차표를 산다. 이등석 객실에 앉아, 지나간 시절 남편이라 불리던 남자가 수선을 책임지던 선로, 다 지나가는 데 고작 1시간 20분에 불과한 구간을 통과하고, 그러고도 2시간을 더 가서, 그녀가 소녀 시절과 젊은 시절 그리고 짧은 시간이나마 어머니와 아내로 살았던 국경 소도시에서 동남부로 90킬로미터 떨어진 갈리시아-로도메리아 왕국 수도 렘베르크에서 내린다. 역의 게시판에서 주소를 옮겨 적은 후, 가방을 들고 그곳으로 가서, 반 달 치 방세를 미리 지불하고, 방문을 열고, 새로운 거주지로 들어선다. 이곳에서는 그녀가 태어난 지 열한 달 만에 처음으로 일어서는 것을 배울 때 손을 잡아준 이가 누구인지, 아무도 알지 못한다. 그녀에게 아버지의 기억이 없는 것이 폴란드인 때문이라는 사실을 아무도 알지 못한다. 마찬가지로 그녀가 괴테의 시「신과 바야데르」를 아직도 송두리째 암송할 수 있는 것도, 이곳에 있는 그 누구도 알지 못한다. 아무도 모른다. 이곳에서 그녀는 자신의 오른손을, 그리고 당연히 왼손도, 입을 비롯한 육체의 구멍들을, 오직 이 육체를 살게 하는 데, 손과 입 그리고 구멍이 달린 부분들을 살게 하는 데만 사용할 것이다. 그런데 이름은 새롭게 바꾸어서, 새로운 삶에 어울리는 것으로 하나 생각해내고, 누가 이름을 물어보면, 그녀는 "렘베르크의 뜨거운 여자"라고 대답한 후 웃는다.

25

오스트리아-헝가리 제국은, 지금 이 강당에 몰려 있는 사람들만큼 다양한 민족을 한 왕관 아래로 끌어 모았다. 보스니아에서 폴란드 말을 사용하는 외딴 변방지역까지, 담뱃가게의 문은 모두 노란색과 검은색 선으로 칠해졌고, 가장 상석의 벽에는 황제의 초상이 걸렸으며, 온갖 언어와 갖가지 방언이 혼재하는 상황에서 독일어는 계속 관용어로 남아 있었다. 그러나 황제는 선별 과정 없이, 그냥 거기 사는 모든 민족을 한꺼번에 제국으로 편입해버렸다. 우울과 광증, 불복종도 고향에 그냥 남았다. 고향의 이름이 어느 날 갑자기 오스트리아 또는 헝가리로 바뀌어버리기는 했지만 말이다. 하지만 그 사실은 제국에 그리 심각한 피해를 입히지는 않았다. 전쟁을 피해 늘 여기저기로, 유럽인들은 이미 오래전부터 유럽 내에서 그렇게 이동하며 서로 뒤섞여왔고, 나라가 주는 혜택이 너무 없거나 그밖의 다른 이유로 삶이 고단해지면, 살던 곳을 훌쩍 떠나 새로운 고향을 찾아나서곤 했다. 하지만 여기 이곳의 저 해안처럼 자연이 정해놓은 국경선은 너무나 결정적이다. 가고 싶지 않다는 사람들을 물로 되돌려 보내는 곳, 돌아간다는 것은 그들에게 몰락을 의미하며, 또는 무수히 많은 고양이 새끼처럼, 저 바다에서 그대로 익사하게 될 것이 분명한데도.

26

생전 처음으로 그녀는 온전한 이성을 가진 것이 원망스럽다. 그렇지 않다면 딸에게 배은망덕한 것이라고 욕이라도 퍼부을 텐데. 이제 그녀의 집은 빈방이 너무 많아 세를 주어도 좋을 판이다. 가게를 정리하고, 농부들과도 작별 인사를 마치고, 말과 마차는 마부 시몬에게 판다. 세를 줄 방에서 개인 물품을 모두 꺼냈고, 지하실도 차츰차츰 정리하고 비워나간다. 앞으로 이삼 년만 지나면 힘이 빠져 그런 일은 할 수 없을 것이기 때문이다. 지금까지 특별히 사용할 일이 없는데도 보관하고 있던 많은 물건을 그렇게 다 꺼내서 사람들에게 나누어준다. 손녀가 여덟 달 동안 잠자던 요람, 은방울이 달린 상아 딸랑이 그리고 자신이 딸에게 선물했던 어깨를 덮는 모직 담요, 아기를 데리고 공원을 산책할 일이 영영 없어졌기에 딸이 한 번도 사용하지 않은 담요까지. 발 받침대는 자신이 가지기로 한다. 그게 없이는, 오래전 안드레이가 던진 돌이 제9권을 맞추었던 괴테 전집 제1권에서 제20권까지가 아직도 그대로 꽂혀 있는 책장 제일 위칸에 손이 닿지 않기 때문이다. 좋았던 추억 한가운데 괴로운 추억이, 이것이나 저것이나 몸

없는 기억으로 그렇게 보존되어 있다. 어머니가 준 은촛대도 그대로 둔다. 촛대는 거실 창턱에 놓여 있지만, 이제 그녀는 안식일이 와도, 그리고 안식일 아닌 날에도, 결코 초에 불을 붙이지 않는다.

27

8월에 오스트리아-헝가리 제국 공무원은 처음으로 지구 반대편 대륙에 발을 디딘다. 집 사이로 열기가 가득 고여 있으니, 그의 아내라면 공기가 멈추어 있다고 말했을지도 모른다. 그는 아내의 하늘색 옷 겨드랑이 부분이 잉크처럼 짙어진 걸 발견하고는, 아무도 보는 이가 없을 때, 손을 재빨리 그 사이로 집어넣을 것이고, 그러면 아내는 하지 말라면서 웃을 것이다. 이곳에 와서 처음으로 그는 상인들이 땀에 젖은 몸에 더러운 속셔츠만을 걸치고, 과일·고기·생선을 외치면서, 팔 물건을 손으로 번쩍 들어 허공으로 치켜드는 것을 본다. 이곳 고객들은 남자 가슴이나 목덜미, 팔에 난 무성한 털이 갑자기 눈앞에 불쑥 나타나도 전혀 상관하지 않는 눈치다. 그는 청결한 화장실을 찾으려고 어느 호텔로 들어간다. 엘리스섬에서 배터리 공원으로 넘어오는 사이에 머리가 엉망이 되었기 때문이다. 거울 앞에 서니, 유럽에서 항상 거울 속에서 보던 똑같은 남자가 여전히 거기 있다. 그는 그 남자의 머리를 정돈하고 콧수염에 포마드를 좀 뿌리고, 제국이자 왕국의 고급 천으로 만든 외투를 벗겨 한 팔에 걸치고, 가방을 다른 손에 들게 해, 그를 거의 미국인처럼 보이도록 만든 후, 다시 거리로 나선다. 항해 중 같은 선실에 있었던 일행이 작별할 때 건네준 쪽지에는 약도와 주소가 적혀 있다. 그는 약도대로 모퉁이를 오른쪽으로 돌았고, 추천받은 지하 입구를 즉시 발견한다. 지하철이라 불리는 그것을 타고 할렘까지 가면, 그에게 쪽지를 준 신사의 공장이 있다. 아래로 내려갈수록, 공기는 더욱더 뜨겁고 퀴퀴해진다. 제국에는 모차르트의 멜로디에 이런 가사를 붙인 노래가 있었다.

항상 충실하고 성실하라. / 차가운 무덤으로 내려갈 때까지 / 신이 가르쳐주신 길에서 / 한 발자국도 물러나지 마라.

그런데 아마도 이곳은 죽은 자들까지도 지하에서 땀을 뻘뻘 흘릴 듯하다. 그는 노래의 나머지 가사도 기억해보려 하는데, 말이 끄는 열차가 역으로 들어온다. 가엾은 짐승은 눈을 가리는 마스크를 쓰고 있다. 어차피 지하는 어두워서 아무것도 보이지 않는데 왜 그렇게 하는지 마부 시몬이라면 이상하게 여기리라. 그런데 여행자인 그도 지하철을 끄는 말보다 더 잘 들을 수도, 더 말을 잘할 수도 없는 것이, 영어는 한 마디도 알아듣지 못하고 한 마디도 할 줄 모르기 때문이다. 자신이 승차권을 사느라 지불한 금화에 새겨진 인물이 누구인지도 모르고, 옆자리 승객이 껌을 씹는 행위를 질병의 증상이라고 생각한다. 숫자의 세계는 보이는 것보다 더 많은 비밀을 숨기고 있음을 명확히 알게 된 바로 지금, 그는 눈앞에 나타난 숫자를 읽는다. 96, 110, 116번가.^{street} 지금처럼 어리둥절했던 적은 단지 어린 시절 아버지가 일요일마다 자신을 때렸는데 왜 그런지 영문을 몰랐던 때뿐이다. 나중에도 자신이 맞은 이유를 듣지 못한 채로, 아버지를 직책으로, 고급 세관원 나리, 라고 부르면서, 때려줘서 감사하다고 인사해야만 했다. 어머니는 아버지의 매질에서 아들을 보호해주지 못했고, 얻어맞는 것을 지켜보기만 하면서 꼼짝도 못 하고 한구석에 서서 소리 없이 눈물만 흘렸다. 우는 소리가 조금이라도 들렸다가는 어머니도 얻어맞았다. 어린 그는 누구를 더 증오해야 할지 알지 못했다. 일요일마다 그를 죽도록 두들겨 패는 아버지를 증오해야 할지, 아니면 옆에 서서 어찌할 바를 모르고 있는 어머니를 증오해야 할지. 그런데 그의 아내도, 문제의 그날 밤에 어찌할 바를 모르기는 마찬가지였다.

그가 빈의 기술학교를 마치기도 전에 어머니가 죽었다. 그가 받은 전보에는 사인이 뇌졸중이라고 적혀 있었다. 하지만 아버지의 폭력을 아는 그에게는, 그 말이 지금까지도 끔찍한 농담으로만 들린다. 아버지가 어머니의 몸에 만들어놓았을 푸른 멍들은 관 속에서도 색이 계속 변한다고, 그는 의대에 다니는 친구에게 들었다. 관 속에 있을 때 그리고 땅에 묻힌 직후에는 녹색이었다가, 그다음에는 노랗게 변하는데, 그건 마치 맞아죽은 자가 스스로 수행하지 못하는 신진대사를, 비록 짧은 동안이지만, 색의 변화가 대신해주는 것처럼 보인다고. 당시 그는 졸업을 위한 도량형 중간시험을 코앞에 두고 있었고, 그런 이유로 장례식에 참석하지 못했으나 아버지는 아무런 질책도 하지 않았다. 언젠가 그는 뉴욕이 바위 위에 세워진 도시라는 말을 들었거나 읽은 것 같은데, 아무래도 그런 이유로 그가 여기에 온 듯하다. 흔적이 남지 않는 단단한 바위 땅 위에서라면 그는 그 누구의 발자국도, 자신의 아버지, 고급 세관원 나리는 말할 것도 없고, 겁 많은 어머니의 발자국도 따를 가능성이 없기 때문이다.

28

이제 이렇게 된다. 그녀의 한 손은 남자의 성기를 세게 쥐어도 아프지 않다는 것을 안다. 그것은 근육이니까. 다른 한 손은 메밀가루 죽이 든 냄비에 물을 부을 때 조심해야 한다는 걸 이미 한참 전부터 알고 있다. 물이 공중으로 튀어 올라 손을 델 수 있으니까. 한 손은 하루에 800번씩 천공기 손잡이를 잡고 아래로 당긴다. 한 손은 다른 손을 씻고, 한 손은 머리카락 사이를 쓸어 올리며, 한 손은 동전을 가스 계량기 속에 투입한다. 한 손이 식탁보를 매끈하게 펴는 사이, 다른 한 손은 부스러기를 털어내고, 세 번째 손은 전등 스위치를 켠다. 눈동자는 역광 속에서 피어나는 먼지를 보고, 남자들의 벌어진 입속을 보고, 작은 기름통을 본다. 귀는 문이 닫히는 소리를 들으며, 사이렌 소리를 들으며, 누군가의 기침 소리를 듣는다. 발이 비단 스타킹 속으로 들어가고, 팔꿈치를 마사지하고, 발톱을 자르고, 끝을 매끈하게 갈고, 매니큐어를 칠하고, 발은 물집이 생겨 구두에 들어가지 않는다. 회색과 검정, 갈색 머리칼, 눈 아래의 다크서클, 굳은살, 두 개의 처진 가슴, 탈모, 치통, 혀, 비단같이 찢어지는 목소리. 상황이 달랐더라면 한 가족으로 남았거나, 가족이 될 수도 있었을 것들이, 지금은 어찌나 갈가리 찢겨버렸는지, 사람을 말에 묶어놓아 사지를 찢어 죽이는 처형쯤은 그와 비교하면 아무것도 아닐 정도다. 그렇지만 그는, 그녀는, 그리고 다른 여자는, 이곳, 저곳 그리고 또 다른 곳에서 생각하곤 한다. 아기가 갑자기 숨을 멈추어버린 그 순간을.

막간극

만약 예를 들어 그날 밤 어머니나 아버지가 창문을 열어젖히고, 바깥 창틀에 쌓인 눈을 한줌 퍼다가 아기의 옷 속으로 밀어 넣었더라면, 그러면 아마도 아기는 불현듯 다시 숨을 쉬기 시작했을 것이고, 어쩌면 소리를 지르며 울었을지도 모르니, 뭐가 되었든 아기의 심장은 다시 뛰기 시작하고 아기의 피부는 온기를 회복하면서 눈은 아기의 가슴에서 녹아버렸으리라. 아마도 그것은 다급한 일이 닥치면 본능적으로 떠오르는 영감의 일종인데, 그런 영감이 어디서 오는지 어머니는 알지 못했고, 아버지도 알지 못했다. 밤에 창을 열고 은은하게 빛나는 눈을 바라보거나, 추위에 오그라든 창틀이 삐걱대는 소리를 듣기만 해도 그런 영감이 떠오르기에 충분할 수도 있는데, 그건 아기가 숨을 멈춘 바로 그 순간의 얼어붙은 창문이 내는 소리인 것이지, 겨우 반 시간이 지난 뒤, 이미 상황이 종료된 이후에 나는 똑같은 소리는 아무 소용이 없다. 어머니는 학교에서 배웠으므로, 리디아의 왕 크로이소스가 신탁을 묻자 델포이의 무녀 피티아가, 할뤼스강을 넘어가면 제국은 멸망하게 된다라고 대답했다는 것을 알았다. 그러나 아기의 어머니는 누구도 질문하지 않은 것에 대한 피티아의 대답을 알지 못했고, 아버지도 마찬가지였다. 아마도 영원한 신탁은, 지구의 깊은 내부에서 올라온 안개 위에 영원히 걸터앉은 채, 자신의 침묵이 점점 자라나 비인간적인 규모로 증폭되는 것을 지켜보는 중인지도 몰랐다. 만약 부모가 그때 어떤 영감을 받았다면, 아기가 정말로 다시 살아났을지도 모른다. 복잡하게 얽힌 삶의 우연들, 눈의 효력에 대해서 알거나 창밖을 내다보거나 차갑고 축축한 목재 소리에 귀 기울이는 것, 이런 것들이 하나의 진실을 다른 진실에서 영구히 갈라놓았을 것이다. 그러면 부모들은 푸르스름하게 변해버리던, 특히 아기의 입술과 아래턱 주변의 색채만을 괴로운 기억으로 간직할 것이다.

하지만 어느 예기치 않은 순간 불쑥불쑥 의식의 표면으로 떠오를 그 기억을, 그들은 서로에게 절대 드러내지 않으리라. 입 밖으로 꺼내는 순간 운명을 자극할 것이 두렵기 때문이다. 그렇게 운명을 얌전하게 달래놓은 덕분에, 아기가 죽을 수도 있었던 생의 첫 번째 고비는, 큰 야단법석 없이 조용히 지나갔을 것이다.

아이는 어머니의 손을 잡고 첫 걸음마를 배우고, 인생에 첫 길을 걸었을 것이다. 장롱에서 옷궤까지의 거리를. 증조할머니는 아이의 머리를 땋으면서 노래를 불러주었을 것이다. 한 남자가 낡은 천 한 조각으로 겉옷을 만들고, 겉옷이 해어지자, 그것으로 조끼를 만들고, 조끼가 해어지자, 그것으로 수건을 만들고, 수건이 해어지자, 그것으로 모자를 만들고, 모자가 해어지자, 그것으로 단추를 만들고, 단추로는, 아무것도 아닌 것을 만들고, 마침내 마지막으로, 이 아무것도 아닌 것으로는, 이 노래를 만들었다는 노래. 노래가 끝날 쯤에는 땋은 머리도 완성되었을 것이다. 할머니는 가게에서 아이를 위해 과자를, 또는 할라빵을 직접 구워 가져왔을 것이다. 4년 뒤에는 여동생이 태어났을 테지만, 아버지는 여전히 11등급에서 승진하지 못했을 것이다. 아버지는 그사이 자기 구간의 웬만큼 큰 나무들은, 그동안 한 번이라도 가지가 선로에 떨어졌던 나무들은 하나하나 전부 상세히 알게 되었을 것이다. 하녀를 두거나 세탁부를 고용할 형편이 되지 않는 어머니는 하루 종일 직접 살림을 하고, 아무도 보지 못하도록 자기 부엌에서 커다란 냄비에 가족들의 속옷을 세탁했을 것이다. 그러다 밤이 되면 아직 책을 읽고 싶은 어머니는, 손에 든 책 위로 쓰러져 잠에 빠져들었을 것이다. 딸이 힘들게 고생하는 걸 보는 할머니는, 가끔씩 딸에게 돈을 쥐어주고, 1908년 젊은 부부의 결혼 7주년 기념일에는, 그들 가족에게 빈으로의 여행을 선물했을 것이다. 운이 좋다면, 평범한 죄인이 되어 캐노피로 덮인 하늘을 뒤따르는 늙은 황제의 얼굴을 볼 수도 있는 자리인 그리스도성체성혈대축일 행사에 참석할 수 있다. 어머니는 그 선물을 덥석 받기를 망설였지만, 아버지는 자신과 아내 그리고 딸들의 여행 증명서를 이미 신청해버렸으리라. 그래서 그들 가족은 처음으로 아버지가 관리하는 선로 위로 기차를 타고 갔으니, 지난 수년간 폭풍우에 가지를 떨어뜨린 큰 나무들을 지나는 아버지의 1시간 20분 구간을 포함해, 총 여행 시간은 17시간이 걸렸다.

그리고 빈에서, 슈테판 대성당에서 호프부르크 왕궁까지의 길가를 가득 메운 인파 한가운데서, 아버지는 학창 시절 친구와 마주쳤을 것이다. 친구는 오스트리아 제국 중앙 기상연구소에서 근무하고 있다.

남자들은 서로 얼싸안으며 그동안의 소식을 나누기 시작한다. 아버지는 친구에게 온갖 사건을 전부 이야기하지만 단 한 가지 일만은 제외한다. 생각 좀 해봐, 내 아내가 말이야, 눈을 한 움큼 퍼서는, 그걸로 큰딸의 목숨을 살렸지 뭐야. 운명을 자극하지 않기 위해, 그 일에 대해서만은 입을 다문다. 빈에서 보낸 학창 시절이 얼마나 즐거웠는지, 한동안은 '침대 임차인'이 되어, 교대 근무를 하느라 밤에는 집에 없는 사람의 침대를 하나 세내서 함께 나누어 사용했던 일, 둘 중 한 사람이 밤 10시에서 새벽 2시까지 네 시간 동안 침대에서 자고 나면, 다른 사람이 2시부터 아침 6시까지 잠자는 식으로, 한 사람이 오전 수업시간에 졸기라도 하면, 다른 사람이 책 몇 권을 그의 턱 아래 괴어주어 편하게 졸 수 있도록 해준 일. 한겨울 주말에는 눈 쌓인 빈 숲을 산책했고, 그러던 어느 산책길에서 각자의 발자국 흔적이 확연히 다르다는 것을 알아차리게 된 일. 대화를 하던 중 그들은 멈추어 서서 우연히 동시에 뒤돌아보았는데, 친구의 발자국은 구불구불한 뱀처럼 규칙적인 진폭을 이루며 친구의 뒤로 이어진 반면, 아버지의 것은 눈 위에 똑바른 일직선으로 뻗어 있었던 것이다. 당시 그들은 매우 놀라서, 과연 이것이 어떤 의미일까 생각해보았지만 오늘날까지도 해답은 알 수가 없다.

그들은 거의 8년 동안이나 만난 적이 없고 그동안 편지조차 주고받지 않았으며, 솔직히 말해서 거의 잊은 것이나 다름없이 살았는데도 여전히 학창 시절과 다름없는 친밀감을 느끼니 매우 신기한 일이라고 서로 인정했을 것이다. 이런 게 바로 우정의 통조림이지, 하고 아버지가 말했고, 친구는 한바탕 웃음을 터뜨린 다음, 이렇게 웃어보기는 정말 오랜만이라고 말했을 것이다. 그리고 그들은 일에 대해서,

동료들의 질투, 악의, '비밀평가서'의 간교함에 대해서 이야기를 나누고, 친구는 옛날에는 이렇지 않았다, 학창 시절에는 나중에 이 정도로 말조심을 하고 살아야 한다는 걸 단 한 번도 예상해보지 않았노라고 했을 것이다. 사람이 나이 들어 진정한 친구를 사귄다는 건 그래서 거의 불가능하다고. 아버지는 고개를 끄덕이면서, 자신도 지난 8년 동안 친구 없이 외로웠다고, 물론 아내와의 유대감을 제외한다면 말이지만, 그렇게 말하며 아버지는 아내의 팔을 세게 잡는데, 그녀가 어떤 종교를 가졌는지는 굳이 설명하지 않았을 것이다. 그러자 친구도 그의 아내를 자세히 보면서, 아직까지 자신에게는 유감스럽게도 가정을 꾸릴 만한 행운이 찾아오지 않았다고, 하, 그래도 최소한 게임에서의 행운은 따라주었으니, 그건 당연히 직장에서의 행운도 의미하는 것이고, 하, 그래, 어쩔 수 없지, 사람은 한꺼번에 다 가질 수는 없으니까, 그리고 다시 한번, 하, 다른 설명은 덧붙이지 않은 채로.

  아버지는 뭐라고 대꾸해야 할지 몰랐으나, 친구는 계속해서 말하기를, 기상연구소에서 최근에 서기 업무를 맡을 사람을 구한다고, 그건 아마도 지금 자네가 하고 있는 일보다 월등하게 뛰어난 자리는 아니겠고, 게다가 직급도 11등급에 불과하지만, 그래도 어쨌든 추가 수당이 있고 최소한 빈에서 살 수 있으니, 빈 말이야! 친구는 자신이 최대한 그를 위해 힘써 보겠노라고, 당연한 일이지, 네가 빈으로 올 수 있다면, 정말로 빈으로 올 수 있다면! 이 도시는 물가가 결코 싸지 않고, 특히나 가족이 살려면 절약의 대가가 되어야겠지, 그런데, 그런데 빈이 아닌가! 그러니 한번 생각을 해봐, 세상에, 그런 말 하지 마. 나는 정말로, 네가 그렇게 해준다면, 뭐라고 해야 할지 알 수가 없네 등등.

작은딸은 이미 한참 전부터 보채느라 정신이 없고, 이제는 아버지의 손을 힘껏 잡아끌면서 자기를 어깨에 태워달라고 조르고 있었을 것이다. 아버지는 딸을 어깨에 태웠을 것이고, 학창 시절의 친구에게 다시 한번 더 진심으로 감사하다는 인사를 했을 것이다. 친구는 감사할 일은 절대 아니라고, 아직은 자신도 그게 확실할지는 알 수 없으며, 단지 자신이 최선을 다해 노력하면 가능성이 있을지도 모른다는 것뿐이라고 말했을 것이다. 그리고 곧 황제가 나타났고, 그야말로 평범한 죄인처럼 캐노피로 만들어진 하늘을 뒤따라 걸으니, 시골에서 온 가족은 다른 군중들처럼 황제에게 환호를 보냈을 것이고, 누가 봐도 빈 사람과 조금도 다를 바가 없었을 것이다. 그날 여관으로 돌아온 즉시 아버지는 공식적인 지원서를 작성했고, 바로 그날 저녁 우편함에 넣었을 것이다.

그러나 브로디에 있는 그의 동료들, 특히 그의 상관이며 서열 8위인 1등급 상급 감독관 빈첸츠 크노르는, 그로부터 몇 주 뒤 그의 전근 소식을 듣고는 매우 놀랐을 것이다. 할머니는 가족들을, 이번에는 빈으로 영영 이사 가는 가족들을 역까지 배웅했고, 마지막 순간 손을 흔들면서, 멀리 가버리는 딸과 함께 아버지의 부재에 대한 딸의 질문도 함께 가버리게 되었음을 확신하면서, 아마도 차라리 더 잘된 일이라고 느꼈을 것이다.

제2권

1

1919년 1월, 아버지의 외투 금색 단추에는 여전히 머리가 두 개 달린 독수리와 황제의 왕관 문양이 보이지만, 황제는 이미 2년 전부터 이 세상 사람이 아니고, 독수리의 반쪽인 헝가리는 사실상 오래전에 날아가 버린 다음이다. 그러나 외투는 아직도 따뜻하므로, 아버지는 매일매일 제국이자 왕국의 옷에 감싸인 채 난방이 약한, 그 사이 민주주의 사무실로 바뀐 빈의 기상학 연구소 사무실에 앉아 있다. 근무가 끝나면 난방이 약한 커피 하우스 빈도보나로 가서, 마찬가지로 외투를 걸친 채 앉아 친구와 동료들과 함께 체스 게임을 두 판 하고, 저녁에 집에 돌아온 다음에도 외투를 벗지 않으니, 일주일에 몇 번이나 어머니가 큰딸과 함께 빈 숲에 가서 주워오는 나무가 너무 축축해 부엌 화덕 속에서 타기보다는 치직거리는 소리만 내는 편에 더 가깝기 때문이다. 거실과 작은방, 두 딸의 방 난로는 차갑게 식은 지 오래다. 아버지는 금색 단추가 달린 외투 차림으로 식탁에 앉는다. 식사는 구운 감자다. 아버지 어머니 그리고 작은딸에게 각자 하나씩.

큰애는 어디 있지?

집에 없어요.

당신 그거 알아, 당신이 딱 큰애 나이일 때, 그때 우리가 사귀기 시작했잖아.

그만하세요.

2

넌 창녀 같아, 어머니는 지난여름 큰딸이 스커트를 무릎 위로 줄여 입고 외출하려 하자 이렇게 말했다.

어머니가 창녀에 대해서 뭘 알아요? 큰딸은 이렇게 소리 질렀고, 나가면서 문을 얼마나 거세게 닫았는지, 문 위쪽에 끼워진 유리창이 덜컹거렸다.

딸이 나간 후 어머니는 30분 동안 울고 나서는, 자신의 스커트를 무릎 위로 접어 입고 거울 앞에서 다리를 관찰했다. 4년간의 전쟁이 끝난 지금 빈은 황폐한 도시가 되었고, 이곳에 사는 그녀도 황폐해졌다. 남편의 전근이 확실해지자 그녀는 집을 알아보러 홀로 이 도시를 다시 찾았는데, 그때만 해도 희망으로 가슴이 얼마나 벅찼던가. 이 집으로 처음 들어서던 날, 석회석과 먼지 냄새가 났는데, 그건 오직 세계적인 대도시의 집들만이 갖는 석회석과 먼지의 냄새였다. 바깥은 뜨거운 열기가 덩어리처럼 견고하게 버티고 있는데도, 그늘진 현관 통로는 서늘했다. 만약 남편이 함께 왔다면, 아무도 보는 이가 없을 때 손을 재빨리 그녀의 겨드랑이 사이로 집어넣을 것이고, 그러면 그녀는 하지 말라면서 웃었을 것이다. 2층에 있는 집을 둘러보러 계단을 오르기 전에, 그녀는 난간 끝에 새겨진 독수리 장식의 머리를 쓰다듬었다. 어쩌면 행운을 가져다줄지도 모르므로. 건너편 공중목욕탕 건물이 내다보이는 두 개의 침실, 주방과 작은 방은 두 딸이 뛰어놀 수 있는 뒷마당을 향하고, 계단에는 세면대와 별도의 화장실이 있었다. 집세도 적당했다. 한 달 치 집세를 미리 치르고, 그녀는 이사 준비를 위해 다시 돌아갔다.

그녀가 집 안에서 가장 마지막으로 실은 물건은 결혼할 때 할머니에게 선물받은 발 받침대였다. 빈의 집 현관에 가장 먼저 이 발 받침대를 들여놓을 것이고, 그 순간부터 빈은 그녀의 고향이 될 것이다. 이삼 년 뒤 어머니가 보내온 편지에, 국경에서 군사훈련이 있었는데, 화약 터지는 소리가 요란하게 들렸다고, 아마도 전쟁이 난 것 같다고 쓰여 있었지만, 그녀는 크게 걱정하지는 않았다. 그들은 시골에 살다가 도시로 탈출했으니, 큰 배로 옮겨 탄 셈이라고 안심했는데, 당시 이미 그 배가 침몰하기 시작했다는 것을 전혀 짐작도 하지 못했다. 빈의 유대인은 항상 화재, 메뚜기떼, 거머리, 페스트 또는 곰이나 여우, 뱀, 빈대나 이 등으로 불려왔지만, 그녀는 그 사실을 몰랐다.

은혜로운 신이여 아버지이신 은혜로운 신이여, 우리에게 이빨을 주셨으니, 이빨로 씹을 수 있는 것도 함께 주십시오.

아마도 계단에 새겨진 장식은 사실 독수리가 아니라 그냥 맹금류였고, 수년 동안 그녀의 몰락을 기다리고 있었던 것인데, 단지 그녀가 몇 년 동안이나 고집스럽게 버티면서 가족들이 그것의 먹이로 전락하는 걸 거부하고 있었던 건지도 모른다. 하지만 그녀는 그 정도로 버티기 위해서, 갖고 있던 모든 힘과, 더 이상 갖고 있지 않은 힘까지도 전부 소모해야만 했다. 다리털을 뽑지 않았고, 발톱은 딱딱하게 굳었으며, 종아리에는 푸른 정맥이 드러났다. 여름이면 빈의 공원에는 풀이 무릎 높이까지 자랐고, 공터에는 사람들이 당근이나 감자, 순무를 심어놓았다. 그런 농촌 풍경이 빈 전체를 관통하며 뻗어나가고, 도시의 모습을 씻어내 버렸다. 일단 살아남는 일이 급급한 나머지 아무도 그런 것을 신경 쓰지 않았다. 삶을 정돈하고 끄트머리를 베어내는 일 따위를 하기에는 이제 삶이 너무 부족해졌다.

노력하라, 엉겅퀴의 목을 쳐내는 소년처럼 떡갈나무를 상대하고, 산을 상대하면서.

이제 여름이면 아렌베르크 공원은 브로디 교외, 러시아 국경 바로 앞에 있는 아우엔과 외관상으로 별다를 바가 없다. 단지 차이라면 이제 어른인 그녀는, 어린 시절 그랬듯이 개암나무 가지를 꺾어들고 들판을 돌아다니며, (잘못해서 팬케이크의 가장자리 밖으로 떨어지지 않기 위해) 마주치는 풀들을 때려눕히는 것 말고 다른 할 일이 있다. 그들은 굶어죽으려고 빈으로 탈출한 것은 아니었다. 어떤 소망은 영원히 이루어지지 않지만, 그 여부가 언제 확정되는지 인간은 아무도 알지 못한다.

이제 몇 가지만 더 옮겨 적으면 돼, 하고 그가 아내에게 말한다.

그만하세요. 이렇게 대답한 그녀는 부엌을 나간다.

다음의 기록에서 보듯이, 30일 동안 슈타이어마르크의 땅이 흔들렸다. 대규모 진동이 일어나던 대부분의 시기에는, 라이바흐 주변에서 발생한 충격을 우리도 느낄 수 있을 정도였다.

어느새 나이가 열세 살이고 키도 1미터 70센티미터나 되지만, 부모가 이름 대신 늘 작은애라고 부르는 작은딸은, 담요를 팔 아래 끼고, 현관에서 어머니가 등에 걸어주는 접이식 의자와 함께, 야간 줄서기를 하러 나간다. lange loksch*. 작은딸이 나가고 나자, 어머니는 자정에 작은딸과 줄서기를 교대하기 전에 몇 시간이라도 자두기 위해 침대로 간다. 운이 좋다면 그렇게 밤새워 줄을 선 다음 날 아침 7시쯤에 암소의 젖통고기를 얻을 수 있다. 그것을 우유에 넣고 끓이면 먹을 수 있는 음식이 되었다.

큰딸의 침대는 비어 있다.

3

그녀는 창녀가 아니었다. 벌써 2년 전부터 신발 두 켤레에 자신을 팔 수 있었고, 요즘이라면 생크림 1리터, 감자 15알 또는 기름 반 파운드를 받았겠지만 말이다. 이런저런 암거래상들이 끊임없이 그녀의 가격을 속삭여준다. 다른 시장 가격과 마찬가지로 시세에 따라 변동하지만 원칙적으로 항상 하락의 방향으로만 변동하는 가격을. 가족을 추위에 떨지 않게 할 목적으로나 너무나 빠르게 자라고 있는 동생을 위해서라면, 그녀는 이미 오래전에 자신을 팔았을 것이다. 아마도 그녀를 비난하는 어머니는, 자신이 비난하는 내용과 정반대의 이유 때문에 그녀를 싫어하는 것이리라. 그녀가 자신을 팔지 않고 젊음을 유지하려 한다는 그 이유로.

지난여름 어느 날 밤 그녀는 처음으로 도나우 강변에서 블라우스 단추를 풀었다. 그녀보다 나이 어린 남자급우의 손이 옷 아래로 들

---

* 이디쉬어로 '키다리처럼 크다'라는 뜻.

어와 그녀의 가슴을 움켜쥐었으나, 그녀는 그 이상은 허락하지 않았다. 그 남학생은 아직 아기나 마찬가지였으니까. 지난여름 어느 날 밤 아버지의 친구는 그녀와 남몰래 만나, 그녀의 붉은 머리카락은 지금껏 보아온 세상의 그 무엇보다도 자신을 흥분시킨다고 말하며, 처음에는 그녀의 머리카락에, 이어서 어깨에 입을 맞추었으나, 그녀는 그 이상은 허락하지 않았다. 그는 너무 나이가 많았으니까. 아마도 지금 이 순간, 마르네강이나 이손초강 전투에서, 그녀에게 딱 어울리는 남자가 전사하고 있을 것이다. 베르됭의 철조망 앞에서 피를 흘리며 또는 다리 하나를 잃은 채. 이 전쟁은 지금 막 피어나는 단계에 있는 그녀의 청춘 또한 쏘아 죽인 것이다. 대학생과 약혼한 그녀의 가장 친한 친구는 약혼자를 전쟁터로 보내야 했고, 2년 동안 전투를 치르던 그는 지금 독가스를 마시고 야전병원에 누워 있다. 전쟁을 막기 위해 전쟁을 해야 한다고 사람들은 말하지만, 어떤 논리로 그것이 성립한다는 건지 그녀나 가장 친한 친구나 납득할 수 없기는 마찬가지다.

음식을 구하기 위해 줄 선 사람 사이에 어머니들이 있었다. 굶주린 자식들을 경비병 눈앞에 들이밀며, 이 아이들을 창문에 목매달아 죽여버리고, 자신과 가족들 전부는 도나우강에 빠져죽어버릴 거라고 위협하는 어머니들, 어떤 여자는 심지어 갓난아기를 아예 길바닥에 내팽개쳐 둔 채, 먹여서 키울 방도가 없다며 다시 데려가기를 거부하기도 했다. 언젠가 한번 그녀 자신도 몇 시간이나 줄을 서서 기다리다가 아무것도 구하지 못하고 빈손으로 돌아가야 했을 때 바로 그와 똑같은 분노가 치솟았다. 그래서 다른 여자들에게 시청 앞으로 가서 항의하자고 외치며, 손수건을 깃발처럼 공중으로 흔들었다. 그러자 정말로, 절망한 여자들 수백 명이, 당시 열네 살 소녀에 불과한 그녀의 뒤를 따르기 시작했다. 하지만 몇 시간이나 시청 앞에서 기다렸으나 그녀들을 상대해주러 나오는 사람이 아무도 없자, 어쨌든 그날 하루 가족들이 먹을 양식을 구해야만 하는 여자들은 다시 흩어져 돌아가 버렸다. 그러나 그녀는 주저앉아서 울었고, 깃발로 사용했던 손수건을 이번에는 코를 풀고 눈물을 훔치는 데 사용했다. 어머니에게는 그날의 좌절 경험을 이야기하지 않았다.

하지만 그날 이후 그녀는 굶주림에서 독립할 것, 더 이상은 자신의 육체가 가하는 협박에 굴하지 않을 것을 결심했다. 이미 알아차린 사실이지만, 적게 먹을수록 그만큼 사고는 더욱 명료해지는 법이니까. 그녀의 감각은 마침내 너무나 예리해져서, 지난여름 어느 날 밤 가장 친한 친구와 마치 어린아이인 양 도나우 강변에 누워 있을 때, 강물 소리뿐 아니라 수면 아래로 미끄러지는 물고기와 뱀의 소리도 들을 수 있었고, 굶주림으로 눈도 더욱 밝아져서 동물들이 저 깊은 심연에서 서로 몸을 휘감고, 덤벼들고, 쉭쉭거리는 모습을 볼 수 있었다.

4

세상의 모든 일이 서로 연관되는 방식은 오직 그만이 알고 있다. 그렇지 않다면, 이렇게 계속 추위에 떨며, 추위에 떠는 가족들을 지켜보느니, 이렇게 계속 굶주리며, 굶주리는 가족들을 지켜보느니, 그만 죽어버리는 편이 더 나으리라.

1895년의 부활절에 시작된 라이바흐의 지진기에는 주목할 만할

현상이 있다. 그것은 장기간 지속된 여진 가운데 상당수가 심각한 결과를 초래하는 파괴적 수준이었으며, 주 지진과 흡사한 양상을 보였다는 것이다. 1897년 4월 5일의 지진은 특별히 심한 편이 아니었지만, 지각의 움직임이 지진의 음파 효과에 비해 미약했다는 점에서 다른 것들과 차이를 보였다.

무슨 일이 있어도 그는 다음 달이 시작될 때까지는 살아남아 있어야만 했다. 그래야만 한 달 치 월급이 고스란히 아내의 손에 들어갈 수 있을 테니까. 그의 한 달 치 월급으로 아내가 솜씨 좋게 아주 잘 쪼개서 쓰기만 한다면, 일주일은 견딜 수 있었다. 그런 다음 한 달의 나머지 3주와 다음 달은 어떻게 살아갈지, 그건 그도 알지 못했다.

흔들림은 지하에서 발생한 두 번의 진동으로 이루어졌는데, 그중 첫 번째가 더욱 격렬했다. 각 진동은 약 2초간 지속되었고, 그 사이 약 1초 정도 휴지기가 있었다. 현장에서 바로 느낀 바에 따르면 흔들림은 북에서 남으로 향하며 발생했고, 건물 입구로 들어오는 마차 같은 소리를 동반하는데, 소리는 흔들림보다 1초가량 더 빨리 와서, 흔들림이 사라진 후에도 계속되었다. 시계와 전등이 삐걱거렸다.

그는 손가락 끝을 잘라낸 장갑을 끼고 있다. 이렇게 하면 펜을 좀 더 잘 쥘 수 있다. 잉크가 얼어서 굳어버리면 그는 펜촉 끝을 입김으로 녹인다.

5

11월에 종전이 선포되었고, 12월에 친구의 약혼자가 마침내 돌아왔다. 어느 날 오후, 난데없이 문 앞에 나타난 그를 두 소녀는 처음에는 누군지 전혀 알아보지 못했다. 그의 모습이 너무나 많이 달라졌기 때문이다. 돌아온 지 몇 주가 지난 후에도 그는 누가 공원에서 비둘기에게 빵 부스러기라도 던져주는 걸 보면 미칠 듯이 괴로워했다. 전쟁터가 어땠느냐고 물으면, 그는 아무런 대답 없이, 어디에선가 주운 담배꽁초를 주머니에서 꺼내 피우기 시작했다. 소녀들이 외출하고 싶다고 말하면, 그는 상관하지 않고 집에 남았다. 1월이 되어 건물의 통행금지 시간이 10시에서 8시로 당겨지고 나서야, 수위에게 벌금으로 내는 동전을 아끼기 위해 그들은 여자 친구의 집 안에서 시간을 보내는 일이 많아졌다. 그녀는 함께 술을 마시고 이야기를 나누면서, 어떨 때는 집으로 가지 않고 아예 친구의 집 현관에 갖다놓은 매트리스에서 잠을 자기도 했다. 친구와 동행하지 않고 그녀 혼자 외출하는 드문 저녁에는, 그 누구도 입맞춤은커녕, 자신의 몸에 손끝 하나 대지 못하게 했다.

6

작은딸은 한밤중 길에 앉아 자정이 되기를 기다린다. 사실 그녀는 이미 몇 년 전부터 이렇게 계속 길에 앉아 있었던 셈이다. 때로는 어머니와 함께이거나 언니와 함께였지만, 대개는 혼자서. 전쟁이 시작되자마자 이런 줄서기도 시작되었다. 처음에는 빵, 고기, 기름을 얻으려고, 나중에는 우유, 설탕, 감자, 달걀 그리고 석탄을 구하기 위해. 그런데 전쟁이 끝난 지금도 그녀의 줄서기는 변함이 없다. 지난 5년 간 그녀를 둘러싸고 자라난 이 어두컴컴한 육체의 숲은, 날이 갈수록 팔다리를 점점 길게 뻗어, 골목길 안으로, 사방의 도로로, 모퉁이로, 빈의 모든 계단과 광장을 메워나간다.

그녀도 그동안 이 숲속에서 1미터 70센티미터로, 배고픔에 시달리면서도 위로 위로 자랐고, 몇 년 전부터는 밤마다 생존을 위해 필사적으로 줄을 서는 수천 명의 사람들 틈에 섞여 있다. 중앙 시장 앞에서, 앙커브롯* 빵집 앞에서, 정육점과 밀가루 배급소 앞에서, 각종 유제품 판매대 앞에서, 뿐만 아니라 카바이드, 양초, 구두, 비누 또는 커피를 파는 상점 앞에서. 모든 가능한 장소 앞에는 서서, 누워서 또는 앉아서 몇 시간이고 말없이 또는 중얼거리며 기다리는, 빈의 피**, 그러다 다음 날 아침이 밝아오면 무리는 부글부글 끓어오르기 시작했고, 서로 밀치고, 발로 차고, 욕을 하고, 앞서 나가려고 떠밀고, 화내고, 버티고, 깨물거나 할퀴는 소란이 마침내 상대방이 넘어지거나 비틀거리고, 옆으로 밀려날 때까지, 그리고 밀려나면서 밀치고, 소리 지르고, 울고, 비아냥거리고, 절망에 빠질 때까지 이어졌다. 1미터 70센티미터, 다른 이들은 이런 밤을 겪으면서 점점 허약해지고 늙어갔으며, 미치거나 의식불명에 빠지는 경우도 많고, 심지어 몇몇은 줄을 서는 도중에 죽어버리기도 했는데. 접이식 간이 의자에 앉은 그녀는 도로가 울퉁불퉁해서 앉은 채로 이리저리 몸을 흔들 수 있음을 그나마 다행으로 여긴다. 그렇게 담요로 몸을 감싼 그녀는 자정이 되어 어머니가 교대하러 와 주기를 기다리며 앉아 있다.

---

*   빈을 중심으로 한 오스트리아의 체인 빵집.
** Wiener Blut, 요한 슈트라우스의 오페레타.

7

저녁에 이처럼 일찍 침대로 간 아내가 잠이 들면, 그는 가끔 침실로 가서 아내의 자는 모습을 지켜본다.

추가 남에서 북으로 움직이는 평범한 스위스산 괘종시계가 멈추어버린 집도 세 집이나 되었다.

잠이 들면, 그녀는 말이 없다. 깨어 있을 때 그녀는 늘 그에게, 그만 하세요, 라고 말한다. 예를 들어서 그가 하늘이 흐리다고, 푸르다고, 구름이 많다고, 아주 완전히 개었다고 한 마디 하면, 그만하세요. 사무실이 2시까지만 난방이 되어 이제부터는 집에 더 일찍 온다고 알리면, 그만하세요. 하지만 그녀가 잠이 들면, 그는 침대 곁에 앉아, 얼마 전부터 인간 역사의 가장 큰 미스터리로 여겨지는 문제에 대해 곰곰이 탐구하는 일을 계속한다. 경과와 상태 또는 그에 따른 자연스러운 결과들이―예를 들어 전쟁이나 장기적인 굶주림 또는 미친 듯한 인플레이션을 도저히 감당하지 못하는 공무원의 월급―임의의 한 사적인 인간의 얼굴에 어떻게 가시적으로 스며들 수 있는 걸까. 여기에 흰 머리카락이 몇 가닥 생겨나고, 통통하던 사랑스러운 뺨이 억센 광대뼈에 찰싹 달라붙을 정도로 홀쭉해졌으니, 아마도 헝가리의 분리는 어느 한 여인의 얼굴에, 그 여인이 우연히 자신의 아내일 수도 있고, 앙다문 입술에 새겨지는 것이리라. 그러니까 아주 먼 외부의 것이 아주 깊숙한 내부로 번역되는 일인데, 모든 개개인이 각자 자신의 어휘를 하나씩만 갖고 있는 탓에, 이것이 무엇보다도 언어라는 것을, 그것도 전 세계적으로 영구히 통용되는 유일한 언어라는 것을 지금까지 아무도 알아차리지 못했던 것이다. 만약 누군가가 수많은 얼굴을 충분히 시간을 들여 연구했다면, 그는 분명 주름과 눈꺼풀의 씰룩임, 광채를 잃은 이빨에서, 어느 황제의 죽음을, 부당한 배상금 지급을 또는 사회민주주의의 강화를 추론해낼 수가 있으리라.

아내는 그가 왜『슈타이어마르크 지진』기록지를 집으로 가져왔는지, 왜 매일 저녁 그걸 읽으면서 중요 구절들을 옮겨 적는지 묻지 않는다. 그런데 거기에는 지금 그가 아내를 새로운 눈으로 바라보게 된 것과 똑같은 과정이 그대로 적혀 있다. 하나의 동일한 원인이 다른 지방, 다른 장소에서 수천의 서로 다른 효과를 불러올 수 있다고. 그러자 지금까지 그의 인식을 방해하던 사물의 껍데기가, 그가 보고 마주치는 것에서 몽땅 떨어져 나가는 느낌이었고, 그제서야 껍데기 아래 감추어져 있던 본질을 마침내 발견할 수 있었다. 그는 인용문과 인용문 사이에, *마음이 곧 풍경임*, 이라고 첨가해 넣는다. 이 기록지가 지금 그의 손에 들어왔으니 얼마나 다행한 상황인가, 힘이 다할 때까지 자신이 이름 붙인 이 원초적 언어를 연구하겠다고 마음을 굳힌 그에게.

단단한 땅 위에 발을 딛고선 사람들은, 대지의 희미한 떨림을 느꼈다.

오직 그것만이, 가족의 굶주림을 지켜봐야 하는 9등급 공무원이 이 비참한 삶에 매달려 있는 유일한 이유다.

8

이제 손만 씻으면 끝이야.

아직도 물이 남았어?

그래.

잘됐네.

양동이에 물이 반쯤 있긴 한데, 윗부분이 살짝 얼었어.

아니 그럴 수가.

상관없어.

노인은 얼음이 언 윗부분을 그대로 뚫고 물속으로 손을 집어넣어 씻는다.

아이고, 차가워라.

그리고 다시

모자, 숄, 장갑.

아 장화도.

하마터면 발을 잊을 뻔했어.

게다가 눈이 오는데.

아니 그럴 수가.

그래도 문제없어, 문제없다니까.

서둘지 마.

카드.

하마터면 카드도 잊을 뻔했어.

고기 30데카그램*.

봐야 아는 거지, 있을지 없을지.

매일 아침 노인은 시장에 가서 줄을 선다. 그녀에게 아직 빈이 낯

---

* 10그램.

설고, 야채는 아직 부족하지 않던 전쟁 2년째 해에, 그녀는 고향에서처럼, 당근, 감자 또는 석탄을 손가락으로 건드려보기를 좋아했다.

건드리지 말아요, 빈 상인들은 이렇게 고함질렀고, 어떨 때는 버릇 나쁜 아이를 다루듯이 그녀의 손을 때리기까지 했다.

사기 전에 좀 살펴보는 건 당연하잖아요.

살펴보는 거야 상관없죠, 하지만 손대면 안 돼요!

나중에는 그녀가 만지려고 손을 뻗기만 하면, 상인들은 그녀를 아예 옆으로 밀쳐내버렸다.

화재, 메뚜기떼, 거머리, 페스트, 곰, 여우, 뱀, 빈대 그리고 이.

하지만 그 사람들은, 세상에 지천으로 널린 그런 것들과 똑같지는 게 정말로 어떤 의미인지, 단 한 번이라도 생각해본 적이 있을까.

상관없어.

될 대로 되라지.

어느새 대부분의 상인은 갈리시아 피난민들이 벌이는 이 같은 행태를 막기 위해 상점마다 팻말을 걸게 되었다.

손으로 상품을 절대 건드리지 마시오.

상품이랄 게 있기만 하다면야.

만약 그녀가 고향에서 자기 가게의 손님들에게 물건을 만지지 말라고 했다가는 즉시 문을 닫아야만 했을 것이다. 피난을 떠나면서 그곳에 두고 와야만 했던 것들, 밀가루와 설탕이 그득한 자루들, 달걀, 청어가 든 통, 수없이 많은 사과를 생각할 때마다 그녀는 울고 싶은 기분이다. 이곳 사람들은 뻔뻔하다. 그런데도 카드에 적혀 있는 물건조차 얻지 못할 때가 많다. 줄을 서고도 아무것도 구하지 못하면, 그녀는 석탄 부스러기든 썩은 감자든, 야채가게 옆 눈 더미에 떨어진 무엇이라도 주워서 주머니에 넣는다.

이 정도면 훌륭해.

도대체 무슨 생각들인지.

버리는 데만 선수지. 이교도들이란.

9

1월 말에 친구는 갑자기 병이 든다. 열이 40도나 올라 침대에 누워, 시신들로 가득 찬 구덩이와 구덩이 가장자리에 서서 죽은 살점을 뜯어먹으려는 아이 이야기를 한다. 친구의 약혼자는 어쩔 줄을 모른다. 그들은 함께 친구를 안고 계단을 내려와 택시를 집어타고, 작년에 전염병 때문에 종합병원이 설치된 병영으로 데려간다. 다음 날 그들은 친구를 만날 수 없고, 셋째 날도 마찬가지며, 다만 폐렴이 생겨 병이 더욱 악화되었다는 말만 듣는다. 넷째 날은 친구의 상태가 매우 위중하다는 말을 듣고, 다섯째 날은 의사가 그들에게, 친구가 이미 새벽 3시 20분에, 스페인 독감으로 죽었다고 전한다.

그러면 이제 어디로 가는 겁니까? 약혼자가 묻는다.

밤 열한 시경에 7031이 와서 데려갈 겁니다.

누가 데려간다고요? 약혼자가 다시 묻는다.

그걸 모르다니, 아마 전쟁터에 오래 있었나 보군요.

네, 맞습니다. 약혼자가 대답한다.

이 사람에게 설명 좀 해줘요. 의사는 그녀에게 말하고 가버린다.

우리 여기서 기다리자. 그녀가 친구의 약혼자에게 말한다.

뭘 기다리라는 거야? 약혼자가 묻는다.

7031을.

그들은 밤이 될 때까지 병원의 담장에 기대어 서서 기다린다. 그들의 머리 위로는 창문이 두 줄로 끝없이 늘어서 있지만, 아무도 창밖으로 고개를 내밀어 그들을 내려다보지 않는다. 창 저편의 이들은 전부 잠이 들었거나, 아니면 병들어 죽어가는 몸이라서 일어서서 창밖을 내다볼 수 없기 때문이다. 멀어질수록 점점 형체가 작아지는 두 줄의 죽은 창들은, 모두 속이 들여다보이지 않고 단단히 닫혀 있다. 거리의 아크등은 10시까지만 불을 밝히므로, 10시가 지나자 천지는 깜깜한 암흑이 되었다. 간혹 둘 중의 하나가 쪼그리고 앉거나, 몇 발자국을 걸어본다. 친구의 약혼자는 외투 주머니가 텅 빌 때까지 담배를 피운다. 눈이 내리기 시작하자, 그들은 나흘 전만 해도 입구였으나 이제는 출구가 되어버린 문 아래로 자리를 옮긴다.

환자에게 치유와 위안을.

문에는 이런 팻말이 붙어 있다. 정말로, 자정 조금 전에, 열두 개의 시체보관함이 엇갈리게 설치된 7031번호의 전차가 도착한다. 마차로는 전 도시의 사망자를 모두 처리할 수 없게 되자 임시로 제작한 운반시설이다. 침묵 속에서 관들이 실린다. 그중 하나에는 두 사람이 공통으로 아는 친구가 들어 있다. 전차의 승강대에는 신선한 공기를 들이마시려고 나와 선 사람이 아무도 없다. 살아 있는 승객들에게 출입문이 될 장소는 벽으로 막혀 있고, 신^{new} 빈 전차회사 이름으로 못질이 되어 있다. 두 애도객은 알저 거리에 남는다. 7031전차는 소리 없는 전기 동력으로 출발하고, 친구와는 작별을 한다. 떠나는 순간 남겨진 두 사람에게 한 번의 시선도 주지 않던, 왜냐하면 출발 레버를 조종하고 궤도변환 스위치에 신경 써야 했으므로, 운전사의 머리 위에는, 불이 들어오는 전광판에 전차의 목적지가 선명하다. 4번 출입구, 빈 중앙 묘지.

10

진동의 유형은 모두 동일하고, 소리가 없었다. 벽에 걸린 그림이 움직인 모양으로 미루어 판단하건대, 북에서 남으로 진행되며 느리게 흔들린다. 방 천장에는 작은 균열이 몇 개 생겼다고 한다.

삶이 앞으로 나아가는 동안, 그가 처음에는 어린아이 같은 고집이라고 귀엽게 여긴 아내의 특성이, 점차 견고하게 굳어지면서 어느 정도 다른 유형으로 변했다. 변화는 서서히 진행되었으나, 정확히 어느 시점에서부터, 아마도 완강함이라고밖에는 달리 표현하지 못할 성향으로 넘어간 것인지, 시간이 지나버린 지금, 그는 도저히 알 수가 없다.

결혼 초창기, 아내는 그의 점심시간이 더 길어서 식사를 한 후에 함께 산책할 수 있기를 소망하며, 그냥 사무실에 가지 말아버려요, 하고 입을 비죽거릴 때가 있었고, 또는 그들이 각자 역할을 맡아 『파우스트』를 읽을 때, 그에게 그레첸 역을 맡으라고, 또 그녀를 위해서, 그녀와 아이들 말고는 아무도 보는 사람이 없는 집에서 정장 제복을 입어달라고 하기도 했다. 그녀의 소망이란 것이 너무나 우스워서 둘은 함께 웃음을 터뜨렸다. 그녀의 소망을 들어주기는 너무나 쉬웠고, 거절한 다음에 웃음을 터뜨리는 것도 너무나 쉬웠다.

그녀와 결혼하기 위해서 그는 무종파 선서를 할 수밖에 없었는데, 결혼 반 년 뒤, 그들은 할머니와 합의하여, 그가 다시 가톨릭으로 돌아가기로 결정했다. 이와 마찬가지로 할머니와 합의하여, 아이가 한 살이 되는 생일날 세례를 받게 하기로 했다. 그럼에도 그가 기억하는 그들의 첫 번째 싸움은, 어머니인 그녀 이름이 세례 등록부에 아예 적힐 수 없고, 이스라엘인이라는 첨언조차 달 수 없었기 때문이다. 그녀 없이는 아기도 절대 살아 있지 못할 것이다! 아기가 위급한 순간에 그는 아무 생각도 못하지 않았는가. 그런데 겨우 한 줌의 눈이 필요했던 것이다. 다른 그 무엇도 아니고, 오직 한 줌의 눈!

한 줌의 눈이라는 말이 그의 마음을 불안하게 흔들었다.

세례를 받게 하자는 건 내 생각이 아니었어, 그건 당신 어머니 생각이었다고! 그가 항의했다.

그러면 어머니와 결혼하면 되겠네요!

거기에 대해서 그는 아무런 대꾸도 하지 못했다.

돈을 어머니가 주죠, 돈 말이에요.

거기에 대해서 그는, 딸에게 돈을 주는 어머니보다 더 나쁜 것이 분명 많지 않겠느냐고 말했다.

돈, 그녀는 다시 한번 더 경멸조로 이렇게 내뱉은 후, 입을 다물었다. 하지만 어머니가 그녀에게 돈 말고 다른 무엇을 주었어야 한다는 건지, 그는 한 번도 들은 바가 없었다.

수년 동안 그들은, 기껏 집세 내기도 힘들어서 어머니가 주는 돈에 계속 의지해왔다. 둘째가 태어났을 때는 하녀도 보모도 둘 형편이 되지 못했으며 언젠가부터는 유랑극단의 공연 티켓을 살 돈조차 없는 신세였다.

그의 아내는 이미 오래전부터 알고 있었다. 남편이 아무리 승진을 못 해도 그녀만은 절대로 그를 비난할 자격이 없다는 것을. 그녀는 자신의 화를 속으로 삼키고 홀로 삭여야 했으며, 날이 갈수록 점점 더 자주 기분이 상해 있고, 딸들과 남편에게 짜증을 냈다.

그 느낌은, 짐을 가득 실은 육중한 마차가 집들 위로 질풍처럼 달려간 듯했으며, 충격이 지나가고 난 다음에야 사람들은 지표면이 파도 모양으로 울렁거리는 것을 알아차렸다. 심지어 고산지대에서도 지진은 감지되었다. 산 위 목장의 가축들도 풀을 뜯던 것을 일제히 멈추고 뭔가 이상하다는 불안한 눈빛으로 하늘을 응시했고, 이유도 모른 채 신이 난 송아지들은 깡충깡충 뛰어다니기 시작했다.

왜 그는 겉옷을 벗어 옷걸이에 걸지 않고 그냥 아무렇게나 내려놓는지? 왜 큰딸은 작은딸과 사이좋게 놀지 않고 매일 싸우기만 하는지, 왜 작은딸은 항상 뭐에 부딪힌 것마냥 그렇게 소리를 질러대는지, 왜 아버지는 나무가 떨어진 걸 보고도 지하실에서 나무를 가져다 놓을 생각을 안 하고, 고장 난 시계를 수선공에게 맡길 생각도 안 하며, 잃어버린 열쇠를 찾아볼 생각도 안 하는지? 일요일에 딸들을 데리고 예배를 꼭 가야 할 거면, 왜 예배가 끝난 다음 곧장 식사 시간에 맞춰 집으로 올 생각을 안 하고 딸들과 함께 시내를 빈둥거리는지?

오전 내내 부엌에 서서 식사 준비로 분주한 나는 생각도 안 하고!

금이 간 전등갓에서 유리 조각이 하나 떨어졌고, 손잡이가 못에 걸려 있던 우산도 바닥으로 떨어졌다. 교회 천장에서는 석회가 떨어져 내렸다.

빈으로 이사한 것을 계기로 가족 모두에게 좀 더 편안한 삶이 열릴지도 모른다는 희망에, 그는 잠시 동안 설레기도 했다. 하지만 4년 동안의 전쟁이 항복으로 끝나고, 석 달 동안이나 굶주림이 이어졌다. 그리하여 이제, 가진 것이 모두 떨어지고 땔감도 식량도 그리고 희망마저도 말 그대로 동이 난 상태로, 모든 저장고는 똑같이 텅텅 비고, 더러운 바닥이 드러났다. 아내는 이곳 빈에서 처음으로, 그에게 결정적인 비난의 말을 던졌다. 왜 자신을 아내로 맞이했느냐고, 시골 유대년에, 심지어 돈도 없는 여자를. 아마도 그것은, 그가 절대로 인정하고 싶지 않았던 사실이 현실로 나타나는 순간이었으리라. 아내는 일생 동안 모세의 후예라는 새장에 갇혀 살았으며, 이제 철창 사이로 피투성이 머리를 내밀기 시작한 것이다.

11

아마도 가족을 버리고 떠난 그녀의 아버지는, 빈보다 더 멀리는 가지 않았으리라. 어쩌면 그녀는 이미 아버지와 한 번쯤 마주쳤을지도 모르는 일이다. 그러면 아버지는 말하겠지. 살다보니 이렇게 만나는 날도 있구나. 어린 시절, 아버지는 어디 있길래 가족에게 돌아오지 않는 걸까 상상할 때마다, 그녀에게 떠오르는 것은 목매달아 죽은 남자의 모습이었다. 아버지는 아마도 미국에 있을 거야, 하고 어머니는 말하곤 했다. 아니면 프랑스나. 그녀는 당시 어머니의 말을 믿지 않았다. 하지만 아버지는 빈에 있을지도 모른다. 종종 그녀는 아버지가 사라질 당시 그녀 자신이 갓난아기였다는 사실을 잊곤 한다. 설사 아버지가 길에서 우연히 그녀와 마주치더라도, 그녀를 알아보지 못할 것이다. 이 거대한 도시에서 매일 얼마나 많은 사람이, 서로 친척이라는 사실을 전혀 알지 못한 채로 스치고 지나갈 것인가. 실제로 그녀는 자신의 어머니와 시장에서 몇 번 마주친 적이 있고, 그럴 때면 몇 마디 말을 나누기도 한다.

너희들 잘 지내는 거지?

잘 지내요.

먹을 건 충분하고?

네.

전쟁이 무섭다는 핑계로 어머니가 빈으로 이사 온 후, 딸은 어머니에게 이 이상의 대답은 할 수가 없다. 아마도 언젠가는 그녀의 딸들 중 하나가, 어떻게 지내느냐는 어머니의 질문에, 잘 지내요, 이 한마디 이상은 대답할 수 없게 되는 날이 올 것이다.

스위스에서 구호물자가 도착했다는구나, 밀가루 1,500톤이라더군.

그야 두고 봐야죠, 두고 봐야죠.

사촌이 석탄은 좀 도와주니?

그렇다니까요.

아마도 언젠가는 어머니가, 어떻게 지내느냐는 딸의 질문에, 잘 지낸다, 이 한마디 이상은 대답할 수 없게 되는 날이 올 것이다. 사촌은 자신이 빈으로 올 때 그녀의 나이든 어머니를 데리고 왔고, 자기 아내와 함께 파이프, 종이, 장난감 등을 취급하는 잡화점을 열었다. 어머니는 틈이 나면 사촌의 가게 일을 도와주고는, 감자 한 알이나 내장 약간, 옥수수빵 한 조각 등을 얻는다.

딸들은 어떻게 지내니?

잘 지내요.

그녀가 어린 시절, 아마도 어머니가 지금보다 훨씬 더 많이 필요했던 시절에, 어머니는 매일 마차를 타고 농가로 갔고, 그녀는 조부모에게 맡겨두었다. 아버지는 아예 없었다. 심지어는 걸음마도 어머니가 아니라 할머니가 가르쳐주었다고, 그녀가 빈으로 떠날 때 할머니가 말해주었다. 우리 진흙벽 오두막 안에서, 너는 첫 걸음마를 떼기 시작했단다, 그렇게 시작한 길이 이제 빈으로까지 이어지는구나, 하고 할머니는 말했다. 그런데 할머니가 돌아가시자마자, 전쟁이 무섭다는 핑계로 어머니는 딸을 따라왔다.

그래 그럼 이제.

네.

아버지는 폴란드인에게 맞아 죽었노라고, 어머니가 딸에게 설명해줄 만한 기회는 이제 영영 오지 않는다.

말도 안 돼 정말 말도 안 돼.

뭐가요?

시간이 이다지도 빠르게 흘러가버리니 말이다.

아,

아버지가 정말로 어디에 있는지, 어머니는 단 한 번도 그녀에게 이야기한 적이 없다. 아마도 미국에. 아마도 프랑스에. 그처럼 젊은 아내를 두고 떠나버린 아버지에게는 분명 그럴 만한 이유가 있었으리라.

네 그럼 이제.

잘 지내거라.

이교도 사위는 별문제가 없지만, 딸은 지금 두 세계 사이에 매달린 채, 이리저리 허우적대면서, 자기 어머니를 발로 차서 밀어내는 것 말고는 달리 할 수 있는 일이 없다. 나이가 들어 얼굴에 다비드의 혈통임이 너무나 확연히 드러나는 바람에, 길을 가다가도 툭하면 야유를 당하고, 급식소에서는 배식을 받지 못하며, 이웃들에게는 욕설이나 듣는 어머니.

네, 어머니도요.

어머니가 그녀를 이교도와 결혼시키지만 않았다면, 성인이 된 이후 그녀의 삶은 지금처럼 총체적인 오류가 아니었으리라.

12

손으로 상품을 절대 건드리지 마시오.

미래의 가격은 내려가지 않는다. 지금과 같은 시대에는 더더욱 아니다. 오직 과거를 팔아서만 미래를 살 수 있을 뿐이다. 롯의 아내는 고향을 돌아보지도 않고 영영 떠나기에는 너무나 약했으므로, 몸을 돌려, 자신이 이미 잘 알고 있는 그곳이, 나락으로 떨어지는 광경을 보았고, 그 결과 소금 기둥으로 변해버렸다. 딸은 그보다는 영리했다. 전쟁 첫해에 어머니가 피난민이 되어 빈으로 오자, 그녀는 단지 며칠 동안만 어머니를 자기 집에 묵게 하면서, 최대한 재빨리, 최대한 멀리 떨어진 곳에 집을 하나 구했다.

만군의 여호와여 주의 집이 어찌 그리 사랑스러운지요.

또 기독교 교육을 받고 자란 손녀들을 단 한 번도 할머니에게 보내지 않았다. 숲은 자신을 베어내는 도끼에게 스스로를 바친다. 누구나 후손을 위해 자신을 소모시킨다. 그럼으로써 비로소 성장이 가능해진다. 이루어진다. 늙은 어머니는 딸에게 자신에게서 탈출하는 길을 선물했고, 그 길은 딸을, 현재의 상태대로라면, 멸망으로 이끌었지만, 그 덕분에 손녀들은 아마도 목적지에 도달할 것이다. 많은 이들이 뒤처질 운명으로 태어나고, 많은 이들은 떠나야 할 운명, 그리고 세 번째는 도달할 운명을 지니고 태어난다.

그게 삶이다.

스위스에서 온 밀가루 1,500톤, 하고 어머니는 말했다.

그야 두고 봐야죠.

13

알저 거리에서 걸어서 집으로 돌아온 그들은, 이제 갑자기 느리게 변한 시간이 흘러가기만을 기다리고 있다. 부엌 식탁 그녀의 곁에 앉은 그는, 몸을 앞으로 기울이고 팔꿈치를 무릎에 받친 자세로 아무 말도 없이 바닥만 내려다본다. 뭔가가 규칙적으로 떨어지는 소리를 듣고서야 그녀는 그를 바라보았고, 눈물이 그의 뺨 위를 지나 코끝에 맺혔다가, 거기서 아래로, 정확히 그의 발 위로 떨어지는 소리임을 알게 된다. 그녀는 집으로 가겠다고 한다. 그러자 그는, 가지 말고 있어달라고 한다. 뭐라고, 그와 함께, 단둘이, 여기서 밤을 보내자고? 그녀의 어깨를 잡더니, 그녀 목의 굴곡진 부분에 눈물을 뿌리는데, 아니 그게 아니라 진짜 입맞춤이었던가? 뭐라고? 행복은 수치심을 새기며, 수치심은 불행을 감싸고, 불행은 행복을 펼쳐놓는다. 희망은 슬픔을 옆으로 밀치고, 슬픔보다 더욱 힘이 강하다는 것을 보여주는데, 그 위력은 열일곱 살 난 소녀조차도 깜짝 놀랄 정도였던, 앙커브롯 빵집 앞으로 몰려든 여자들, 빵을 구하려고 난투극을 벌이던 여자들, 그중에는 죽음과 가까이 있는 만큼이나 젊은 여자들을 능가하는 힘을 보여준 나이든 여자들도 있었고, 그 여자들의 기세만큼이나 압도적이다.

희망으로 생생히 깨어난 그녀는 말한다. 알았어. 그리고 남자의 말대로 한다. 평소처럼 잠을 자러 현관으로 가지 않고, 남자가 원하는 대로, 그의 곁에, 친구의 침대에 누워, 그가 전쟁터에서 돌아온 12월 처음 얼굴을 본 이후로, 그녀가 줄곧 사랑해왔던 남자 곁에, 최초로 눕는다. 뭐라고? 그날 새벽 3시 20분까지는 살아 있었던, 그녀의 가장 친했던 친구의 자리에 눕는다. 한 사람이 죽은 하루가 저문다고 해서, 세상의 모든 저녁이 저무는 것은 결코 아니다. 이제 그녀는 슬픔에 잠겨, 뭐라고? 어제까지만 해도 따뜻하게 살아 있었던 친구의 것을 물려받아, 이제 친구의 몸으로 변하여, 애인의 몸속에서, 친구와 대화를 나눈다. 맞아죽지 않기 위해서 적을 때려죽여야만 했던 남자의 입이 이처럼 부드럽다니, 게다가 매끈하고 촉촉하게 반짝이는 이빨, 흥분으로 크게 벌어진 콧구멍, 길게 그림자를 드리운 속눈썹, 이처럼 아름다운 속눈썹의 그늘이, 불타는 전장에서 조금도 그을리지 않은 채 집으로 돌아왔다니.

어느 날 그가, 너무나 뜻밖으로, 갑자기 문 앞에 나타났던 날, 이미 그녀는 이 남자가 애초에 자신의 운명의 상대임을 알고 있었다. 그런데 이제 마침내 남자도 그것을 알게 되었다. 이제 마침내 그는, 그녀의 상상에 수없이 나타났던 대로, 그녀 곁에 누워, 이토록 가까이에서 호흡하여, 그녀가 그의 숨결을 그대로 들이마실 수 있을 정도이고, 방이 이처럼 어둡지만 않다면, 분명 그녀는, 그가 그녀를 미친 듯이 응시하는 것도 볼 수 있으리라. 밤을 관통하여, 그녀 자신마저 관통하고 관통하여. 뭐라고?

14

이 지역, 유덴베르크 단구가 아니라 무르 강변 바로 왼쪽에 위치한 낫 만드는 작업장에서, 겹겹이 쌓아놓은 15센티미터 길이의 철제가 북동쪽 방향으로 움직이는 일이 발생했다. 무르 강변에서 오른쪽으로 100여 미터 떨어진 곳, 리히텐슈타인산의 석회암층이 유덴베르크 단구와 부딪히며 꺾어지는 지점인 푸르바흐그라벤의 한 대장간에서는, 서쪽 벽에 걸린 도구들이 동쪽으로 날아가 버렸다. 아이히도르프에서는 작은 종 하나가(동서로 흔들리게 되어 있음) 저절로 울렸다. 폰스도르프에서는 한 남자가 침대에 누워 있다가 동쪽으로 몸이 튕겨나갔다. 동쪽을 향해 비틀거리거나 넘어진 사람들이 많았다. 예를 들면 리커스도르프와 알레하일리겐 사이 길을 걷고 있던 학생은 뭔가가 휘몰아치는 소리와 천둥 같은 소리를 들었고, 어떤 상점 점원은 마침 사다리 위에 서 있었으며, 그 옆 건물에서는 아이가 계단을 지나가던 참이었다. 사물의 관성을 고려할 때, 이런 현상은 당시 가만히 앉아 있었던 증인들이 직접적으로 받았던 느낌, 즉 주된 충격이 동쪽 방향에서 왔다는 진술과 매우 일치한다.

15

자정이 되어 어머니가 교대를 하러 왔을 때, 작은딸은 언니가 어떤 남자와 지나가는 걸 봤다는 말을 하지 않는다. 언니와 남자는 빼곡히 모인 사람들 속에 묻힌 작은딸 바로 곁을 지나갔다. 작은딸은 차마 언니를 부를 수가 없었다. 큰딸은 아무 말도 없었고, 옆에 선 남자와 한마디 말도 주고받지 않으며 땅바닥만 바라보고 걸었다. 집에 들어오지 않는 밤을 언니는 이렇게 보내고 있었구나. 몇 년 전 작은 딸은 언니의 일기장을 우연히 발견하고 펼쳐보았는데, 그때 마침 방으로 들어와 이 광경을 목격한 언니는, 소리를 지르지도, 동생을 때리지도 않았다. 대신 아무런 동요도 없이 동생의 손에서 일기장을 가져가더니, 조용히 물었다.

네가 태어났을 때 내가 기뻐했을 거라고 생각하니?

그랬을 것 같아.

네가 항상 가지고 놀던 유리구슬 기억나?

응.

내가 너에게 그걸 삼켜보라고 말했던 것도 기억나?

기억나는 것 같아.

내가 왜 그런 말을 했다고 생각해?

모르겠어.

마부 시몬네 집 뒤의 벽 기억나?

응.

내가 너에게 그 벽을 뛰어넘어보라고 말했던 것도 기억나?

기억나는 것 같아.

내가 왜 그런 말을 했다고 생각해?

모르겠어.

네가 한 번만 더 내 일기장에 손대면, 그때부터 넌 내 동생이 아니야. 무슨 말인지 알아듣겠어?

그리고 지금 말 없는 언니는, 말 없는 남자와 함께 거리를 걸어갔다. 작은딸이 자신을 보았다는 것도 알아차리지 못한 채. 이렇게 사방이 트인 공공장소에서, 그것도 한밤중에, 마치 펼쳐진 일기장처럼 다른 사람과는 아무 상관없는 어떤 일이 누설될 수 있었다. 빈처럼 거대한 도시에서는 누구나 그것을 읽을 수 있으니까. 작은딸은 다섯 시간 전부터 여기 줄서서 기다리고 있었다. 언니가 내일 아침에 암소의 젖통고기를 먹을 수 있도록, 그래서 살아남을 수 있도록, 그리고 작은딸 자신도 암소의 젖통고기를 먹고 살아남을 수 있도록, 그리고 아버지와 어머니도 그럴 수 있도록. 반면에 언니는 내일, 동생이 학교에 가 있는 동안, 어머니와 함께 나무를 주우러 빈 숲으로 갈 것이다. 몇 시간이고 추운 숲속을 헤매며, 물기를 흠뻑 머금은 더러운 나무를 질질 끌고 다닐 것이다. 오직 어린 동생과, 그리고 당연히 자기 자신, 또한 아버지 어머니가 집에서 얼어 죽지 않도록. 하지만 그 언니는, 자신이 남자와 함께 빈의 밤거리를 돌아다니는 것을 동생이 봤다는 사실을 안다면, 그러면 동생이 죽어버리기를 원할 것이고, 어쩌면 이번에는 그 소원이 정말로 이루어질지도 몰랐다. 하나의 삶에는 매번 생명을 앗아갈 수도 있는 전선이 얼마나 많은 것일까. 그 모든 전투에서 죽지 않고 살아남기란 참으로 어려웠다.

16

하지만 남자는, 그녀가 곁에 와서 눕자마자 잠이 들고 만다. 그의 몸의 온기가 그녀 몸의 온기 곁에 있으나, 남자는 밤새도록 그녀를 단 한 번도, 꿈속에서조차 건드리지 않는다. 밤새도록 그녀는 남자의 숨소리를 들으며, 그 숨소리가 거듭될수록, 그를 향해 손을 뻗어봐야 의미가 없다는 확신만 강해진다. 7031이 떠나고 난 뒤로 계속 그녀의 목에 걸려 있던 울음이 마침내 밖으로 터져 나오지만, 이것은 좀 다른 종류의 울음이다. 죽은 친구를 애도하는 울음이, 여전히 목에 걸려 있는 채로, 죽은 친구에 대한 질투의 울음으로 바뀌고, 슬픔의 울음이, 그녀를 침대로 초대는 했으나 그 자신도 똑같이 겪고 있는 상실을 위로해줄 생각은 없는, 사랑하는 남자에 대한 분노의 울음으로 바뀐다.

그러다 밤이 끝나가는 어느 순간부터, 그녀는 오직 수치심 때문에 운다. 그녀 스스로는 질문할 엄두를 내지 못하고, 어쩌면 영영 질문할 수 없을지도 모르는 것의 최종 대답을, 그녀는 이 자리에서 얻는다. 그녀가 영원히 묻지 못할 질문의 대답, 이 남자는 친절하기는 하나, 그녀를 사랑하지는 않는다는 것, 약혼녀의 죽음이 너무나 비통하고 절실하여, 이 세상의 그 무엇도 약혼녀의 대리 역할조차 할 수 없다는 것. 그가 그녀와 감정을 공유하기만 한다면, 아버지와 어머니, 친구들이 이 일로 뭐라고 비난을 하건 아무런 상관이 없었다. 하지만 이 패배 자체는 그녀에게 돌이킬 수 없는 비난이었다. 남자는 잠을 자면서 그녀에게 희망을 품게 했고, 남자는 잠을 자면서 그녀를 처절하게 무너뜨렸다.

생의 그 어느 때보다도 더욱 고독하게, 그녀는 다음 날 새벽 잠자는 남자의 곁에서 일어난다. 그녀가 품었던 희망을 안다면 누구도 더는 그녀 주변에 남아 있지 않을 것이고, 오직 그녀만이, 자신을 타락의 길로 이끌었던 스스로의 몸을 계속 견뎌내야 한다. 원래 생각대로 밤에 집으로 돌아갔다면, 한 발을 다른 발 앞으로 내디디는 것만으로 충분했을 것이다. 하지만 이제, 되돌아갈 기회는 없고 그녀는 그것을 안다. 소지품을 챙긴 그녀는 남자를 깨우지 않고 그곳을 떠난다.

17

아침이기는 한데, 정확히 몇 시인지는 알 수가 없고, 6시? 7시? 모르겠어. 그녀는 울었던가? 모르겠어. 단지 이상하게도 9시가 되었는데도 일어날 생각을 않고, 월요일 하루 종일 침대에서, 눈을 감은 채로, 하지만 잠을 자지는 않으면서 그냥 누워 있기만 하는 거야. 아무 것도 먹지 않고. 심지어는 커피도 마시지 않고. 하루 종일 그야말로 누워 있기만. 누워 있을 거야, 절대로 일어나지 않을 거야, 하고 그녀는 말했어. 정말로. 화요일에도 숲에 가지 않고. 이 세상 사람이 아닌 듯했어. 수요일에 나는 미치에게서 달걀을 얻어왔는데, 그녀는 먹으려고 하지 않았어. 그리고 그날 밤이 되자, 머리를. 믿을 수 없게도. 난 체스 게임도 빠졌던 것이, 금방이라도 슈타인호프*로 데려가야 할 것 같았으니까. 나도 그랬어. 세상에 그 아름다운 머리카락을.

하지만 금요일이 되니 좀 나아진 것 같더군. 그래, 나도 그렇게 생각했지. 아주 침착했어. 토요일에는 눈이 왔는데, 그때 처음으로 아래층으로 내려가더라고. 내 외투를 걸치고는, 내리는 눈송이를 보고 있으면 어지럽다고 하는 거야. 그러면 눈송이를 보지 말라고 했지. 그리고 난 또 말했어. 제대로 된 음식을 좀 먹으라고, 그래야 다리에 기운이 생길 테니까. 그러자 그녀는, 바로 그 자리에서 입을 벌리더니, 눈송이를 입으로 받아먹기 시작하는 거야. 그래 맞아. 난 웃음이 터져버렸어. 나도 그랬는데.

그리고 일요일이 되었다.

---

* 1907년 빈에 설립된 정신병원.

18

 일요일이 되어서야 큰딸은, 참으로 다행스럽게도, 다시 산책을 하겠다고 한다. 친구에게 가려고? 어머니가 이렇게 묻자, 네 하고 그녀는 대답한다. 어머니가 그녀 등 뒤에서 문을 닫으면서 아버지에게 외치는 소리가 들려온다. 그런데 좀 이상하네요, 저 애 친구는 단 한 번도 우리 집에 놀러오지 않았잖아요, 안 그래요? 그러게, 이상하군, 7031호를 타버렸나? 그녀의 부모들은 자기 딸에 대해 너무 모르고 있어서 문제다. 여동생을 원하느냐고 누가 한 번이라도 그녀에게 물어보았던가? 아니면 빈을 한 번 방문한 뒤에 이 도시가 마음에 들어서 당장 이사 오고 싶을 정도냐고 물어본 사람이 있었던가? 학교의 공예담당 여교사는 그녀가 매우 공들여 바느질한 인형 옷을 허접하고 조잡하다고 평했는데, 그때 그녀는 분명히 알았다. 자신이 그동안 빈에서 살았지만 아직도 이방인이고, 앞으로도 영원히 이방인으로 머물 것임을. 할머니가 갈리시아에서 빈으로 피난 온 직후 그녀 집에서 잠시 살았는데, 며칠에 불과하지만 그사이 부엌에서는 다시 예전과 같이 설탕에 졸인 배와 할라빵 냄새가 났다. 하지만 할머니가 가져온 식량이 다 떨어지기가 무섭게 어머니는 할머니가 이사 갈 집을 구했고, 딸들에게는 절대로 거기 가지 못하게 했다.
 만군의 여호와여 주의 집이 어찌 그리 사랑스러운지요.
 그제야 비로소 그녀는 자신도 유대 혈통임을 깨닫게 되었지만, 아버지는 일요일마다 다른 공무원들과 그 가족들과 더불어 공무원석에 자리 잡기 위해, 딸들을 데리고 예배에 참석했다. 아내는 발이 아파 오래 걷지 못하므로, 집 근처의 가까운 교회로 간다고, 아버지는

십 년 전부터도 항상 이렇게 똑같이 말해왔고, 그래도 어쨌든 9등급까지 승진하긴 했으나, 이 시절에는 9등급이라고 해봐야 별 재주를 부릴 수 있는 것도 아니어서, 비참하게 굶어 죽는다는 점에서는 쉰브룬 동물원의 원숭이나 낙타, 당나귀와 하등 다를 바가 없었다. 그런데 친구에게 자신의 잘못된 사랑을 숨겼다는 점에서, 그녀도 부모님과 마찬가지로 진실하지 못한 거짓말쟁이였을까? 진실을 혼자 간직한 것도 큰딸 자신에게 별 소용이 없었으니, 진실은 겉으로 말하건 말하지 않건 어차피 변함이 없고, 매일매일 자신의 과업을 수행할 뿐이었다. 란트슈트라세 중앙로, 아렌베르크 공원, 마르가레텐 거리를 향해 뻗어 나가다가 어디쯤에선가 구스하우스 거리로 이름이 바뀌고, 더 지나가면 슐라이프뮐가세로 다시 바뀌는 노일링가세를 지나, 마침내 마르가레텐 거리에 이르니, 어머니는 할머니 집 주소를 적은 쪽지를 부엌 서랍 속에 넣어두었다.

19

그래 이제 갈까?
그래 이제 가요.
일요일마다 그녀는 빈 숲으로 나무를 하러 갔다. 로다운이나 학킹의 전차 종점까지 가서, 그녀처럼 다들 바구니와 배낭, 지게를 등에 짊어진 사람들 틈에 섞여, 나뭇가지를 주워 모으기 위해 숲으로 걸어들어 갔다. 어쩌면 여기 또는 저기에 너무 무겁지 않은 가지가 부러져 있을지도 모른다.
사촌이 석탄을 도와준다니, 참으로 다행이구나.

모자, 외투, 장갑.

네.

저녁에 집으로 돌아가는 길에는 전차에 사람이 너무 많아 비집고 올라타지 못하고 한두 대를 그냥 보낼 때가 많았다. 그러면 어두운 정류장에 서서 한 시간 이상이나 추위에 떨며 기다려야 했다. 불빛이 환한 전차 안에 앉거나 서 있는 사람들마다, 등에 멘 배낭과 광주리에서 나무들이 튀어나와 그들의 머리 위로 가지처럼 비죽 솟아났다.

바구니도.

그리고 배낭도.

그래서 바깥에서 전차 내부를 보면, 출발하거나 정차할 때마다 유리창 뒤편의 모든 인간이 나뭇더미와 뒤범벅되어 일제히 같은 방향으로 하나의 거대한 유기체처럼 일정하게 요동치는 모습이, 마치 아쿠아리움을 들여다보는 것 같았다.

아 끈이 엉켰네.

이럴 수가.

장화.

끄트머리가 또 떨어져 나갔어.

왜 이렇게 약한지.

늘 그렇지 뭐.

그녀는 종종 생각하기를, 위기는 인간을 서로서로 닮게 만든다고, 모든 이의 움직임이, 심지어 손과 손가락의 동작까지 포함하여, 점점 더 예상 가능하게 변한다고. 숲에서 나무를 찾는 다른 사람들과 마주치면, 그녀는 그들이 등을 구부린 모습을, 가지를 잘게 쪼개고 마른 이파리를 쓸어내는 모습을 관찰하는데, 그 모두가 정확히, 그녀 자신이 등을 구부린 모습, 가지를 잘게 쪼개고 마른 이파리를 쓸어내는 모습과 똑같았다. 오직 굶주림과 추위에서 살아남는 문제에만 집중하게 되면 모든 인간은 동작과 행위의 동일한 절약상태로 돌입하는데, 그것은 아마도 인간이 동물이던 시기부터 다들 가진 공통점일 것이고, 그래서 인간과 인간을 구별 짓는 모든 특징이 사치라는 것을, 급작스럽게 깨달을 수 있었다.

이제 다 됐다.

세상에 하마터면 열쇠를 깜박할 뻔했네.

큰일 날 뻔했구나.

20

그냥 걷기만 하면 된다. 그러면 종잇조각에 휘갈겨진 거리 이름, 번지수와 집 호수가, 길로 변하니, 오른편과 왼편에 집들이 늘어서고, 날씨는 차고 축축하며, 질척하게 녹은 눈 위를 걷는 발소리, 이런저런 소망과 볼일로 분주한 사람들, 흐릿하게 불이 밝혀진 식당들을 지나, 진열장이 거의 텅텅 비었거나 아예 블라인드로 가려진 상점들을 지나간다. 노인이 사는 집은 낮은 건물로, 석조 천사상이 입구를 지키고 있다.

만군의 여호와여 주의 집이 어찌 그리 사랑스러운지요.

피난을 떠나온 노인이 빈에 도착해서 딸집에 며칠 머물 당시 노인은 큰손녀에게, 롯의 눈앞에 나타나 소돔의 멸망을 예언하고 롯을 안전한 곳으로 피신시킨 두 천사 이야기를 들려주었다. 천사들이 너무 아름다웠으므로 소돔시민들은 그들을 갈가리 찢어발겨 잡아먹어버리려 했다고 할머니는 말했다. 일곱 개의 세계만큼이나 아름다웠지. 지금 큰손녀는 문 손잡이를 누르며, 할머니의 그 말을 떠올리는데, 다시 생각하니 너무나 이상하게 들려서, 아마도 할머니가 말한 것이 아니라 큰손녀 자신이 꿈을 꾼 것인지도 모른다. 아름다웠지. 악취가 풍기는 건물 입구는 어두우며, 1층 문 위에는 각 집들의 호수가 적힌 양철 팻말이 붙어 있다. 층계참에서 뒷마당으로 나 있는 창 여러 개는, 아마도 유리가 깨어졌는지 나무판자로 막아놓았다.

아, 아름다운 남자, 그의 입술, 그의 콧방울과 속눈썹. 아름다움이란, 거기 매료된 이들이 자기들끼리 흥분해서 아우성치다가, 마침내는 아름다운 것을 움켜쥐고 서로 가지려고 갈기갈기 잡아 뜯고, 그게 여의치 않을 경우에는, 결국 스스로 자신의 가슴을 찢어발기는 효과 말고 다른 무슨 의미가 있단 말인가? 그녀는 초인종을 누르고, 문도 두드렸지만 아무도 나오지 않는다. 어린 소녀일 때 이미 큰딸은 시청 앞으로 가서, 전쟁을 끝내라고 요구했다. 그런데 지금 그녀는 자기 자신과 전쟁을 치르는 중이다. 비록 폭탄도 없고, 수류탄도 독가스도 없는 전쟁이지만 아침부터 저녁까지 하루 내내, 그리고 밤이 다 지나갈 동안 죽지 않고 살아남기가 한없이 힘들기는 마찬가지다.

21

그러면 우리는 일요일 저녁에 도대체 뭘 했단 말인가?
1898년 번개에 희생된 14명 중에서, 2명은 건물 안에 있었고 2명

은 나무 아래, 1명은 보호를 받을 거라고 생각하여 다가간 갈림길 십자가 아래, 그리고 7명은 탁 트인 들판(그중 둘은 들판에서 풀을 베던 중이었다)에 있다가 번개를 맞아 사망했다. 나머지 두 가지 경우에 대해서는 자세한 정황을 듣지 못했다. 잔 강변에서 곡괭이를 등에 지고 가던 한 여자에게 번개가 떨어졌다. 여자는 몸이 마비되었고, 등에는 곡괭이 모양의 흉터가 남았다.

일요일 저녁 큰딸이 나간 다음 어머니는 작은딸의 신발에 새 구두끈을 꿰었다. 일요일 저녁 큰딸이 나간 다음 아버지는 부엌 식탁에 서류들을 펼쳐놓고 읽었다. 일요일 저녁 큰딸이 나간 다음 작은딸은 수학 숙제를 했다. 그리고 어머니는 바느질 도구를 냉랭한 거실에서 부엌으로 가져와, 양말을 깁기 시작했다. 아버지는 안경을 쓰는 편이 나은지 아니면 안 쓰는 편이 나은지 시험해보려고, 안경을 끌어내린 후 안경테 위로 글자를 살펴보고는, 다시 안경을 끌어올려 쓰고 입 밖으로 중얼거렸다. 이 글자들은 정말 알아보기가 힘들군.

작은딸은 불 위에 나무를 더 올렸다. 아직 물기가 마르지 않은 나무는 치익치익 소리를 냈다. 어머니가 말했다. 가서 손 씻어라. 안 그러면 노트가 지저분해지잖니. 어머니는 이빨로 실을 끊었다. 아버지는 서류를 넘겼다. 작은딸은 손을 옷자락에 문질러 닦고 다시 책상에 앉았다. 어머니는 바느질 통을 뒤적거리며 다른 색깔의 실을 찾았다. 아버지는 안경을 벗어 옆에 내려놓고 다시 서류를 읽었다. 작은딸은 펜을 잉크병에 담그고 산수숙제를 풀었다. 어머니가 기침을 했다. 아버지가 다시 서류를 한 장 넘겼다.

22

마르가레텐 거리, 호이뮐가세, 그중 어딘가를 따라 내려가다가, 빈강 오른편의 빈차일레 거리에서, 나슈마르크트를 지나, 왼편 빈차일레 거리로, 그리고 또 어딘가, 기라르디가세, 굼펜도르퍼 거리, 슈티겐가세, 빈트뮐가세, 길 양쪽 가장자리는 눈이 어깨 높이로 쌓였고, 테오발트가세, 랄가세, 오른쪽이나 왼쪽이나 모두, 마리아힐퍼 거리, 바벤베르거 거리, 그리고 오페른링, 빙판, 거울처럼 반질반질한 빙판이다. 그녀는 정말로 오페른링으로 접어들 생각인가? 차라리 왼쪽 부르그링으로 가는 편이 낫지 않을까? 사랑하는 남자와 함께 알저 거리에서 7031을 기다린 지, 오늘로 일주일이 지났다. 일주일은 얼마나 긴가? 왼편 길로 건너가면서 보니, 예술사박물관 쪽으로 거대한 눈 더미 두 개가 쌓였고, 그 사이로 진창이 얼어붙어 있으므로, 그녀는 오른편으로 방향을 튼다. 길 건너편 오페라 하우스에는, 음악과 음악 감상이 함께 감금되어 있다. 그녀는 왜 바깥을 헤매는 것일까? 자신을 완전히 소모시켜 듣지도 보지도 못하는 상태로 만들기 위해? 산책 행위 자체에 빠져들기 위해? 그러다가 녹아 소멸해버리기 위해? 버터 1킬로그램, 누군가가 그녀의 얼어붙은 등에 대고 이렇게 속삭인다. 얼마? 그녀는 계속 걸어간다. 버터 1킬로그램에 송아지고기 50데카그램. 그녀 모자의 커다란 챙 아래로, 남자가 슬그머니 건네는 내용이, 뒤쪽에서부터 그녀의 귓속으로 미끄러져 들어온다. 버터 1킬로그램에 송아지고기 50데카그램, 양초 10개. 세상 전체가 그녀 앞에 그대로 열려 있고, 그래서 자신의 청각이 소멸한다고 믿었던 그녀지만, 그럼에도 남자가 그녀 몸과 교환조건으로 제안한 내용을 들을 수 있다.

그녀는 원하는가? 아니면 그녀의 삶이라고 불리는 것이 진행되는 집으로 돌아갈까? 아버지는 서류를 읽고, 동생은 숙제를 하며, 어머니는 큰딸인 자신을 창녀라고 부르는 곳. 부모님이 함께 외출하지 않은 지가 얼마인가? 오늘밤도 '샬롬'을 선사받은 곳. 제안을 거절하려면 뭐라고 해야 할까? 아니면, 거절해야 할지 말지, 확신이 없는 걸까? 그녀가 돌아보니 한 젊은 남자가 서 있는데, 그녀보다 나이가 별로 많을 것 같지 않은 남자, 모자도 쓰지 않았고, 그래서 이 한겨울에 듬성듬성한 머리숱이 보이니, 아마 20대 중반이면 대머리가 될 확률이 높다는 생각을 하면서, 남자의 이마에 송글송글 맺힌 땀, 지금 이 한겨울에, 그녀는 놀란다.

버터 1킬로그램, 남자가 그녀를 쳐다보면서 반복한다. 송아지고기 50데카그램, 양초10개.

그녀의 면전에서, 그녀의 몸값을 부른다.

양초는 열두 개라야 해요, 그녀는 말하고, 웃기 시작한다.

빈 시내 도로에 눈이 쌓이면 즉시 수레에 쓸어 담아 도나우강으로 가져가서 얼음으로 변한 수로에 부어버리는 일이 당연하던 시절은 이미 옛날이 되었다. 전쟁으로 부족해진 건 남자들, 최근 몇 년 사이 남자들이 전사했기 때문이다. 이제 눈을 치우는 건 몇몇 상이군인들, 여자들과 아이들뿐이며, 길 한쪽으로 밀어 쌓아놓는 것이 고작이므로, 한낮에 기온이 올라가면 눈 더미가 녹기 시작해서 주변으로 질척하게 흘러내려 고였다가, 하필이면 보행로로 비어 있어야 할 그 공간에서 밤 사이에 다시 얼어붙어 버린다. 그런 이유로 지금 빈의 인도를 뒤덮고 있는 얼음은, 특히나 사람들의 왕래가 많은 장소는 더더욱 겨울 내내 점점 더 두껍고 단단해지기만 해서, 이제는 누구도 깨뜨려볼 엄두조차 낼 수가 없다.

바벤베르거 거리에서 예술사박물관 쪽으로나 왼편의 부르그링을 따라 도시 외곽 방향으로 가는 보행자는 넘어지지 않도록 매우 주의해야 한다. 예를 들면 어제 에두아르드 가블러 선장은 프로이데나우어 겨울 항구에서 넘어지는 바람에 팔 아래쪽에 여러 군데나 골절상을 입었고, 프란츠 아들러라는 이름의 사람은 마르크세르가세에서 마찬가지로 팔을 부러뜨렸고, 공장을 운영하는 모르티츠 게르토퍼는 노빌레가세에서 오른쪽 종아리에 개방형골절상을 입었으며, 간호사인 프리다 베르틴은 마리아힐퍼 거리, 즉 여기서 결코 멀지 않은 곳에서 넘어져, 왼쪽 엉덩이에 심각한 타박상을 입었다. 바벤베르거 거리를 지나 예술사박물관 쪽으로, 즉 도시 외곽 방향으로 건너가는 길의 양쪽 눈 더미 사이에 깔린 얼음은 박물관의 관람객들이 디디고 지나가는 통에, 어젯밤에 눈이 내려 길을 한 번 덮었는데도, 벌써 반질반질한 빙판으로 변해 있다. 눈이 내린 이후로 그 길을 지나간 셀 수 없이 많은 신발, 그리고 간혹은 맨발들 때문에, 눈은 이미 오전이 다 가기도 전에 도저히 분리할 수 없게 얼음과 딱 달라붙어 스스로 얼음이 되어버렸다. 이 얼음은, 당연히 표면 아래 깊이 물이 숨겨진 건 아니지만, 색이 어둡게 보이고 축소된 아프리카 대륙과 모양이 비슷하다.

재봉사 실리 부야노프는 14시 30분경 이 얼음판 위에서 넘어질 뻔했지만, 우연히 그녀 뒤에 있던 상급 회계관 알프레드 케른 씨가 잡아준 덕분에 낙상을 면할 수 있었다. 일곱 살 난 레오폴디네 탈러는 물웅덩이를 건너면서 스케이트 연습을 했으며, 열한 살 난 다비드 로비체크는 쿵쿵 뛰어서 얼음을 깨어보려고 했으나 헛일이었고, 어디서 왔는지 알 수 없는 주인 없는 개 한 마리가 오른쪽 눈 더미에 오줌을 싸는 바람에 얼음 한 조각을 녹게 만들었는데, 그 위치는 지난날 독일령 동아프리카쯤에 해당하고, 누르스름한 색깔은 대략 니제르까지 번져나갔다. 그러다 18시경에는 이 자리도 다시 얼어붙어버렸지만, 이번에는 표면이 매끈하지 않고 살짝 울퉁불퉁해졌다. 18시경, 처음에는 바벤베르거 거리에서 바로 이 자리를 지나 왼쪽 예술사박물관으로 가려고 생각한 젊은 여인은, 발을 디딜 단단한 구원의 땅으로 보이는 울퉁불퉁한 적도 윗부분에 도달하기 전에, 거울처럼 반들반들한 남아프리카를 먼저 밟을 것이고, 덕분에 미끄러질 뻔해 깜짝 놀라 뒤로 물러서서는, 오른쪽으로 방향을 돌려 오페른링으로 향한다.

당신은 아닌가보군요, 창백한 청년은 이렇게 물었는데, 그때 이미 웃음을 멈춘 뒤인 그녀는 대답한다. 아니에요. 심지어 외투 단추도 잠그지 않은 젊은 청년이 그렇게 땀을 흘리는 것이 그녀는 참으로 이상하다. 하지만 세상의 모든 시간이 다 저물도록 영영 혼자가 아닐 수만 있다면, 그녀는 아무리 싼값이라도 상관없을 듯하다. 이 세상의 수많은 인간 중에서 동시에 모든 시간에 속할 수 있는 자는 과연 얼마나 될까? 그녀는 원하는가? 하지만 그녀는 남자와 함께 한 잔 하러 간다. 그것은, 얼마나 감사한지 그녀는 모를 거라고. 카페에서 남자는 그녀의 손을 잡고 자신의 얼굴에 갖다 댄다. 그리고 그녀의 손으로 자신의 눈물과 콧물을 닦는다. 자신을 용서해주었으면 좋겠다고, 자신은 한 번도 이렇게 해본 적은 없으나, 그래도 조금 전은 어쩔 도리가 없었는데, 그녀가 이해해주었으면 하는 것이, 약혼녀가 이제 없다고, 그의 약혼녀는 그를 버리고 떠났다고, 2년이나 함께였는데, 어쨌든 약혼은 약혼이고, 아니면 그건…
한평생이 이런 식으로 얼마나 길게 갈까요?
칠십 년 아니 팔십 년?
이미 그녀는 자신이 감당할 수 있는 것보다 더 많은 것을 알고 있다.
…그의 약혼녀는 그가, 마찬가지로 행동하는 걸 봐야 한다고. 아무 여자하고나 할수록 더 좋다고 그래도 어쨌든, 약혼녀는 죽여야만 한다고.
남자의 눈물로 축축해진 손을 느끼며, 그녀는 생각한다. 혹시 이 남자는 그녀를 알고 있는 걸까. 그녀가 마음속으로 품었던 소망을 알고 있는 걸까. 삶이 그녀를 얼마나 힘들게 하는지 알고 있는 걸까. 내부에서 봤을 때 사방이 온통 검고 반들반들한 벽으로 둘러싸인 둥근 공처럼 생긴 삶, 아무리 달리고 달려도, 밖으로 통하는 출구라고는 허름한 문짝 하나도 찾을 수 없는 삶.
약혼녀가 집 밖으로 나오기만 했어도, 그는 그녀를 쏘았을 거라고 남자는 말한다. 하지만 약혼녀는 그가 무엇을 결심하는지 다 알고 있고, 그래서 집을 나오지 않으니, 그는 어떻게 해야 할지 모르겠다고, 그는 단 한 번도, 항상 약혼녀뿐이었고, 그런 적은 한 번도 없다고.
그래서 쏘겠다고요? 그녀가 묻는다. 어떻게요?
여기 안에, 그가 대답하면서, 손을 외투 왼쪽 주머니로 밀어 넣는다. 그 안에 자기 아버지의 모제르 총이 있다고.

그제야 그녀는, 왜 자신이 이 남자와, 얼굴에 자신과 똑같은 것, 사랑의 고통이라고 부르는 것이 새겨진, 한없이 비참해 보이는 남자와, 여기 앉아 있는지, 단번에 알아차린다. 이제 언제나 끝이 없어 보이기만 했던 공의 내면에, 갑자기, 허름한 문이 하나 나타난다. 그녀는 훌쩍이는 남자에게서 손을 거두어가며 말한다. 사실 당신의 약혼녀를 한평생 고통받게 하는 건 아주 쉬운 일이에요. 그래요? 남자가 고개를 들고 묻는다. 그사이 그녀는 탁자 아래에서 젖은 손을 스커트에 문질러 닦는다.

어머니는 말한다. 난 이제 그만 잘래요. 바느질감을 정리해 통에 담고 통을 다시 냉랭한 거실로 내간다. 아버지가 뒤에서 소리친다. 나도 금방 갈게. 동생은 이미 반시간 전부터 침대에 들어가 있지만, 어두운데도 아직 잠들지 못한다. 아버지는 카바이드램프 손잡이를 잡는다.

그렇단 말이죠? 남자가 묻는다.
그렇다니까요.
만약 일이 잘못되면?
만약 일이 잘못되어도, 알저 거리에서 알아서 할 거예요.
환자에게 치유와 위안을.
모든 일이 계획대로 끝난다면, 우리는 거기서 신^{new} 전차의 가장 조용한 칸에 타고 계속해서 가면 되는 거야, 하고 그녀는 생각한다.
지금 그녀에게 전화해서 말할게요.
하지만 단 하나의 문장만 말해야 해요.

남자가 계산을 하고, 그녀는 웨이터에게 인사를 한다. 사람은 이처럼 쉽게 하나의 세계에서 다른 세계로 넘어간다. 공중전화박스는 바로 맞은편에 있다. 남자가 안으로 들어가 몸무게로 바닥을 누르자 불이 켜진다. 영혼이라면 어둠 속에서 전화를 하겠군, 하고 그녀는 생각한다. 단 하나의 문장만. 그녀는 밖의 눈 속에서 기다리며, 사랑을 잃는 남자가 환한 불빛 속에서 이야기하는 것을 지켜본다. 그는 말하고, 수화기에서 흘러나오는 말을 듣고, 다시 대답하고, 듣고, 반박한다. 그를 전화박스에서 끌어내야 할 것 같다. 그렇지 않으면 그는 다른 세계로 다시 미끄러져 들어가 버릴 듯하다. 그의 따뜻한 숨결 때문에 전화박스의 유리에는 김이 서리고, 그래서 그녀는 전화박스의 문을 연다.

수화기에서는 여자의 고함치는 목소리가 흘러나오고 있다. 왜 그렇게 말을 못 알아들어요, 내일 딸이랑 직접 얘기하라니까요!

내일은 너무 늦는단 말입니다!

하지만 지금은 딸이 없는데 어쩌라고요!

그러니 따님에게 이 말을 전해 달라지 않습니까. 나는 죽음의 순간에도 그녀를—

살날이 앞으로 구만리 같은 젊은이가!

그러자 그는 입을 다문다. 아무 말도 하지 않는다. 듬성듬성한 머리카락, 아마도 20대 중반이면 대머리가 되리라. 그녀는 조용히 그의 손에서 수화기를 빼앗아 들고 대신해서 말하기 시작한다.

이해를 못 하시나 본데, 그는 죽을 거예요.

우리는 다섯 시에 줄을 서서 나가야 해. 남자들 얼굴을 늘 그렇게 빤히 쳐다볼 필요는 없어. 나 혼자서 일을 다 해야 한다고. 그러니 할머니는 혼자 알아서 사셔야지.

그러면 그는?

그도 이제 죽게 되겠지. 그러면 그녀는 그의 썰매에 함께 올라타고 지옥으로 동행하는 거야.

그녀가 한마디를 말하면, 대답이 그녀의 상상 속에서 들려온다. 그리고 그녀는 전화를 끊는다.

어머니는 아버지가 부엌문 닫는 소리를 듣는다. 화덕의 온기가 아침까지 조금이라도 더 유지될 수 있도록. 그리고 아버지는 밖으로 나간다. 화장실은 계단을 반 층 내려간 곳에 있다. 뒤처리는 세면대의 물로. 어머니는 반대편으로 돌아눕는다. 큰딸은 건강을 회복하자마자, 어디를 돌아다니는지 다시 알 길이 없다. 갓난아기이던 큰딸을 살려내기 위해 그녀는 온몸을 바쳐 헌신했으나, 이제 그 보답이 바로 이것이다.

작은딸은 언니의 침대가 밤새 비어 있는 것이 싫다. 언젠가 어머니와 싸울 때 위협했던 대로 언니가 아예 독립해서 나간다면, 그러면 자신이 이제부터는 작은애라는 말을 듣지 않을 테니 그 점 하나만은 유일하게 마음에 든다. 금요일에 선생님이 말했다. 이제 오스트리아는 원래 크기보다 십 분의 일로 줄어들었다고. 그런데 작은딸은 전쟁 동안 1미터 70센티미터로 자랐다. 작은딸이 사는 나라의 국경선은 작은딸 자신의 키와는 아무 상관이 없겠지만, 그래도 내일 수업시간에 그런 얘기는 안 하는 편이 나을 것이다.

아버지가 전등을 끄고 어머니 곁에 눕는다. 지난주, 큰딸의 턱 부분 푸르스름한 그늘은 그가 떠올리고 싶지 않은 기억을 불현듯 생각나게 했다. 하지만 생각은 그가 원하는지 않는지는 조금도 신경 쓰지 않고, 무조건 때가 되면, 그가 한 번이라도 생각했거나 경험한 것들이 촘촘하게 밀집된 틈새로, 어떻게 해서든 길을 뚫어버린다.

그들은 오페라하우스 앞에 서 있다. 이미 한참 전에 살로메는 요한의 잘린 목, 모직 머리카락이 달린 피투성이 마분지 머리를 은쟁반에 받아들였고, 이제 머리는 다시 어두컴컴한 소품실 선반, 은색으로 칠한 나무 쟁반 옆에 놓였다. 그들은 택시를 잡아타고 알저 거리에 가기로 한다. 그들은 택시가 병원 앞에 멈추어 서는 바로 그 순간을 정확히 뽑아내서, 존재하는 수많은 순간에서 영원히 분리할 것이다. 택시는 부르그링을 따라가다가, 폴크스가르텐 거리를 향해 왼쪽으로 방향을 꺾고, 그다음 북쪽으로, 처음에는 뮤지움 거리 다음에는 아우에르슈페르그 거리, 그리고 마지막으로 란데스게리흐트 거리로 불리는 대로를 타고, 그들 왼편에 알저 거리가 나타날 때까지 쭉 올라간다. 가는 시간은 5분 30초 이상 걸리지 않는다. 그 5분 30초 동안 택시 뒷좌석에서는 어떤 말도 오가지 않는다. 택시 기사는 병원 정문 앞에서, 손님들이 원하는 대로 멈추어 선다.

23

렘베르크에서 피투성이의 사흘밤 동안 희생된 자들을 위한 모금 활동: *헤르미네와 이그나츠 클링거 100크로네, 사랑하는 어머니 테르카 코르스키를 추모하며 120크로네, 캄러 부인 10크로네, 합계 230크로네.*

노인은 불을 피우려고 돌돌 말아 쥔 신문지에서 이런 기사를 읽는다. 노인은 제대로 선택한 것이다. 딸을 위해 이교도를 선택한 일, 그리스도성체성혈대축일 행사에 구경가라고 딸 부부에게 빈행 기차표를 선물한 일 그리고 그 자신이 빈으로 피난 온 일까지. 빈 숲에서 가져온 나무는 이끼가 잔뜩 덮여 있어서 불을 붙이면 참을 수 없는 악취와 연기가 피어난다. 피투성이의 밤. 안드레이. 그녀와 남편에게 문을 열어주지 않았던 보모. 전능하신 신은 딸의 생명 대신 남편의 생명을 가져갔다.

그럼 아버지는 어디 있다는 거예요?

미국이나, 프랑스에.

어머니는 궁금하지도 않아요?

오직 신만이 아시는 일이란다. 가서 손이나 씻어라.

딸은 분명, 그녀가 어떤 모종의 이유로 아버지를 붙잡아둘 능력이 없었다고 생각할 것이다. 그녀는 남편을, 최후의 순간까지 남편을, 그가 한 조각의 고깃덩이로 변할 때까지 꼭 붙잡고 있었다. 하지만 그녀가 그런 사실을, 어머니인 그녀도 심지어 딸도 그때 모두 한 조각의 고깃덩이로 변할 뻔했고, 상황이 바뀐다면 손녀들까지도, 큰 아이 작은아이 모두, 언제든지 고깃덩이가 될 수 있다는 사실을 딸에게 그대로 말해야 했을까? 진실을 알지 못하는 자에게, 죽은 것과 아주 멀리 있는 것의 차이가 무엇이란 말인가? 살인의 죄가 지금은 마치 그녀 자신의 죄처럼 보인다. 하지만 그게 무슨 대수인가? 렘베르크에서는 바로 얼마 전에도, 폴란드인들이 중앙광장에서 우크라이나 전쟁 승전 기념 축제를 벌이는 동안, 거기서 겨우 두 구역 떨어진 유대인 지구는 방화의 불길에 휩싸였다. 축제는 사흘밤 동안 이어졌다. 밖으로 도망쳐 나온 유대인 아이들을, 재향군인들이 붙잡아 다시 불타는 집 안으로 집어던졌다. 하지만 그러는 사이에도 바리케이드 뒤편에서는, 아코디언이 음악을 연주하고 있었다.

내 눈으로 암흑이 밀려들어오는구나.

빈에서 노인을 아는 사람이 거의 없지만, 그래도 살아 있다. 노인의 딸도 살아 있고, 두 손녀도 마찬가지다.

24

새빨개, 새빨개, 새빨개, 딩, 딩, 딩, 바링이 불탄다, 오타크링이 불탄다, 냄새 좋은 훈제 청어로구나!

약속은 이행되지 않는다는 것. 질문하는 자는 누구도 대답을 원하지 않는다는 것. 그녀 자신의 내부, 그녀의 혀, 심지어는 입맞춤을 할 때도 다른 이의 입속에서, 언제나 외부에 남았다는 것. 경계를 없애기, 그녀는 오직 그것만을 원했다. 그녀가 친구를 사랑했고 친구의 애인도 사랑했다는 것이 도대체 왜 불가능한가? 거기서 무엇이 그녀에게 허용되지 않았고, 누가 허용하지 않았단 말인가? 왜 그녀는 강물에 뛰어들 듯이 사랑으로 뛰어들면 안 되고, 그녀가 헤엄칠 수 없는 강물에서, 왜 다른 누구도 헤엄치지 않는단 말인가? 왜 어머니는 그녀를 창녀라고 불렀는가? 할머니가 유대인이란 말을 왜 아무에게도 하면 안 되는가? 세상에는 사랑이 너무나 부족해, 서로를 아교로 붙이지도 못할 정도였단 말인가? 차이는 왜 있으며, 차별은 왜 있는가? 다름 아닌 그녀 자신의 부족함 때문에, 세상의 일들이 산산이 무너져 내렸단 말인가? 그렇다면 지금이, 그녀 자신을 세상에서 추출해낼 최적의 순간이었다.

모제르 C96은 제1차 세계대전에 정식으로 전투에 투입된 무기는 아니지만 사람들 사이에서 널리 호평을 받았다. C96의 큰 특징은, 탄창이 손잡이 내부가 아니라 방아쇠 앞에 장착되었다는 점이다. 일요일, 1919년 1월 26일, 23시 17분경, 알저 거리 4번지, 북위 48.21497도, 동경 16.35231도, 빈 종합병원 앞에 멈춘 택시 안에서, 의대 3학기에 재학 중인 페르디난트 G.씨가, 서로 합의된 내용에 따라, 우연히 만난 한 젊은 여인의 관자놀이에 권총을 갖다 대는데, 정확히 그 순간 밖에서 개 짖는 소리가 들려오자, 마치 짖는 소리에 화답하듯, 정말로 방아쇠를 당겨버린다.

드디어 그녀는, 자신을 피부 속에 가둘 필요가 없게 되었다. 드디어 어느 누군가가, 단 한 번의 충격으로 그녀 앞에 허름한 문을 열어젖혔고, 그녀는 자유를 얻었다.

환자에게 치유와 위안을.

죽은 여인은 무한한 일족을 가지며, 무한히 사랑받고, 사랑하고 싶은 사람을 얼마든지 사랑할 수 있으며, 자신의 죽은 생각과 더불어 다른 이들 속으로 완전히 녹아들어가 버릴 수 있다. 이처럼 부드러운 입술을 가진 남자를 본 적이 있는가? 지금 그녀는 그 입술 위를 떠가며, 사랑하는 것과 철저하게 하나로 섞여, 한없이 멀리 떠가고, 그들은 모두 물이며, 물 위를 뒤덮은 검푸른 하늘이기도 하며, 또한 두 줄로 무한히 이어지는 창들 뒤편에 갇혀 있던 모든 것이 되어, 이제 창문을 활짝 열고, 숨을 깊게 들이마신다.

하지만 이어서 두 번째 총성이 들리고, 어느 누군가의 피가 그녀의 얼굴로 쏟아지며, 누군가의 피는 그녀의 머리카락을 적시는데, 혹시 그건 그녀 자신의 피였던가, 하지만 그제야 관자놀이가 으깨지는 통증을 느끼는 그녀, 그런데 왜 관자놀이는 정말로 으깨지지 않은 걸까, 그녀는 죽은 게 아니란 말인가? 누군가가 문을 열었고, 택시 운전사가 팔을 뻗어 총 맞아 죽은 여인이 내리는 걸 돕는다. 차가운 빈의 밤공기가 관자놀이로 밀려들어와, 그녀의 생각 아주 가까이를 스치고 지나가며, 그녀를 피부 바로 아래까지 훤히 드러낸다. 아니 이런 세상에, 운전사가 이렇게 외치는 소리가 들리고, 헐벗은 빈의 그 누군가가 우는 소리도 들린다. 아마도 그는, 자신과 그녀를, 미리 약속한 대로 쏠 수 없었던 모양이다. 눈을 감은 그녀 앞에 거울처럼 반짝이는 남아프리카가 나타난다. 그녀는 그 위로 발을 디뎠다가, 미끄러지고, 넘어지고, 넘어지고, 또 넘어진다. 문을 통과한 다음에는 바닥이 없다는 사실을 알았어야 했는데, 이렇게 생각한 다음, 그녀는 생각을 멈춘다. 미리 예상했던, 바로 그대로.

어머니는 잠자고, 아버지는 잠자고, 동생은 불안한 꿈에 시달리지만, 그래도 잠자고 있다. 어두운 부엌, 식탁 위의 서류철 안에는 아버지의 서류가 들어 있지만, 한밤중에 그것을 읽는 사람은 아무도 없다. 1897년 8월 20일 부흐코겔 산기슭의 베첼스도르프에서 무슨 일이 일어났는지 묻는 사람은 아무도 없다.
새장의 새들이 횃대에서 떨어졌고, 깜짝 놀란 사람들은 침대에서 튀어나왔다. 집단적인 공포가 모두를 사로잡았다. 동시에 집중호우가 쏟아지기 시작했다.

두 딸이 사용하는 침실에는, 장롱 뒤편에, 큰딸의 일기장인 두꺼운 노트가 숨겨져 있다.

25

새벽 4시, 위쪽에 끼워진 유리가 덜컹거릴 정도로 요란하게 경찰이 문을 두들겨 대는 바람에, 어머니가 가장 먼저 잠에서 깨어난다. 그날 이후 사흘 동안 큰딸은 의식을 찾지 못하고, 가슴을 오르락내리락 숨만 쉬면서 병원 침대에 죽은 듯이 누워 있다. 하지만 그렇게 아무런 움직임이 없는 상태로 큰딸은, 말하자면 내적으로, 죽음과 투쟁을 벌인다. 어머니는 간호사에게, 큰딸이 이런 상황인데도 12인용 병실에 있어야 하느냐고 불만을 터뜨린다. 아버지는 말한다. 그냥 둬. 어머니는 다른 환자들이 내뿜는 악취와 비명 소리 때문에 불만을 터뜨린다. 아버지는 말한다. 그러지 마. 상담하는 도중 무의식 중에 큰딸이 자살을 시도했다고 말해버린 의사에게 어머니는 묻는다. 선생님은 손을 씻기는 하는 건가요?

아버지는 말없이 큰딸이 죽어가는 병상 옆에 앉아 있다.

의사 손톱 밑에 시커먼 얼룩 자국 당신도 봤죠?

못 봤는데.

어쨌든 그런 사람이 내 딸을 만지게 둘 수는 없어요.

한 남자가 낡은 한 조각 천으로 겉옷을 만드네.
겉옷이 해어지자, 그것으로 조끼를 만드네.
조끼가 해어지자, 그것으로 수건을 만드네.

수건이 해어지자, 그것으로 모자를 만드네.
모자가 해어지자, 그것으로 단추를 만드네.
단추로는, 아무것도를 만드네.
마침내 마지막으로, 아무것도로 그는, 이 노래를 만드네.

수요일에서 목요일로 넘어가는 밤, 자정과 1시 30분 사이 어디쯤, 간호사들이 열두 병상을 돌아보는 첫 번째 회진과 두 번째 회진 사이에, 젊은 여인은 마침내 숨을 멈춘다. 그날 오전 중 가톨릭 빈 교구의 한 직원이 그녀의 이름을 커다란 사자 명부에 기입한다. 오후에 학교를 마치고 곧장 병원으로 온 작은딸은, 텅 빈 병상으로 다가가, 언니의 행방을 묻자, 이미 죽은 자를 위한 저장고로 운반된 다음이라는 대답을 듣는다.

26

그런데 살인자는 아직 살아 있군요. 어머니가 말한다. 살인자는 자기가 죽으려 한 건데, 진짜로 죽은 건 내 딸이네요.
그냥 둬. 아버지가 말한다. 그 사람이 살아날 거라는 말은 없잖아.
우리 딸이 그 남자가 쏜 총에 맞아 죽었는데, 당신은 그저, 그냥 둬, 이 말이면 끝이군요.
어떤 남자 말인가요, 이제 곧, 더는 작은딸이 아니라 그냥 딸로 불리게 될, 작은딸이 묻는다.
분명히 말하는데, 너도 언니처럼 행실을 제멋대로 했다가는 내가 가만두지 않을 줄 알아라.

사람들 말로는, 큰애가 그 남자와 잘 모르는 사이였다잖아.
얼마나 아는 사이인지는 몰라도, 총을 쏘아 죽일 만큼은 가까웠단 거잖아요.
작은딸은 아무 말도 하지 않는다. 언니가 금지한 일, 자신의 비밀을 알리고 하지 말고, 더구나 부모님이나 아무 상관없는 다른 사람에게 절대로 말해서는 안 된다는 것은 여전히 유효했다. 게다가 지금 와서, 일주일 반 전인 일요일 밤 언니가 어떤 남자와 빈 시내를 걸어가는 걸 보았다고 부모님에게 말해봐야 무슨 소용이 있겠는가?
일주일 반 전인 일요일만 해도 아무 문제가 없었는데. 아버지가 말한다. 맞아요, 어머니가 수긍한다.
그런데 월요일 아침 무렵쯤에, 하고 아버지가 말하자, 그리고 화요일도, 하고 작은딸이 이어받는다. 이 세상 사람이 아닌 것처럼, 하고 아버지가, 수요일에 나는, 그리고 그날 밤에도, 작은딸이 말하고, 맞아, 금요일에는 마치, 아버지가 말한다. 토요일에 눈이 왔고, 아버지가 다시 말하자 작은딸이 대답한다. 그리고 일요일이 되었죠.
그만해요, 어머니가 남편과 딸 사이에 끼어든다. 아무리 그래봤자 큰애를 다시 살려내지는 못해요.
무슨 일이 일어날지, 인간은 절대 알 수가 없으니. 아버지가 말한다.
그게 차라리 다행이죠. 어머니가 말한다.
일요일 저녁에 도대체 우리가 무슨 일을 했을까, 이렇게 질문한 아버지는, 울기 시작한다.

27

 금요일 오후가 되어서야, 총알이 어떤 방향으로 들어갔는지, 피해자인 젊은 여인이 혹시 자기 스스로 총을 쏜 건 아닌지 병리학적 검사를 하는 동안, 아버지는 마르가레텐 거리로 향한다. 어머니는, 자기 말로는 처리해야 할 사무적 절차가 너무 많다고, 그래도 누군가는 삶을 챙겨야 하지 않겠느냐고 한다. 악취가 풍기는 건물 입구는 어두우며, 1층 문 위에는 각 집들의 호수가 적힌 양철 팻말이 붙어 있다. 무슨 일이 있었는지 들은 할머니는 아무 말도 하지 않는다. 단지 머리부터 발끝까지 온 전신을 덜덜 떨기 시작했을 뿐이다. 아버지는 오래전, 노인의 가게에서 처음으로 그 딸을 보았고, 딸의 피부가 얼마나 흰지, 만약 그가 딱정벌레라서 그녀의 피부 위를 기어 다닌다면 눈처럼 흰빛 때문에 금세 눈이 멀어버릴 것 같았던 것을 기억한다.
 처음 만나고 얼마 지나지 않아, 상점 여주인은 그에게 딸의 침대를 보여주었고, 침대에는 몸을 동그랗게 웅크린 고양이 한 마리가 잠들어 있었다. 그는 노인에게 말없이 고개를 숙이고 돌아선다. 자신이 직접 아파트의 문을 열고, 밖으로 나온 후 직접 문을 닫는다. 좋았던 시절에는 층계참에서 뒷마당을 내려다볼 수 있었던 창 여러 개는, 유리 대신 나무판자를 못질해 막아놓았다.

 월요일, 검사를 끝낸 검시관은 사망기록부에 사인을 뇌출혈로 적어 넣고, 화요일 빈 중앙묘지 출입구 Ⅲ, 가톨릭 구역에서 장례식이 거행된다. 검은 구덩이 가장자리에서 묘지소속 성직자가 기도문을 외우고, 아버지와 작은딸이 성호를 긋는 동안 어머니는 양손을 외투 주머니에서 빼지 않는다. 저세상. 이제 할머니는, 손녀가 최소한 가톨릭 묘지에 도달했다는 건 알 텐데도, 이 자리에 나타나고 싶지는 않은 게 분명하다. 다시금 노인은 딸을, 예전과 마찬가지로, 어려움 속에 홀로 남겨둔다. 노인은 딸에게 걸음마조차 직접 가르치지 않았다.

작은딸은 생각한다. 아마도 그때 언니가 시키는 대로 유리구슬을 삼켰더라면, 시몬네 벽에서 뛰어내렸더라면, 또는 다른 방식으로든 언니가 자신을 처형하게 두었더라면 어쩌면 상황은 달라졌을지도 모른다고. 언니는 자신을 대신해서 죽은 걸까? 죽는 순간 동생 생각을 조금이라도 했을까? 아버지가 흙을 한줌 집어 들고 무덤 속으로 던진다. 던져진 흙무더기가 떨어지자, 큰딸이 살아 있을 때 내렸던 눈이 흩어지면서 더러운 찌꺼기가 겉으로 드러난다.

여기서 보이는 높다란 담장 너머에는 유대인 묘역이 있다. 그곳에는 높이 자란 나무가 한 그루도 없어 하늘이 훤히 드러나 있다. 이곳 사정을 잘 모르는 사람이라면 그곳이 전차 선로 구역이거나 아니면 들판이어서 그렇다고 생각하겠지만, 어머니는 유대인 묘역에는 원래 나무를 심지 않는다는 걸 알고 있다. 무성해진 나무뿌리가 무덤 속 유해를 갈가리 흩어놓으면, 최후의 심판 날에 호명받을 때 온전한 모습일 수 없기 때문이다.

묘지에서 돌아온 다음 딸은 저녁식사로 자기 몫의 양고기를 먹고, 아버지가 도저히 넘어가지 않는다면서 물리친 몫도 먹고, 그리고 마지막으로, 죽은 언니의 몫까지도 먹어치운다. 사망 사실을 말하지 않았기 때문에, 어머니는 그날 이른 아침 중앙 시장에서 아직도 유효한 배급표를 내고 죽은 딸 몫으로 책정된 12데카그램 반을 받아 왔던 것이다.

은혜로운 신이여 아버지이신 은혜로운 신이여, 우리에게 이빨을 주셨으니, 이빨로 씹을 수 있는 것도 함께 주십시오.

언니가 땅속에 묻히고 나자, 그제야 동생은 한없는 허기를 느낀다.

28

그때 초인종이 울리더니, 그때까지 한 번도 찾아오지 않았던 사촌이 가족을 방문한다. 단지 할 말이 있어서. 그래 무슨 말인데? 할머니가 큰손녀의 죽음 소식을 들었던 바로 그날, 지하실 계단에서 넘어져 굴러떨어지는 바람에, 사촌의 표현대로라면, 불행을 당했다고. 이게 무슨 뜻인지는 다들 이해했으리라. 그러니까 밤이 아주 깜깜해지기 전에는, 날이 밝지 않는 법이다. 어머니가 일어서서 더러운 접시를 하나하나 포갠다. 식탁을 차릴 때만 해도, 자신의 어머니가 살아 있다는 믿음이 있었다. 진실을 알지 못하는 자에게, 죽은 것과 아주 멀리 있는 것의 차이가 무엇이란 말인가? 사촌은 가족이 사는 주소를 알아내는 데 며칠이나 걸렸다. 장례식은 유대교 관습에 따라 이미 치러졌다. 작은딸은 생각한다. 이렇게 많은 사람이 한꺼번에 죽다니, 전쟁은 아직 끝나지 않았단 말인가? 도대체 지하실에는 왜 내려가셨던 걸까, 석탄이 몽땅 떨어졌던 걸까? 아버지가 묻자 사촌은, 그걸 누가 알겠어, 하고 대꾸한다. 아버지는 생각하기를, 이제 자신은 다음 달 초를

지나, 그다음 달 초와, 그다다음 달 초까지도 살아 있어야겠구나, 그
래야 죽음이 우위를 점령하지 않고 삶과 균형을 맞추어서, 저울이 한
쪽으로 기울어지는 일을 피할 수 있을 테니까, 그러나 이것을 입 밖으
로 꺼내지는 않는다. 출입구 Ⅳ, 3구역, 8열 12번 자리. 사촌은 쪽지
에 이렇게 적는다. 사촌이 돌아간 후, 어머니는 쪽지를 부엌 서랍 속
에 넣는다.

29

 여기저기 묘석이 서 있는, 눈 덮인 묘지 한가운데, 유대 구역 저 끄
트머리, 새로 만들어진 봉분을 쉽사리 찾을 수 있으리라, 출입구 Ⅰ,
출입구 Ⅱ, 출입구 Ⅲ, 마침내 출입구 Ⅳ. 각자 살아 있을 때 가졌던 믿
음에 따라, 서로 다른 전차 정류장 가까이에 묻힌다. 죽은 개신교도
와 가톨릭교도, 유대교도는 모두 전차로 1분 30초 이내의 거리에 있
다. 할머니의 무덤에서는, 가톨릭 구역을 둘러싼 담장이 한눈에 들
어오고, 담장 뒤로 솟아난 눈 덮인 키 큰 나무들도 볼 수 있다. 사방
이 조용할 때면, 나뭇가지 위의 눈이 무게를 이기지 못하고 저절로
미끄러져 떨어지는 소리, 그런 다음에 가지가 다시 빠르게 위로 치
솟는 소리까지도 들을 수 있다.

30

 죽은 어머니의 아파트는 싸늘하고 어둡다. 양동이의 물조차도 얼
어붙었다. 그녀가 물을 뒷마당에 버리려 하자, 양동이에서는 얼음

덩이가 통째로 떨어진다. 화재, 메뚜기떼, 거머리, 페스트 또는 곰이나 여우, 뱀, 빈대나 이, 남편은 빈에서 첫 번째 월급을 받자, 그녀를 부르크 극장으로 데려갔다. 그들은 가장 싼 좌석에서 「타우리스 섬의 이피게니에」를 보았다.

영원히 안녕.

당시 그녀는, 무대의 막이 내려오기 직전 마지막 장면에서, 진정한 체념이란 뭔지를 극장 안의 그 누구보다 자신이 잘 이해할 거라고 믿었다. 어머니가 괴테 전집을 읽는 걸 단 한 번도 보지 못했지만, 지금 전집은 예전과 마찬가지로, 어머니의 책장에, 작은 괘종시계 곁에 고스란히 꽂혀 있다. 그래서 어머니의 피난 가방이 그처럼 무거웠던 것이다.

영원히 안녕.

그녀는 첫째 아이를 한줌의 눈만으로 지옥에서 다시 데리고 나왔고, 일생 동안 그것에 대한 보상을 치르며 살았는데, 이제 새삼 밝혀진 진실은, 인간의 대부분의 일에는 아예 가격이 없다는 것이다.

그 어느 곳에도 바람이 없어라! / 죽음 같은 고요, 치가 떨리도다! / 망망한 끝없음의 한가운데 / 한 점의 파도도 일지 않는도다!

그런데 어머니는 사실은 그녀를 위해 이 책들을 가져온 건 아닐까? 그녀는 장식대 위 팔이 여덟 개 달린 촛대도 집어 가방에 넣는다. Zay moykhl un fal mir mayne trep nit arunter(계단에서 굴러떨어지지 마세요). 이제는 어머니와 이렇게 이디쉬어로 이야기를 나눌 수도 없다. 층계참에서 뒷마당으로 나 있는 창 여러 개는, 유리 대신 나무판자를 못질해 막아놓았다. 그녀는 입구 위에 새겨진 천사상은 발견하지 못하는데, 뒤돌아보지 않았기 때문이다. 어머니는 일생 동안 무엇에 대한 보상을 치르며 살았는지, 그녀는 궁금하다. 집에서 그녀는, 책등이 살짝 망가진 제9권에서, 아직도 상당 부분을 암송할 수 있는 그 희곡을 찾아낸다. 그녀는 불을 피우지 않고, 설거지를 하지 않고, 줄 서러 나가지도 않고, 바느질을 하지도 않고, 양말을 깁지도 않고, 울지도 않고, 그녀는 아무 말 없이, 부엌에 앉아서, 담요를 두르고, 오래전 어린 소녀일 때 그랬던 것처럼 『이피게니에』를 읽는다.

31

아버지는 그로부터 거의 일 년이 다 지난 1920년 12월 2일이 되어서야 죽는다. 어머니는 아버지의 옷가지를 암시장에 내다 판다. 하지만 제국의 독수리가 새겨진 단추는 미리 외투에서 떼어내서 상자에 보관한다. 유족에게 지급된 그의 12월 급료는, 당시 시세로 한 끼 점심식사를 하기에 충분하다. 그래도 딸은 학교에서 매일 초콜릿이 들어간 우유 1인분을 추가로 타온다. 미국인들 덕분이다.

32

1944년 어느 자작나무 숲속, 보초병이 한 젊은 여인을 총의 개머리판으로 쿡쿡 밀치자, 여인은 두 팔로 몸을 지탱하려 하는데, 그러자 여인이 품속에 들고 있던, 표지에 손 글씨로 일기장이라고 적힌 노트 한 권이 땅으로 떨어지게 된다. 노트는 더러운 진창 위로 떨어질 것이고, 여인은 그것을 줍기 위해 다시 돌아오지 못할 것이다. 노트는 한동안 거기 그대로 있게 된다. 비바람이 노트를 펼치고, 발들은 노트를 밟고 지나갈 것이다. 거기 쓰인 모든 비밀이, 진흙과 똑같은 색으로 변할 때까지.

막간극

그러나 만약 할머니가, 빈 숲에 나무를 하러 반 시간만 더 늦게 집에서 나갔더라면, 또는, 삶에 지친 젊은 여인이, 할머니를 찾아왔다가 빈 집 앞에서 그대로 돌아서서, 시내를 방황하다가, 바벤베르거 거리에서 오른쪽으로, 비참한 젊은 남자의 형상을 한 자신의 죽음과 마주치게 되는 오페른링으로 꺾지만 않았더라면, 또는, 비참한 젊은 남자의 약혼녀가 하루만 더 늦게 약혼을 깼더라면, 또는, 비참한 젊은 남자의 아버지가, 모제르 권총을 잠그지도 않은 서랍 속에 보관하지만 않았더라면, 아니면 젊은 여인의 뒷모습이, 지나치게 짧은 치마 탓에, 돈으로 흥정할 수 있는 여자처럼 보이지만 않았더라면, 왜 하필 그녀는 반 년 전에 치마를 짧게 잘랐단 말인가, 또는 그녀가 갑자기 추워진 날씨를 감안해 건강한 본능이 시키는 대로 미끄러질 위험을 피해 부러지지 않은 멀쩡한 팔다리로 죽음의 품 안으로 뛰어 들어가는 대신, 그냥 위험을 무릅쓰고 빙판길을 지나 바벤베르거 거리를 건너갔더라면, 그렇다면 그녀는 아마도 미끄러졌겠고, 어쩌면 다리 하나쯤 부러졌을 수도 있지만, 그러면 기껏 다리에 깁스 정도만 한 채 빈 종합병원으로 이송되었을 것이고, 며칠 뒤에 바로 같은 장소에서, 원칙적으로는 멀쩡하게 건강한 몸으로, 하지만 스스로 선택한 폭력의 희생자로 죽음을 당하고, 차가운 시체실에 누워 있지는 않았을 텐데, 또는, 스웨덴에서 넘어온 차가운 공기가, 온화한 멕시코 만류에게 이틀만 더 빨리 자리를 내주었더라면, 그러면 할머니는 수요일이 되어서야 빈 숲으로 갈 일이 생겼을 것이고, 또는 물웅덩이는 얼어붙지 않았을 것이고, 그러면 젊은 여인은 바벤베르거 거리가 끝나는 지점에서 분명, 예술사박물관 앞을 지나가려고 결심했을 테고, 박물관은 일요일 저녁이라 문을 닫기는 했지만, 그녀는 언젠가 박물관에서 어떤 가족의 그림을 본 적이 있는데, 아버지·할머니 그리고 아이로 구성된 가족, 그러면 그녀는 그 순간에, 총에 맞아 죽는 것 대신에, 지금 박물관이 문을 닫은 시간, 아무도 보는 이 없이 홀로 벽에 걸려 있을 그림 속, 아버지가 아이에게 건네던 레몬을, 그림의 어두운 바탕 위에서 노란 불빛처럼 환하던 과일을 떠올렸을 것이다.

    시간을 채우는 생각, 누가 그것을 결정하는 걸까? 반 시간 또는 한 시간이 지난 후에, 부모님의 집 말고는 밤을 보낼 곳이 없다는 사실을 깨달았더라면, 그녀는 집을 향해 몸을 돌렸을 것이고, 링을 따라 걷다가, 이번에는 집으로 가는 길에, 택시를 타기에는 돈이 없었으므로, 역시 마찬가지로 오페라 하우스 앞을 지나갔겠지만, 이미 한참 전에 그 젊은 남자는 오페른링에서 그녀와 마주칠 운명을 비껴가 버렸을 것이고, 대신 버터 1킬로그램과 송아지고기 50데카그램, 양초 10개를 주고 구입한 어느 여인의 품에 안겨 있었을 테니, 아무런 방해도 받지 않고 집에 도착한 그녀는 초인종을 눌러 여자 수위를 불러내야 했지만, 그래서 나중에 어머니에게 통행금지 벌금을 내 달라고 부탁하다가 어머니에게 질책을 들었지만, 그것은 어서 빨리 스스로 돈을 벌어 부모님의 집에서 독립해 자신만의 방을 갖고 싶다는 딸의 열망을 더욱 굳게 만들었을 것이다. 아마도 정말로 중요한 것은, 지금 막 지나온 그 순간이 아니라, 모든 순간일 것이다. 세계 전체는, 그녀의 삶이 이제 종말을 맞게 되었으므로 존재하는 것이다. 그녀가 살아 있을 수도 있고, 또 그래야만 하기 때문에 세계 전체가 존재하는 것과 마찬가지로.

그날 저녁, 부모님의 집에서 나오겠다는 그녀의 결심은, 어떤 경우라도 상관없이 굳어졌을 것이다. 미끄러져 부러진 다리로 종합병원의 대기실에 누워 있었거나, 할머니를 도와 배낭을 지고 빈 숲으로 갔거나, 자고 가라는 할머니의 말에 따라 얇은 담요를 덮고 벌벌 떨면서 할머니의 소파에 누워 있었거나.
 위로 갈 수 없다면, 아래로 가면 된다. 하지만 아예 넘어가지 못하면 안 된다. 무조건 넘어가야 한다.
 그러나 가장 일어났을 법한 일은, 그녀가 집에서 자기 침대에 누워 있고, 건너편 침대에 여동생이, 1미터 70센티미터로 자란 여동생이 잠들어 있으며, 비록 불안하게 뒤척이기는 해도 동생이 깊이 잠들었다는 사실을 확인하기만 하면 그녀는 자리에서 일어나, 장롱 뒤에 숨겨놓은 일기장을 꺼내, 짧아진 연필로, 어둠 속에서 마치 눈먼 여인처럼, 일어난 모든 일을 일기장에 기록했다는 것이다. 그녀가 열네 살 때, 굶주림의 한가운데서, 더는 굶주림에 굴하지 않기로 결심했던 것처럼, 지금, 불행한 사랑의 한가운데서, 더는 불행한 사랑에 좌절하지 않기로 결심했을 것이다. 그날 저녁, 빈의 어느 특정 장

소에, 실패한 사랑이 죽음으로 변신해버리는 어느 특정 시간에, 그녀가 있지만 않았더라면, 이 순간 일기를 쓰면서 그녀는 깨달았으리라. 자신은 오직 글을 쓰는 직업만을 갖기 원한다는 것을. 그리하여 어떻게, 무슨 글을 써야 할까, 진지하게 고민하기 시작했고, 비참하기만 했던 그 일주일 동안 처음으로, 사랑하는 남자가 아닌 다른 것에 대해서, 수치심과 절망이 아닌 다른 것에 대해서 생각하기 시작했으리라.

제3권

1

한 여인이 책상에 앉아 자신의 이력을 기록한다. 그 책상이 있는 곳은 모스크바다. 그녀가 이력을 기록해야 하는 건 이번이 태어나서 세 번째다. 아마도 이번의 기록은 그녀의 실제 생을 마무리할 것이 분명해 보인다. 이 원고는, 누군가가 원하기만 한다면, 그녀 자신이 직접 작성한 무기로 변신할 것이기 때문이다. 또는 이 원고가 어딘가에 계속 보관되어 있는 한, 그녀는 이걸 제출한 그 순간부터 여기 적힌 내용에 맞추어 살아가면서 그에 걸맞게 행동해야 할 것이고, 그렇지 않으면 이 원고가 야기할 수 있는 가장 어두운 결과가 현실로 나타날 가능성도 충분히 있다. 후자의 경우 지금 그녀가 쓰고 있는 글자들은, 조금 늦어지거나 많이 늦어진다는 차이가 있을 뿐, 어차피 언젠가는 그녀를 죽게 만들 유예된 질병이나 마찬가지다. 남편이 항상 말하지 않았던가, 연극 무대에 등장한 총은, 극 중에서 반드시 한 번은 누군가가 발사한다고. 그녀는 입센의 희곡 「들오리」를 떠올리고, 마침내 총성이 울리는 순간 자신이 눈물을 흘렸던 것을 기억한다. 아마도 그녀는 해낼 것이다. 그러니 지금 여기서 희망을 품고 앉아 있는 것이고, 그러니 적당한 어휘를 고르려고 이토록 오랜 시간을 고심하는 게 아닌가. 아마도 그녀는 해낼 것이다. 스스로 자신을 구원하는 글쓰기를, 몇 마디 어휘로 삶의 흐름을 어느 정도 더 길게 연장하거나, 최소한 덜 힘겹게 만드는 것을. 자신을 다시 삶으로 되돌려 놓는 글쓰기를. 지금 그녀는 그 이상의 것을 바랄 수 없다. 그런데 적당한 어휘라니, 그게 도대체 무엇인가? 진실을 쓰면 그녀의 삶이 더 넓게 확장된다는 보장이 있는가? 무수히 존재하는 가능한 진실이나 거짓 중에서 어떤 것을 골라야 한단 말인가? 게다가 그녀는, 누가 이 글을 읽게 될지조차, 알 수 없다.

오직 한 가지, 그녀가 고려하지 않는 경우가 있다. 이 원고가 오직 글자 적힌 종이 이상은 아무것도 아닌 물건이 되어, 서류철에 처박힌 채 잊히리라는 것. 그것은 이 나라, 레르몬토프와 푸시킨의 시를 암송할 줄 아는 나라에서는 모든 아이와 모든 세탁부, 모든 군인에게 일어날 수 없는 일이기 때문이다.

2

나는 *1902년, 브로디에서 공무원의 딸로 태어났다. 그러므로 부르주아 계급 출신이다.*

그런데 그녀 삶의 정확히 어떤 면에서 부르주아 계급성이 드러난단 말인가? 아마도 할머니가, 20년도 더 이전에, 갈리시아에서 빈으로 피난 올 때 괴테 전집을 통째로 들고 왔다는 사실? 부모님은 빈의 초창기 시절, 아버지의 봉급으로 하녀를 고용할 엄두를 내지 못했다. 그녀는 피아노 교습을 한 번도 받은 적이 없으며, 여동생도 바이올린을 배우지 못했다. 물론 아버지가 공장 노동자가 아니라 빈 기상연구소의 공무원이었다는 사실만으로 그들 가족이 부르주아 계급이 된다는 것을, 그녀도 잘 알고 있었다. 나는 엉덩이로 돈을 벌고 있어, 하고 아버지는 종종 말하곤 했다. 하루 종일 앉아 있는 자리라는 의미였다. 그래도 그들은 거의 굶주리다시피 했다. 하지만 부르주아 계급은, 그녀가 소련으로 입국 신청을 했던 삶의 첫 단계에서나, 이후 공산당 입당을 위해 헛되이 애쓰던 둘째 단계, 그리고 아마도 지금 셋째 단계에서도, 변함없는 흠집인 것이 틀림없다. 출신성분은 그녀에게 영구히 딱 달라붙어 버렸고, 그녀도 출신성분에게 마찬가지로 달라붙어 있다. 생각이 잘못되었다면 처음부터 새로이 다시 시작할 수 있지만, 출신성분은 그렇게 할 수가 없다.

절대로 그녀는, 언제나 자유로웠던 남편 같은, 그런 수준의 자유를 누리지는 못할 것이다. *이중의 자유*, 심지어 남편은, 감옥에 갇혀 있는 현재도 원칙적으로는 자유롭다. 그는 글을 배우기 이전에 기계 수리를 먼저 배웠고, 임금노동자로 살았기 때문에, 이중 자유의 임금노동자다. 그 말은, 한편으로는 의지할 만한 것을 전혀 갖지 못했으나, 그 대신 자신이 원하는 곳은 어디든지 갈 수 있다는 의미다. 사회의 입장에서 보면, 그는 협박의 대상이 아니다.

노동계급은 자신을 옭아매는 족쇄 말고는 아무것도 잃을 것이 없다.

그렇다면 그녀 자신은 잃을 것이 많다는 말인가? 그녀는 아버지의 근시뿐 아니라, 뭔가 아주 사소한 잘못으로 호봉이 다음 단계로 제때 올라가지 못할까봐, 또 아주 최악인 경우에, 예를 들면 혁명이 일어난다든지 해서, 일자리 자체를 아주 잃어버리는 건 아닐까 평생 두려움에 떨었던 아버지의 공포심마저도 물려받은 것일까? 손은 원래 머리보다 더 정직하다는 것일까? 어린 시절, 그녀는 손으로 작업하기를, 아직 세상에 없던 뭔가를 만들어내는 일을 참으로 좋아했다. 하지만 학교에서 공예 시간에 그녀가 직접 만든 인형 옷을, 여교사가 *허접하고 조잡한* 작업의 예라면서 높이 들어 올려 학급 전체를 향해 보여주었을 때, 그날 이후 그녀는 자신의 손재주를 더는 믿지 않게 되었다. 태어나면서 얻은 은혜가 있다면, 분명 그 반대의 것도 존재했다.

허접하고 조잡한.

그렇기 때문에 이후 더욱 열성적으로, 그녀는 노동자의 투쟁을 자신의 투쟁으로 만들었다.

1909년, 우리 가족은 빈으로 이사했다. 오래 지속된 궁핍 때문에, 나는 열네 살 때 처음으로 정치적인 활동을 했는데, 1916년 반전데모를 이끌었던 일이다. 당시는 아직 마르크스주의에 대해서는 배우지 못했고, 그냥 불현듯 솟아난 평화에 대한 갈망으로 저항 행동을 한 것이다.

삶의 첫 단계에서, 소련으로 입국을 허가해 달라는 청원서에도, 그녀는 마찬가지로 이 구절을 써 넣었다. 하지만 내 저항은 전쟁에 대한 뿌리 깊은 증오에서 유발되었다. 1917년 소비에트 유니온의 탄생 역시, 엄청난 부담을 지고서라도 비인간적인 전쟁의 짐을 자발적으로 벗어던지는 세계 유일한 민족이 되겠다는 볼셰비키의 결심과 동일한 것이 아니었던가?

당시 세계 혁명이 성공했더라면, 전 세계 프롤레타리아의 단결이 새 세상을 열 뿐만 아니라, 영원한 평화까지도 열어주었더라면. 도대체 무슨 이유로 인간은 서로 죽고 죽이는 일을 멈추지 못하는 걸까? 오스트리아인이 이탈리아인을 반드시 피 흘리게 해야만 하는 이유가 있는가? 독일인이 프랑스인을 찢어 죽여야 할 이유가 있는가? 그런 건 없다.

1918년에는 비록 평화는 있었으나 유럽의 국경선은 사라지지 않았고, 단지 이리저리 자리를 옮겼을 뿐이다. 반면 노동계층과 그들의 노동이 만드는 이익으로 살아가는 자들 사이의 경계는, 소비에트의 저편에서는 조금도 변하지 않고 남아 있었다. 이 초라한 평화가 시작된 이래 거의 20년이 흐르는 동안, 젊은 소비에트의 힘은 전체 유럽의 반동세력과 혈혈단신 외롭게 맞서고 있었고, 만약 다시 전쟁이 벌어진다면 그때 소비에트는 여러 적 가운데 하나가 아니라, 유일한 적이 되어버릴 것이다. 그리고 분명 그 전쟁은 머지않아 현실이 될 것이다. 오늘의 그녀는, 그날 평화를 사랑하던 당시의 자신인 소녀에게 비판적인 시선을 보낸다. 소녀는 그때도 혁명으로 흘리는 피와 전쟁으로 흘리는 피의 차이를 잘 알고 있었다. 이제 오늘의 그녀는, 전쟁이라고 해서 다 똑같은 전쟁이 아니라는 것도 알게 되었다.

전쟁이 끝나고 아버지가 죽은 후 나는, 처음에는 정치적으로 계속 철저하게 고립된 상태로, 반군국주의 원고를 쓰기 시작했고, 비록 당시에 실리지는 못했으나 그것을 노동자신문에 보냈으며, 내 첫 소설 『시시포스』의 집필에 들어갔다.

정치적인 의미에서만이 아니라 총체적으로 그때 그녀는 완전히 혼자였다. 고독했다. 하지만 그 말을 쓰지는 않는다. 고립된 상태였다. 그 시절 그녀가 거의 밑바닥까지 내려가는 절망을 경험한 일이 지금은 다행으로 보인다. 왜냐하면 바로 얼마 전에, 그때 그녀를 죽고 싶게 만들었던 남자가, 오랫동안 트로츠키 그룹에 속해 있었다는 걸 알게 되었기 때문이다. 과거에 그녀가 알던 그의 이름은 W.였는데, 최근에 E.동지라고 불리는 그를 어느 회의에서 처음으로 마주쳤다. 다른 수많은 동료와 그리고 그녀 자신과 마찬가지로, 그 또한 나중에 여러 가지 이름으로 살아가야 했다. 한때는 Za.라는 이름을 갖기도 했는데 그 이름으로 쓴 글을 그녀도 읽어서 잘 알고 있고, 그다음에 몸을 숨기고 피해 다닐 때는 P.라고 불렸다고, 어느 여자 동지가 말해주었다. 하지만 그가 처음에 레닌그라드에서 활동을 시작할 때는 어떤 이름을 썼는지, 그녀는 알지 못했다. 그녀는 지난 몇 달 동안 트로츠키주의자이자 지노브예프파, 부카린파인 Lü.에 대해서 말하는 소리를 여기저기서 들었지만, 그가 오래전에 자신이 그토록 사랑했던 남자라는 생각은 단 한 번도 하지 않았다. 그러다 몇 주 전 우연히 신문에서 Lü.라는 피고인의 사진을 발견하고 나서야, 그의 얼굴을 알아보았다.

나는 요구한다.
스페인 내전에서.
그건 불가능하지.
나는 회의 자리에 없었고.
나를 부인해야만 해.
참호에서.
다른 방법이 있다면.

F.가 내게 죄를 물으려 했을 때.
그 이후로 두 번 다시는. 나는 요구한다.
폭발지연장치, 너희들도 하겠지.
왜 말을 빙빙 돌리는 거지.
Lü. 그와 가장 가까운 친구.
난 절대 아니야!
말을 빙빙 돌리는군.
Br.가 유일하게
F.가 의혹의 씨를 뿌리고 있지.
이런 식으로는 일할 수 없어.
뒤에 숨어서는!
글도 쓰는 조직원일 뿐, 작가는 아니야.
더 깨끗한 길.
Br.가 왜 아무런 주장을 내놓지 않는지 이상해.
그리고 왜 F.는 냉소를 쏟아내며
갑자기 주목하기 시작했는지.
왜 F.는 그처럼 처절하게 염세적인지.
당신들은, 그냥 이중적인 건가?
건설적인 것도, 창조적인 것도 아닌.
Br.의 분파주의는 이제 상세히 파헤쳐지고.
그냥 해로울 뿐.
하지만 서문을 한번 봐, 러시아어로는 문장이 달라졌어.
그건 사실이 아니야.
그 서문은.

그건 사실이 아니야!

진보적이 아니야.

악랄한 비방일 뿐.

서문은 같지가 않아.

당신은 주장하고 싶은 거지?

난 누군가를 비방하려는 건 아니고, 단지 러시아어 판본에 나온 대로는 아니라고 말하고 싶을 뿐.

당신은 이렇다고… 주장하고 싶은 거지?

거기에 대해서는 아무 말도 하고 싶지 않아.

나는 사임을 선언해.

내 자리도 내놓겠어.

우리는 즉시 해결하는 게 좋을 거야.

그렇게 해야만 하겠지.

거기에 대해서 정말로 아무 말도 하고 싶지 않아.

그러나 앞에서는

당신들이 비난할 수는 있어.

그러나 앞에서는 아니야.

왜?

당 대표 앞에서는

그 자리에 나는 없을 테니까.

그 시절 나는 문구점의 점원으로 일하며 생계를 해결했다.

그때 그녀는 휴식시간이면 작은 상점의 뒷방 종이를 보관하는 선반에 기어 올라가 잠들곤 했는데, 그 일은 아직 그 어떤 이력에도 기록하지 않았다. 문구점 주인인 사촌은 낮잠을 허락해주었다. 커다란 종이 두루마리는 린넨 시트보다도 깨끗했고, 그래서 두루마리 보관칸 중 하나를 선택해서 기어 올라가기 전에, 마치 진짜 침대로 올라가는 것처럼 그녀는 매번 신발을 벗어야만 했다. 어머니와 동생과 살던 집을 나온 다음 처음 몇 달 동안은 매우 피곤했고, 밤마다 소설을 쓰느라 잠을 설쳐서 피곤은 지속되기만 했다. 항상 피곤했다. 아버지가 살아 있기를 바라는 마음은 무척이나 간절했고, 어쩌면 그녀는 자신의 언어로 아버지를 다시 살리는 데 성공할지도 모른다. 그 언어가 진실된 언어이기만 하다면.

말수 없는 한 청년이 붉은 종이를 몇 번 사가면서, 그 자리에서 상점의 커다란 절단기로 종이를 전단지 크기로 잘라달라고 부탁했다. 절단기를 준비한 그녀는 커다란 손잡이를 돌려 육중한 종이 뭉치를 단번에 잘랐고, 청년은 말없이 그것을 지켜보았다.

G.동지를 통해서 나는 처음으로 KPÖ(오스트리아 공산당)와 접촉하게 되었다.

언젠가 길가에서 바람에 날려 온 전단지를 한 장 발견했는데, 글자가 인쇄된 전단지 색깔 때문에 그녀는 한눈에 자신이 자른 종이임을 알아보았다. 그녀는 전단지를 주워들고 읽기 시작했다.

G.동지는 여름 내내 가게에 오지 않았다. 9월이 되어서야 나타난 그는, 두 눈이 아니라, 한 개 반의 눈을 뜨고 그녀를 쳐다보았다. 그의 모습은 전쟁이 끝난 후 쇤브룬 동물원에서 구경할 수 있는, 새로 사들인 몇 안 되는 종 가운데 하나인 커다랗고 피곤에 지친 도마뱀

처럼 보였다.
 종이 절단기를 준비하면서, 그녀는 곁에 서 있는 그에게 물었다.
 사고였나요?
 어떤 사람이 그를 길바닥에 때려눕혔다고 했다.
 누가요?
 군인이.
 군인이?
 네.
 왜죠?
 반란이라서요.
 그녀도 신문에서 읽은 기억이 났다. 회를리가세에서는 공산주의자들 몇 명이 죽기까지 했지만, 이곳 알저 구역에서는 일상이 평소와 다름없이 흘러갔을 뿐이다.
 눈은 왜 그래요?
 계속 줄줄 흐르네요.
 어떡해요.
 손잡이를 아래로 돌려 종이 뭉치를 납작하게 압축하는 톱니를 작동하는 동안 그녀는, 이 과묵한 남자가 울 만한 사연이 있어서 우는 건지, 아니면 자신은 전혀 그럴 마음이 없는데 눈이 저 혼자 마음대로 눈물을 쏟아내는 건지, 이제는 분간할 길이 없겠다고 생각했다.
 그녀도 언제 한번 올 생각이 있는지?
 그녀가 종이 뭉치를 단번에 자르는 사이, 그는 손등으로 눈물에 젖은 뺨을 닦아냈다.
 그가 속한 공산주의 세포조직은 매주 수요일에 모인다고 했다.

그렇군요.

그러니까 사람은 건강과 심지어는 목숨까지도, 사랑이 아닌 다른 것을 위해 버릴 수가 있구나. 어떤 훌륭한 일을 위해 생명과 육신을 시간의 아가리 속으로 집어던질 만한 때가 오기까지 스스로를 잘 보존할 수만 있다면 말이다.

하지만 헝가리에서는 이미 끝나버렸다면서요. 그녀는 말했다. 헝가리소비에트 공화국을 말한 것이다.

. 우리는 공부하고 있어요. 그가 대답했다. 지금 여기서 어떤 일이 싹트고 있는지, 세계는 아직 아무것도 몰라요. 하지만 이제 곧 깜짝 놀라게 되겠죠.

이 남자가 너무 많이 웃는 바람에 눈물까지 흘릴 지경인지, 아니면 그냥 웃기만 하는 건지, 영영 알 길이 없겠다고 생각하면서, 그녀는 막 자른 종이 뭉치를 포장하기 시작했다.

'나'인 동지와 B.동지는 트베르스카야를 따라 걷다가, '나'인 동지가 그를 발견한다. 그는 반대편 인도에서 걷고 있다. 그는 손을 들어 '나'인 동지에게 인사를 건넨다. '나'인 동지도 손을 들어 보인다. 저 사람을 우리 쪽으로 건너오라고 할까? 말도 안 돼, 누가 보면 어쩌려고! 본 사람이 누구든, 그 사람은 '나'인 동지만 인사를 하는 걸 보았고, 내가 손을 흔들자 그가 이쪽으로 건너왔으며, B.는 그를 외면했음을 알 것이다. 우리는 스트라스트노이 거리를 여러 번 오간다. 별로 중요치 않은 대화를 나눈다. 조명이나 녹색이 감도는 불빛에 관한 내용이다. 적어도 그가 건네는 말투는 다정하게 들린다. 우리는 15분가량 함께 있다가, 그가 작별을 고한다. '나'인 동지와 B.동지가 그와 대화를 나눈 것을 실수라고 해야 할까? 어쨌든, 우리가 그와 대화를 나눈 것은 맞다.

그리하여 어느 수요일 일생 처음으로 그녀는, 이 세계의 보편적 악을 한탄만 하지 않고, 왜 발전이라고 불리는 기계가 인간의 행복을 증진시키는 게 아니라 도리어 짓밟는지에 대해서 냉철하게 연구하고 파악하려는 사람들과 만나게 되었다.

발전이 갓 시작된 이 시대에, 그들 또한 젊은 이유가 무엇이겠는가? H.동지라고 불리는 한 남자가 이렇게 말하며, 머리를 갑자기 뒤로 크게 젖히는 동작으로 이마를 덮은 머리카락을 넘겼다. 이 동작은 그날 이후 그녀에게 매우 익숙한 것이 될 터였다.

열여덟이라는 나이만으로는 충분하지 않다.

근대적 발명품 덕분에 인류는, 단지 살아남는 데만 급급하던 차원에서 마침내 한 단계 더 상승할 수 있는 수단을 쟁취했습니다. 이제 그 수단을 어떻게 사용하는지는 오직 인류에게 달린 문제입니다. 몸이 투실투실한 편인 A.동지라고 불리는 남자는 이렇게 외치면서, 자리에서 일어나 팔을 과격하게 흔들며 인류의 상승을 몸으로 묘사했다. 소수의 부자들이 어마어마한 재산을 축적하기 위해? 식민지를 정복하여 새로운 시장과 값싼 생산지를 얻기 위해? 단지 지하자원을 재분배하겠다는 욕심으로 전쟁을 일으키기 위해? 아닙니다! 절대로 아니죠! 남자는 소리 높여 외쳤다. 우리는 지금 새 시대의 도래를 마주하고 있습니다. 기존의 시대 한가운데를 사는 게 아니라, 완전히 새로운 시작을 눈앞에 두고 있단 말입니다. 그는 다시 한번 더 격렬하게 팔을 움직여 공기를 퍼 올리고, 그것을 탁자 중앙으로 와락 밀어냈다. 그러자 자욱하게 고여 있던 담배연기가 위로 솟구쳐 오르면서, 사방으로 어지럽게 흩어졌다. 그다음 그는 자리에 앉아, 새 담배를 말기 시작했다.

열여덟이라는 나이만으로는 충분하지 않다.

U.동지는 사람들이 귀를 기울일 수밖에 없도록, 조용한 목소리로, 거의 속삭이듯이 말했는데, 얻어진 이익의 분배는 법에 명시되어 있어야 한다고, 왜냐하면 개개인은 부유해질 수만 있다면, 수단과 방법을 가리지 않을 것이므로.

맞아, 하고 H.동지가 맞장구쳤다. 어쨌든 이제 마침내 사유재산의 껍데기를 벗길 순간이 온 거라고. 이제 인류는, 진실로 거대한 척도에서, 자기 자신과 하나가 되는 것이다! 이빨이 있는데 앙다물어야만 하는 자들도, 이제는 소화를 시켜야 하며, 그래서 성장할 수 있어야 하고, 뿐만 아니라 똥도 싸야 한다! 이렇게 외친 그는 이빨을 드러내면서 웃었고, 살에는 살로! 하고 부르짖으면서, 머리카락을 다시 뒤로 휙 젖혔다.

아름다운 Z.동지는 미소 지었고, U.동지는 다시 들릴락 말락 한 음성으로, H.동지의 발언이 도를 넘은 것 같지만, 원칙적으로 틀린 말은 아니라고, 소외된 대량 노동은 바로 그 대량 노동이 대중의 이익에 복무하는 세계로 나가기 위한 전 단계일 뿐이라고 했다.

비웃을지도 모르지만, G.동지가 이렇게 말하는 동안, 그의 눈에서는 다시 눈물이 흘러내렸으므로, 그가 웃느라 눈물이 나는 건지, 아니면 울고 있는 건지, 또는 둘 다 아닌 건지, 판단할 길이 없었다. 비웃을지도 모르지만, 하고 그는 다시 말했다. 그리고 덧붙였다. 인간을 포위한 자연을 길들일 수 있어야 한다. 그래야만 이기심이 우리를 짐승의 상태로 후퇴시키지 않을 테니까.

 이제 젊음은, 젊음을 탕진하기 위해 존재하지 않았다. 세월이 흘러가버리기를 기다리고, 이미 너도나도 다 사용한 다음이라 누더기가 되어버린 나이를 먹기 위해 하염없이 기다리는 시기는 정녕 아니었다. 이제 젊음은 자신을 남김없이 던지기 위해 존재했다. 지금껏 그녀가 한 번도 보지 못했던, 완전히 새로운 세상을 위해.

 그들은 아주 유쾌했으며, 노래를 부르고 커피를 마셨다.
 내가 갔을 때는 다들 춤만 추고 있었는데, 나는 춤을 출 줄 몰랐다. 그래서 내게는 매우 지루한 두 시간이었다.
 우리는 가서 카드 게임을 했다. 특별한 대화를 나누지는 않았다.
 그들은 이미 커피를 마시는 중이었다. 정치적인 화제는 전혀 없었다.
 V.는 종종 우리 집에 들렀는데, 나는 그가 공짜로 담배를 피우고 술을 마실 수 있어서 그랬을 거라고 생각한다. 정치적인 의도가 있어 보이지는 않았다.
 그러다보니 V.가 내 방에 들어온 적이 몇 번 있었고, 우리는 주로 지나간 과거 일들에 관해서 이야기를 나누었다. 1935년 11월 초에 한 번 거리에서 그와 우연히 마주쳤다.
 이외에는 그를 1931년 가을 이후로 한 번도 만나지 않았다. 개인적으로도 정치적으로도 모두 전혀 가까운 관계가 아니었다.
 언젠가 내가 맥주를 마시고 있을 때 그가 알고 따라온 적이 한 번 있다. 그때 그에게서 참으로 기분 나쁜 인상을 받았고, 두 번 다시는 만나지 않았다.

그는 술을 전혀 할 줄 몰랐다. 대개 한 잔만 마시면 그것으로 이미 끝이었다.

때로는 일부러 그런 척하기도 했다!

정말이다, 나는 다 안다.

Br.동지가 V.동지의 집에서 여자인 T.동지와 마주친 적이 있다고?

난 기억이 안 나지만, 그랬을 수도 있다. 부인하기보다는 차라리 인정하겠다.

왜 그랬을 수도 있다는 거지?

그 둘이 아는 사이라는 말을 들었으니까.

S., L., M., O., 그들도 다 한 번씩은 거기 있었다. 스웨덴 여기자, 그리고 K., Sch., 한 번은 H.도 자기 아내와 함께, 그밖에 R.동지, Ö.와 그의 아내, 내 생각에 이들이 전부인 것 같다.

나도 한 번은 갔다.

맞다, Fr.와 C.도.

다들 약간씩은 술기운이 오른 상태였다.

당시 나는 아무리 유쾌하고 즐거워도 그런 저녁들을 단호하게 없애는 것이 의무라고 여겼다. 술을 마시면, 통제가 불가능해진 정치적 발언들이 튀어나오는지, 일일이 체크할 수 없기 때문에.

언젠가 섣달 그믐날에 나는 그의 집에 갔다. 아파트 건물 전체가 사람들로 가득했고 동지들 얼굴도 많이 보였다.

나도 있었던가?

아니.

나도 있었던가?

아니.

나는?

아니.

그가 나를 열 번도 넘게 초대했기 때문에, 나는 그의 집에 갔다.

나는 자주 여행을 떠나 있었으므로, V.와 그 어떤 관계도 맺지 않았다.

V.의 이중성이 마지막까지 우리 중 그 누구에게도 발각되지 않았다는 사실은 정말로 놀랍다. 나는 거기서 완벽하게 올바른 태도란 없다는 교훈을 얻는다.

어느 날 저녁 회의가 끝난 뒤 그녀는 H.에게 자신의 소설 『시시포스』에 대해서 말했고, H.는 그가 쓴 희곡 이야기를 했다. 며칠 뒤 그녀는 혁명작가라는 모임에 그와 함께 참석하게 되었으며, 갑자기, 그토록 오랫동안 각자 별개로 떨어져 있으면서 아무런 의미도 지니지 못하던 개별요소들이 한꺼번에 서로 연결되는 체험을 했다. 그러니까 *세계관*이라는 것은, 보는 법을 배운다는 뜻이었다. 적절한 어휘를 찾아낸다면, 이 세계를 변화시킬 수 있을까? 아니 심지어, 단지 적절한 어휘를 찾아내는 것만으로도, 이 세계를 변화시킬 수 있을까?

O.동지는 로자 룩셈부르크의 죽음을 다룬 글에서, 한 의용군 병사를 그가 죽이는 희생자와 똑같이 공들여서 세심하게 묘사했는데, 이것이 과연 허용되는 일인가, 이 질문은 곧, 작가가 자신이 쓰는 이야기를 미리 다 알고 있어도 좋은가, 또는 반대로, 스스로 끊임없이 탐구하는 일이 작가의 과제인가 하는 질문이었다. 그리고 그 질문은 선과 악의 비가역성에 관한 것이며, 더욱 근본적으로는, 교육이란

가능한가, 희망이란 무한한가 아니면 제한적인가를 묻는 것이었다. 이런저런 고전작가들이 작품 활동을 통해 자신의 시대문제에 참여한 것인지, 아니면 멀찌감치 떨어져서 관망한 것에 가까운지, 그것은 곧, 공장이 누구에게 속하는지와 마찬가지로, 삶과 죽음에 관한 질문이었다. 소네트 형식의 혁명 시는 적에게의 투항이고 위장한 반동인지, 시인 J.는—고양이털이 묻은 스웨터를 입고 담배 때문에 이빨이 누런색이다—아마도 혁명을 14행의 형식 안에 가두려고 한 것은 아닌지? 사회민주주의자 돼지들이 6월에 우리 지도자들을 그렇게 가두지만 않았더라면 지금은 판국이 완전히 달라졌을 텐데! 이날 모임에서 그녀는 처음으로, 문학이 그 자체로 구체적인 실제임을, 밀가루 한 봉지나 구두 한 켤레 같은, 반란의 무리로 변한 군중 같은 실제임을 느꼈다. 여기서는 말조차도 손에 잡힐 듯했으며, 문학과 사람들이 현실이라고 부르는 것 사이에는 아무런 간격이 없이, 문장 자체가 곧 현실이었다. 반 고흐는 자신의 귀를 잘랐는데, 희곡에서 한 인물이 다른 인물의 말을 잘라버릴 때도 그와 마찬가지로 아프지 않겠는가? 공산주의자는 원래 글을 쓰기 위해서 태어난 사람인가? 한 마디 한 마디가 전부 중요하단 말인가?

하지만 아쉽게도 나는 거의 대부분의 모임에 참석하지 못했다. 정식으로 초대받은 멤버가 아니었기 때문이다. 종종 나는 매우 격한 태도를 보였고, 그 정도가 너무 심했으므로 F.동지는 기분나쁘게 여긴 나머지 나를 벌레라고 부르기도 했다. 내가 그와 똑같은 수준으로 내려갈 수 있다면, 여기서 그를 구제불능의 알코올중독자라고 칭할 것이다. 하지만 난 그렇게 말하지 않겠다. 그와 똑같은 수준으로 타락하고 싶지 않기 때문이다. 당연히 나도 실수를 한다. 철두철미하게 자아비판을 하고 싶다. M.동지와 C.동지는 나를 엄청나게 싫어하고, 그들이 끊임없이 이러쿵저러쿵 지껄여대는 바람에 나는 큰 괴로움을 겪고 있다. 지금 나는 자신의 결백을 입증해야만 하고, M.은 자신의 말이 옳다고 입증할 필요가 없다. 예를 들어 M.동지가 동료들을 체크하면서 내 이름을 빼먹을 때, 나는 상처를 받는다. 무시한다는 느낌이다. 물론 그가 파시스트의 첩자로서 이런 공작을 펼쳤다고는 말하지 않겠다. 반복하지만, 나는 아무것도 입증할 수가 없다. C.동지와 다툰 적이 있다. 나는 실수하기 시작했다. 어느 날 갑자기, 예전이라면 크게 거슬리지 않았을 개인적인 소통방식들이 견딜 수 없게 역겨워졌다. 여기서 떠벌이고, 저기서 헐뜯고, 그러다가 불쑥 일이 터진다. 내 기억이 맞다면, C.동지는 계속해서 임신과 유산을 반복하고 있었다. 하지만 이 말은, 당연히 어떤 폭로가 결코 아님을 밝히고 싶다. 나는 단지, 이 사건의 명확한 설명을 듣고 싶은 것뿐이다.

도대체 무슨 혐의로 나를 고발한 것인지? 나는 명예를 지키기 위해 싸운다. 나는 M.동지에게 요구하니, 왜 나와 함께 일할 수 없다는 건지, 일어서서 해명해주기 바란다. M.동지는 일어서고, C.동지도 와야 한다. 나는 자신의 잘못을 너무 잘 알고 있다. 하지만 내가 기사를 제시간에 제출하지 않았다는 평계는 듣고 싶지 않다. 이곳 모스크바에서 나는 V.를 알게 되었는데, 그에게서 고약한 냄새가 난다고 느꼈다. 아무데나 코를 처박기를 좋아하고, 사람의 눈을 똑바로 쳐다보지 못하는 개처럼. 게다가 그는 거짓말도 했다. 나는 즉시 간부단에 그 사실을 신고했다. 모든 동지는 다 실수를 한다. 그런데 어떤 사람은 자신은 아무런 실수가 없었다고 말하며, 그래서 자아비판을 한 번도 하지 않았다. 뿐만 아니라 V.가 늘 나를 경멸하고 깔보는 것이 느껴졌기에, 나는 참으로 견디기 힘들었다. 더구나 그럴 만한 아무런 이유가 없었는데도 말이다. 나는 그런 악당은 소련의 영토에서 완전히 근절해버려야 한다고 믿는다. 도대체 지금 뭘 하는 거지? 이 자리에서 동지들 한 명 한 명을 일일이 언급하다보면, 나 자신을 파멸시키는 말이 나도 모르게 튀어나올 수도 있다. 그보다는 우리 서로 돕는 편이 더 낫지 않을까?

내가 모스크바로 오자, 곱슬머리의 키 큰 사람이 나를 찾아왔다. 그 어떤 일을 하기에도 너무 아둔한 반면, 그 어떤 반혁명 요소에도 손쉬운 먹이가 될 만한 사람이었다. 그는 시 몇 편을 들고 왔다. 참으로 한심해서 토할 것 같은 시였다. 나는 표창장을 요구하는 것이 아니다. 단지 나를 정치적으로 고립시키겠다면 합당한 정치적인 이유를 알려달라는 것이다. 나는 이 방에 들어설 때마다, 몇몇 사람이 제3의 인물에게, 또는 제4의, 제5의, 제6의 인물에게 뭔가를 숨기고 있다는 느낌을 지울 수가 없다. 조직은 완전한 공개를 전제해야만 한다. 현재 여기서 나를 배신하지 않는 사람은 단 하나, 오직 나 자신뿐이다.

어느 날 저녁, 그녀도 처음으로 자신의 소설 『시시포스』 원고의 몇 페이지를 낭독했다. 아직까지도 그녀가 Sch.라고만 부르는, 노란 재킷을 입은 남자가, 소설의 중심인물이 소시민 계층이라고 비판했다. 6월 혁명을 망친 것이 바로 그 소시민 계층의 우유부단함이 아니었던가? 그녀는 자신을 그런 계층과 동일시하는 건 아닌지? 진보는 어디 있는가? 하지만 이 그룹에서 유일하게 나이가 지긋한 편인 O.동지가 쉰 목소리로 그에게 대꾸했다. 진보란, 이 젊은 작가가 자신의 글에서 처음부터 끝까지 하고 있는 그것, 곧 진실을 인식하는 행위라고 말이다. 새로운 길을 내딛기 전에, 과거의 길이 잘못되었다는 것을 처절하게 깨닫는 과정이 우선되어야 하지 않나요? 그러자 낯빛이 창백하고 콧수염을 기른 K.가 어딘지 모르게 뾰쪽한 어투로 응대하기를, 그야 물론 어떤 상황이든 이해하려는 노력은 무척 중요하지만, 아무도 고르디우스의 매듭*을 잘라낼 생각을 하지 못했다면, 오늘날에도 인간은 거기 매달려 있을 것이 아닌가. 고양이털을 스웨터에 묻히고 이빨이 담배로 누레진 시인 J.는 말하기를, 그녀 소설의 느린 진행과 빈번한 반복이 마음에 든다고, 그것이 주인공을 억누르고 있는 정체 상태를 반영해주니까. 맞아, 하고 H.가 맞장구쳤다. 그래야 비로소 내용뿐만 아니라 언어를 사용하여 이야기가 진행되는 거지. 그들 혁명 작가들이 진정으로 새로운 아담을 창조해내려 한다면, 그들이 사용할 수 있는 유일한 진흙은 바로 언어인 것이다! 머리카락이 흘러내려 얼굴을 뒤덮었으나 그는 알아차리지도 못했다.

그러자 T.동지가, 이런 소규모 모임에서는 불필요하다 싶게 목소리를 크게 하여, 사람이 책을 읽으면서 기교에 집착하여 글을 어떻게 썼나 그 생각에만 매몰된다면, 글은 자신 너머를 지향하는 힘을 잃어버릴 테니, 그 점이 아쉽다고 했다. 창백한 얼굴에 콧수염을 기른 K.가 이어받아서, 그건 아쉬운 일이 아니라 위험한 일이라고, 왜냐하면 즐기는 자는 그 자리에 안주할 뿐, 앞으로 나가려 하지 않

---

* 알렉산드로스 대왕이 칼로 잘랐다는 전설 속의 매듭으로 '대담한 방법을 써야만 풀 수 있는 문제'라는 뜻의 속담이다.

기 때문이다. 그러니까 그녀는 심연을 코앞에 둔 채 글을 쓰고 있었단 말인가? 나락으로 추락하기 직전에 자신을 끌어올려줄 친구들을 찾은 것일까? 그러니까 고독한 상태로, 순전히 자신을 위해서 쓴 글이, 이제 비판과 호응을 받으면서, 이 친구들을 그녀와 친밀하게, 단순히 열여덟 살이라는 이유로 입맞춤을 통해 친밀해지는 청년들 이상으로, 더욱 친밀하게 만들어줄 요소로 변신한 것인가? T.동지의 말은 아팠지만, 그리고 H.의 말은, 이번에는 심지어 머리를 뒤로 젖히지도 않고서, 그녀를 손가락 끝까지 짜릿한 희열에 떨게 했지만, T.나 H. 둘 모두 그녀의 생각, 그녀의 의문에 무관심하지 않다는 공통점이 있었다. 이 모임에는 무관심이란 존재하지 않았다. 이곳에서는 말 한 마디 한 마디가 전부 중요했다.

열여덟이라는 나이만으로는 충분하지 않다.

공산당 입당으로 그녀는 스스로 자신을 삶의 한가운데로 쏘아 올렸다. 이제 그녀도, 수백 년 동안 무력하게 고여 있기만 하다가 마침내 몸과 마음으로 현실을 인식하여 거침없이 앞으로 내달리기 시작한 사람들 중 하나가 되었다. 현실은 한 개인이 감당하기에는 너무나 거대하고 빨랐으나, 여럿이 함께라면 심지어 빠르게 질주하는 시간의 정상에서도 자신을 지탱하는 것이 가능했다. 삶의 이력에는 이 모두가 단 하나의 문장으로 표현된다.

1920년 나는 오스트리아 공산당에 입당했고, 보증인은 공산주의 운동의 선구적 사상가인 G.동지와 당시 빈-마르가레텐 구역장이던 U.동지였다.

그사이 U.동지는 당에서 축출되어 현재 파리에서 살고 있으며, 소비에트 법원의 궐석 재판에서 최고반역죄로 사형을 선고받은 몸이지만, 그래도 보증인의 이름을 적어 내야만 한다. 그러니까 그녀는, 젊은 시절에 좌익 분파주의자의 보증을 받고 당에 들어온 셈이다. 그들은 지나간 젊은 시절에 그녀를 못 박아두고, 지금 그녀의 그 젊음을 비난의 구실로 삼으려는 걸까?

그녀가 첫 이력을 쓸 때만 해도, U.동지의 이름을 언급할 가치가 있었다.

국제공산당의 존경받는 당원인 U.동지와, 공산주의 운동의 선구적 사상가인 G.동지가, 1920년 내가 오스트리아 공산당에 입당할 때 내 보증인이었다.

하고 당시 그녀는 기록했다.

소련 공산당 입당 신청을 위해 두 번째 이력을 쓸 때는 그냥 다음과 같이 했다.

공산주의 운동의 선구적 사상가인 G.동지와 U.동지가 보증인이었다.

국제공산당의 존경받는 당원인 U.동지는 당시 이미 코민테른 회의에서 모습이 보이지 않았고, 그때는 당에서 어떤 직책도 맡지 않았다. U.동지가 키로프 암살자*들과 모종의 연관이 있다는 소문이 파다했으나 자세한 내막은 아무도 몰랐다.

이제 세 번째로 이력을 쓰면서, 그녀는 보충 설명을 덧붙인다.

---

* 세르게이 키로프. 소련의 정치가이자 공산당 지도자로 1934년 암살되었다. 그의 죽음은 스탈린의 대숙청 시대를 여는 계기가 되었다.

당시 나는 인민의 적인 U.동지에게서 영향을 받았다. 비록 논쟁에 적극적으로 가담하는 편은 아니었으나, 우리 그룹에서 1919년 6월 혁명의 의미에 대해 토론이 벌어질 때 마찬가지로 긍정적인 입장을 취함으로써 의도치 않게 오스트리아 공산당의 파벌 형성에 이바지하게 되었고, 그 결과 당에 피해를 입혔다.

현 시점에서 발생하는 움직임은 과거의 움직임까지도 통제했다. 하지만 사건을 바라보는 시선이 달라진다고 해서 사건 자체가 변할 수 있단 말인가?

전쟁이 끝나고 얼마 안 되어 아버지가 죽었을 때, 그녀는 전쟁이 아버지를 죽인 거라고 확신했다. 비록 전선에 나가지는 않았지만, 아버지는 극심한 재앙의 한가운데서 가족을 부양하기 위해 수년 동안이나 안간힘을 쓰다가 마침내 존재가 완전히 고갈되어버렸기 때문이다.

반면 어머니는, 아버지가 죽은 후 봄에 그녀가 집에서 이사 나올 때, 계단에 서서 그녀의 등에다 대고, 큰딸이 엉망진창으로 망가지는 꼴을 가만히 보고 있을 수가 없어서 아버지가 죽은 거라고 소리 질렀다.

물론 동생은 언니 때문에 아버지가 죽었다고는 믿지 않았으나, 그렇다고 언니의 말처럼 아버지의 죽음이 개인적인 투항이라는 생각에도 동의하지 않았다. 그것은 새로운 시대에 대한 저항이며, 도저히 감당할 수 없는 삶의 부당한 요구에 대한 내면의 반란이었다고, 다시 말해서, 강함과 급진성이 그를 죽음으로 몰아넣은 것이라고, 그리고 언니 자신이 아버지의 그 두 가지 성질을 물려받았다고, 동생은 언니에게 말했다.

하지만 언니는, 안타깝지만 퇴각을 저항으로 볼 수는 없다고 대답했다.

동생은 다시 말하길, 당연히 그렇게 볼 수 있다! 죽음을 통해 비로소 아버지는, 솔직히 1917년 이후 그 자신이 늘 원하던 그곳에, 죽은 황제의 옆자리에 마침내 도달하지 않았는가, 그렇게 아버지는 지금의 이 시대에 파산선고를 내린 것이다.

안됐지만 이 시대는 그의 생각 따위에 전혀 신경 쓰지 않는다고 언니는 말했다.

하지만 죽음은 일종의 파업이기도 해!

흠, 난 잘 모르겠는데. 언니가 말했다.

그러는 사이 자매는 이미 건물 입구에 도착했으며, 어머니를 만나고 싶지 않은 언니는 함께 집으로 올라가기를 거부했다.

아버지의 죽음은 그녀 자신과 어머니 그리고 동생에게 똑같은 충격으로 다가왔지만, 그들 모두는 그것을 다르게 표현했다. 아버지의 죽음에 각자 다른 원인과 의미를 부여했고, 각자의 이야기 말고 다른 식으로는 도저히 말할 수 없다는 듯이, 그들 각자의 인생과 저마다의 방식으로 합치되어 자라다가 말라죽은 어떤 종말인 듯, 그렇게 아버지의 죽음을 묘사했다. 그들은 아버지의 죽음을 서로 다른 이름으로 불렀는데, 아마도 그 이름 부르는 방식은 이름 뒤에 도사린 사실을 잊거나 최소한 감추는 데 기여하여, 입을 쩍 벌린 심연이 산 자들까지도 유혹하지 못하게 막았을 것이다.

하지만 의사들은 직업의 특성상, 엄밀한 객관성을 가지고 아버지의 사인을 과학적으로 조사하여, 사망기록부에 다음과 같은 말 이상은 적지 못했다.

심근육부전.

공산당 선언을 처음으로 읽으면서 그녀는 그 단어를 떠올리지 않을 수 없었고, 인류 전체가 고통받는 중병을 치료해주는 의사가 있을지도 모른다는 희망을 품게 되었다.

*

차를 끓이기 위해 사모바르에서 뜨거운 물을 가져오려고 그녀가 공동 부엌으로 향하는 사이, 아주 멀리 떨어진 곳, 북위 45.61404도, 동경 70.75195도, 스텝 초원의 한 지점에서 바람이 인다. 바람은 초원의 덤불 사이를 휘몰아치면서, 실어온 모래 알갱이 몇 알을 풀잎 사이에 내려놓고, 덤불 옆에 있던 모래 알갱이를 다시 어딘가로 실어간다. 그곳 초원에는 몇 주 동안이나 비가 내리지 않았다. 아무데서도 오지 않았고 아무데로도 가지 않는 한 마리 딱정벌레는, 풀줄기를 기어올랐다가, 꼭대기에 도착해서는 다시 방향을 바꾸고 머리를 아래로 하여 내려오면서 하루 종일 시간을 보낸다. 딱정벌레가 풀잎 끄트머리에 당도하면, 풀잎은 거의 눈에 띄지 않을 정도로 미세하지만, 왜냐하면 벌레의 무게가 너무 가벼우므로, 그래도 분명히 구부러졌다. 그러다 이제, 다리가 여덟 개인 방문객은 흙으로 내려왔고, 덤불 사이를 힘겹게 기어서 제 갈 길을 가기 시작했으므로, 풀잎은 다시 몸을 똑바로 세우고, 우리가 소강상태라고 부르는 고요한 대기 속에서, 이리저리 가볍게 흔들리고 있다.

왜 절대로 신의 이름을 호명하지 말아야 하는지 유대인들은 그 이유를 잘 알고 있었다고, 그녀는 방으로 돌아오면서 생각한다. 언젠가 레닌이 썼다. 유리잔은 명백하게 유리로 만들어진 원통형일 뿐만 아니라, 액체를 마시는 그릇이기도 하다고. 던지는 데 사용하는 묵직한 물건일 뿐만 아니라 문진 역할을 하거나 잡은 나비를 담아두는 용기도 된다고. 레닌은 헤겔을 읽었고, 헤겔은 전체인 것이 진리라고 말했다. 그녀는 항상 밤이 늦을 때까지 남편과 차를 마시곤 했다. 지금 그녀는 혼자 여기 앉아 있다. 레닌의 철학 노트를 책장에 꽂아둔 것은 실수가 아닐까? 레닌은 혹시 금서일까? 그녀가 차를 가지러 갔을 때는 고전 작가에 속했다가, 찻잔을 손에 들고 돌아왔을 때 이미 범죄자가 된 건 아닐까? 그는 네바강 건너편 저 너머 유리관 속에 누워 있다. 그가 관 속에서 다른 방향으로 돌아누우면, 모든 이가 그것을 보게 되리라.

이른 봄, 아마도 부활절 주말. 베를린 외곽의 호수.
완전 개판이군, 이런 껄렁한 놈은 아무 짓도 못 하게 막아야 해.
우리는 접이식 보트로 노 저어 건너가려고 했다.
그가 자초한 일이었다.
나는 그날 날씨가 우리에게 결코 유리하지 않았던 것을 기억한다.
재능이 없다고 판명된.
마치 겨울이 다시 돌아온 듯했다.
우리는 그가 어떤 경로를 거쳐서 여기까지 왔을지, 어떤 수상쩍은 작가생활을 했을지 생각해보았고, 아 이런, 더러운 일에 연루되었군.
지난밤에는 눈이 내렸고, 이제는 진눈깨비가 뿌리고 있었다. 얇은 얼음덩이들이 호수에 떠 다녔지만, 우리 보트의 앞부분이 살짝만 가 닿아도 즉시 부서져버렸다.
그에게 재능이 있다고 말한 동지들도 몇몇 있었다.
저녁에, 우리와 작별하는 자리에서, 그는 자신의 최신작을 읽어주었다.
재능―그것은 팽창 가능한 개념이다.
다음 날 우리는 헤어졌다.
그가 저질작가로 찍혀 해당 조직에서 축출되고 나면, 우리는 앞으로 그가 재능이 있다는 말은 하지 못한다.
서둘러서, 들뜬 기분으로, 우리의 친구는 떠났다. 일주일 후 그는 모스크바로 갔다.
단 한 사람만이, 내 귀에 대고 속삭이며, 내게 동의한다고 말해주었다. 그 사람이 바로 그였다. 내가 대답했다. 친애하는 동지, 동지의 의견이 그러하다면, 일어서서 그 말을 큰 소리로 해주세요. 그러자 그는 말했다. 난 그렇게 할 겁니다. 하지만 그는 곧 어딘가로 사라져버렸다.
딱 한 번 멈춰 서서, 우리를 돌아보며, 손을 흔들었다.
그가 시도한 일은 파렴치했다.
그의 모습은 항상 내 눈앞에 떠오르리라.
나를 자극하려고 했다.
건장하면서 땅딸막한 몸집.
그 책이 쓰레기라는 것.
위로 삐죽삐죽 솟아오른, 짧은 머리카락.
작가의 꿈속에서 시기적절하게 정체가 탄로나버리고.

그 형형한 눈.

문학에서의 추방.

이제 즐거운 기대로 넘실거리는.

모스크바에 무조건적인 천치 하나가, 즉 문제의 그자가, 수장으로 앉아 있는 그룹이 존재했던 사건은, 이제 깨끗이 청소되었다.

3

그녀 남편의 친한 친구이자 무대감독인 N.은, 그녀 부부에게, 비밀경찰책임자 야고다 앞으로 보내는 소련으로의 이주 추천서를 써주었다. 남편은 그 편지를 제출하기를 원하지 않았고, 이유를 묻는 그녀의 질문에 남편은, 파벌주의는 사회주의 정신에 어긋난다고 대답하면서, 얼굴로 흘러내린 머리카락을 뒤로 젖혔다. 그녀는, 그것은 파벌주의가 아니라 동지들 간의 도움이라고 말했다. 우리가 제대로 하기만 하면 도움은 필요 없다고 남편이 다시 말했고, 추천서를 찢어서 휴지통에 던져버렸다. 한편 야고다는 그 사이 자리에서 물러난 뒤 체포되었으며, 최근에 열린 세 번째 조작재판에서 사형을 선고받고 처형되었다.

어쩌면 야고다의 후계자들이 바로 이 계단을 올라올지도 모른다. 남편은 정말로 추천서를 찢어버린 것이 맞을까? 아니면 남편이 체포된 후 밤마다 그녀가 가끔 상상하거나, 꿈꾸거나, 또는, 어쩌면 기억해내는 것처럼, 그녀는 휴지통에서 추천서 조각들을 꺼내 이어붙인 다음, 서랍에 넣어둔 것은 아닐까? 그렇다면 이제 그들이 추천서를 발견할 것이고, 그녀를 체포할 만한 이유가 성립되는 것이다. 체포되기 전에 무슨 일이 있더라도 이력을 끝까지 완성해야만 한다. 그래야만 지금 이 원고가 다른 원고에 대항해서, 만약 다른 원고가 정말로 발견되었거나 앞으로 발견되어서 그녀와 남편의 유죄 증거로 활용될 경우, 맞서 싸울 수가 있다. 원고 대 원고의 싸움이 되는 것이다.

타자기 옆의 롤러를 돌려 마지막 8줄을 위로 올린 다음, 방금 쓴 단락의 글자들이 보이지 않을 때까지 'X'키를 반복해서 두드린다. 그리고 다시 쓰기 시작한다.

활동.
투쟁하면서.
…로의 여행.
…에서 일하고.
그, 그와 그녀.

선거에서 히틀러의 승리는 독일 노동계급의 패배가 확실했으나, 당시 남편의 말처럼, 그것을 독일 공산당의 패배로 규정할 수 있을까?

국제공산당 대의원이 된 노란 재킷의 Sch.는, 그때 남편에게 이렇게 말했다.

사회민주주의자들이 자신과 공산주의자들 사이에 선을 긋지 않고, 공산주의자들과 협력하여 나치에 대항하는 공동 전선을 형성하기만 했어도 히틀러는 과반수의 표를 얻지 못했을 거라고.

우리는 노동자의 표를 사회민주주의자들에게 잃은 것이 아닙니다. 파시스트들에게 잃었죠. 이유가 무엇일까요? 그녀의 남편이 질문했다.

이 질문, 궁극적으로는 국제공산당 대의원이 아니라 자기 자신을 향해 던졌던 이 질문 때문에, 남편은 당에서 심한 질책을 당했고, 낮은 보직으로 강등됐다.

그녀의 남편은 일 년 동안 베를린에서 체류허가 없이 숨어 살면서 5인 조직의 당원들에게서 회비 징수하는 일을 맡았다.

남편이 독일로 떠난 직후, 그녀는 친구 G.와 함께 얼어붙은 노이지들러 호수 위를 산책하면서, 친구에게 이렇게 물었다. 지금 우리는 마르크스가 착각했기를 바라야 하는 거냐고, 즉 자본주의가 극단화되면 소시민 계급이 프롤레타리아트로 굴러떨어지는 것이 아니라 반대로 프롤레타리아트가 소시민 계급으로 올라가고, 그래서 그들이 소시민 정신으로 히틀러에게 표를 던진 것이라고 생각해야 하느냐고.

그러면 노동계급은 어디 있는 거지?

마르크스는 착각하지 않았다고 친구 G.가 말했다. 노동계급은 히틀러에게 표를 던졌지만, 공산당이 패배했다는 H.의 이론은 틀렸다고.

그러나 히틀러는 거대자본의 이익을 위해 노동자들을 다음 전쟁으로 내몰아 모조리 학살당하게 만들 것이다! 사람들이 항상 말하지 않았던가, 히틀러에게 투표하는 건 전쟁에 투표하는 것이라고?

그 전쟁이 힘들면 힘들수록 우리에게 유리하다고 친구 G.가 대답했다. 대중이 히틀러에게서 떨어져 나와 우리의 팔에 뛰어들게 만드는 일이라면, 아무리 엄청난 범죄라도 절대 과하지 않다고.
 그녀는 방금 들은 이 말을 곰곰이 생각해보기 위해 시선을 아래로 향하고, 얼음 위에 얇게 쌓인 눈을 바라보았다. 호수의 물이 사실은 너무나 얕았다는 생각이 들었다. 호수의 크기는 거대했으나, 여름에 수영을 하러 들어가 보면, 물이 목 이상으로 잠기는 일은 거의 없었던 것이다.

 그녀는 1934년이 되어서야 프라하에서 남편을 다시 만났고, 거기서 두 사람은 모두 소련 입국을 신청했다. 모스크바에 도착한 직후 그들은 디미트로프가 제7차 세계 공산주의 대회에서 하는 연설을 들었다. 연설에서 그는 2년 전 남편과 똑같은 말을 했다.
 공산주의자들이 자신과 사회민주주의자들 사이에 선을 긋지 않고, 사회민주주의자들과 협력하여 나치에 대항하는 공동 전선을 형성하기만 했어도 히틀러는 과반수의 표를 얻지 못했을 겁니다.
 그러나 정당성은, 당이 그것을 공포하고 성문화하는 순간부터 정당해지는 것이다. 그것이 당의 존재 이유다. 한 명의 지혜가 아니라 다수의 지혜가 되는 일. 한 개별 인간은 머리를 상실할 수 있지만, 당 전체는 그렇지 않다.

*

 공산주의자들과 사회민주주의자들은, 히틀러에 대항해 협력하지 못하고, 둘 다 똑같은 잘못을 저질렀다. 두 가지로 신중하게 분리된, 하지만 똑같이 잘못된 상황판단에 근거하여, 그들은 명백하게 두 가지로 신중하게 분리된, 하지만 똑같이 잘못된 결론을 내린 것이다. 사회주의자들은 공산주의자들을 급진좌파로, 테러리스트이자 전복주의자로 규정했고, 공산주의자들은 사회민주주의자들을 노동자 살해범, 거대자본과 사회주 파시스트의 노예로 불렀다. 서로에 대한 그러한 호칭은 둘 사이의 연합이 불가능한 지경으로 몰고 갔다. 한 마디 한 마디가 전부 중요하단 말인가?

하나의 문장과 다른 문장 사이에 놓인 2년이 흐르는 사이, 그녀의 친구 G.는 독일에서 불법 활동을 하던 중 체포되었고 브란덴부르크 교도소에서 총살당했다. 그녀의 아름다운 친구 Z.는 감옥에 있고, 재킷이 고양이털투성이며 담배 때문에 이가 누런 시인 J.는 지하로 잠적했다는 말만 전해 들었을 뿐 전혀 소식을 알지 못했다.
누구와 함께, 언제, 어느 만큼의 비용을 지불하고 동맹을 맺어야 하는지, 매 순간 새로운 판단이 필요한 건 분명했다. 적과 맞서기 전에 우선 적이 누구인지를 알아야 하는 것이다. 그러나 누가 그것을 정확히 알 수 있는가?

G.는 이미 오래전부터 브란덴부르크의 모래흙 속에 묻혀 있고, 그의 두 눈은 영원히 닫혔다. 나치는 그에게 반역죄로 사형을 선고한 후 처형했다. 그가 아직 살아 있었다면, 분명 이곳 모스크바에서도 마찬가지로 반역죄 판결을 받았을 것이다. 후일 트로츠키주의자로 불린 A.가 마지막까지 그의 가장 가까운 친구에 속했기 때문이다. 이들의 우정은, 당시에는 아직 범죄는 아니고 단지 좀 이상하게 보이는 것뿐이었으며, 아마도 잘못된 생각이거나, 뭔가 융통성이 없고

근시안적인 고집의 결과, 아마도 어쩌면, 누가 알겠는가, 공산주의 운동의 선구적 사상가 G.동지가 심사숙고하여 고른 전략적 선택일 가능성도 있지만, 이들의 우정은 시간이 지나면서, 히틀러가 요지부동으로 자리를 지키고 있고 모든 종류의 당파 형성이 거대한 몰락의 한 조각으로 판명된 시점에서는, 마침내 도저히 용서할 수 없는 죄로 변해버렸을 것이 분명했다. 파시스트들은 1934년 브란덴부르크 교도소에서 반역죄로 G.를 처형함으로써, 동지들의 기억 속에 그의 명성이 계속 살아남아 있도록 만들었다.

죽음은 불멸의 시작이다.

하지만 어느새 명예의 전당은 봉쇄되고, 머나먼 피안은 전선과 전선 사이에 놓인 끝없는 모래땅, 지난 몇 달 동안 사라진 자들이, 그중에는 살았는지 죽었는지 모를 그녀의 남편도 포함되며, 발에 피가 흐를 때까지 영원히 헤맬 수밖에 없는 중간지대가 되었다.

그녀는 처음 참석한 빈-마가레트 공산주의 구역 모임에서 후일 트로츠키주의자로 불린 A.와 알게 되었고, 1926년 그가 당에서 축출된 이후에도 몇 번 만난 적이 있었다. 마지막 만남은 그녀가 모스크바로 떠나기 직전 프라하에서였다. 살집이 좋은 그는 오스트리아 이민자 회합에 늦게 와서, 마지막 남은 빈자리인 그녀 곁에 앉았고, 저녁 내내 한마디도 하지 않고 담배만 피우다가, 단 한 번 그녀에게, 작은 목소리로, 그들 공동의 친구인 G.의 안부를 물었다. G.는 최근에 베를린으로 보내졌고, 그 이상은 아는 게 없다고 그녀는 대답했다. 아, 그렇군요, 하고 소위 트로츠키주의자라는 이가 대답했다. 짙은 구름을 형성한 담배연기는 그의 머리 위에서 흩어질 기미도 없이 가만히 떠 있었다. 담배 냄새 때문에 잠시 동안 그녀는, 지하로 잠적한 시인 J.를 떠올렸다. 회합을 마치고 식당 앞에서 다들 작별 인사를 나눌 때, A.와 악수조차 나누는 동지가 단 한 명도 없었지만, 그녀는 충동적으로 그를 껴안았고, 그는 우정에서라기보다는, 적어도 그녀의 느낌으로는 단지 피로에 지쳤기 때문에, 그녀의 포옹에 화답했다.

1934년 11월에 나는 심각한 오류를 범했다. 나는 프라하에서 트로츠키주의자인 A.도 참석한 오스트리아 방어연맹 회합에 참석했고, 이것을 당 조직에 보고하지 않았다. 그래서 당 지도부에서 심각한 견책을 당했지만, Sch.동지 그리고 K.동지와 대화한 후 나 자신의 경솔함과 관련하여 성실한 자아비판을 했고, 그런 다음에 내 견책 기록은 삭제되었다.

실수라고 알아차린 오류를 먼저 일깨워줌으로써, 세월이 흐른 뒤 당사자에게 몰락의 위협이 될 그 힘을 처음부터 근절시키는 편이 더 나았을까? 그런데 오류의 공격력은, 사람이 그 오류를 저질렀을 당시의 확신과 근본적으로 일치하지 않을까? 그러니까 사람은, 자신을 몰락시키는 길을 스스로 미리 마련해두는 걸지도 모른다. 단지 그것이 언제, 어떤 방식으로 올지는 전혀 알지 못하는 채로.

자아비판이 받아들여진 일, 즉 처벌이 삭제된 일을, 그녀 입으로 직접 언급할 필요가 있을까? 삭제되었으면 그것으로 끝이 아닐까? 분명 모든 일에 대해서 보고서가 작성된다. 다른 이들의 보고서 말이다. 분명 누군가가 쓴 자아비판이나 생애 이력에서 그녀의 일이 언급되었을 것이다. 그러므로 그녀의 일이 삭제되었다는 이유로 그

처벌을 언급하지 않는다면, 음흉하게 은폐하려 했다고 해석될 수 있고, 반대로 삭제된 그것을 다시 모두의 시선 한가운데로 갖다 놓는다면, 그것은 삭제되지 않는다. 이것은 정직의 문제였다. 다른 사람 앞에서 발가벗고 있는 것과 같은 정직. 하지만 여기서 다른 사람이란 누구인가? 그리고 드러내 보일 수 있는 가장 깊은 층위는 어디까지일까? 마침내 뼈가 드러날 때까지 살점을 깎아내야만 정화가 되는 걸까?

그러면 뼈는 무엇인가?

1920년대 초, 그들은 저녁 모임에서 돈의 움직임을, 돈의 현란한 출렁임을, 인간을 마음대로 좌지우지하는 돈의 위력에 대해서 공부했다.

오늘날 인플레이션은 대장균보다 사람을 더욱 철저히 파괴할 수 있다고 G.는 말했다.

그로부터 15년이 지난 지금, 인간을 마음대로 좌지우지하면서 현란하게 출렁이는, 당시의 그 누구도, 그녀의 남편조차도 뭐라고 불러야 할지 상상조차 못했을 힘이 있다. 말 자체가 실제인 시간, 밀가루 한 봉지, 신발 한 켤레 또는 반란의 무리로 변한 군중처럼 말이 곧 실제인 시간은 너무나 빠르게 흘러가버린 것일까? 이제는 반대로 실제가 오직 말로만 이루어지고 있는 걸까? 어떤 누군가의 눈이, 그녀가 쓰는 철자들을 모아 단어로 만들고, 그 단어들을 의미로 전환시키는 걸까? 그녀의 죄라고, 또는 무죄라고 불릴 것은 무엇일까? 한 마디 한 마디가 전부 중요하단 말인가? 뼈는 무엇인가?

남편이 체포된 이후 그녀는 처음으로 이 나라가 낯설게 느껴졌다. 그녀와 남편은 1935년에 처음 이 땅을 밟았지만, 따지고 보면 자신들의 원래 고향으로 돌아온 셈이었다. 자신들에게 속하게 될 미래로의 귀환이었다. 그때 막 개통한 지하철 역사를 처음 보았을 때, 그녀와 남편은 *우리의* 지하철, 이라고 말했고, 36종류의 치즈가 있는 거대한 식료품점에서 처음으로 쇼핑할 때, 그들은 여기가 *우리의* 넘버원 주방이라고 말했다. 빈과 프라하에서는 거의 잊고 살았던 모든 종류의 식료품이 산더미처럼 쌓였고, 하얀 모자를 쓴 여종업원들은 치즈, 고기, 소시지, 빵 또는 채소를 맨손으로 만지는 대신 포크를 사용하거나 고무장갑을 착용했다.

상품을 절대 건드리지 마시오.

물론 소규모의 옛날식 상점에서는 아직도 주인이 직접 신문지로 접어서 만든 봉투에 밀가루를 담아 팔고 있고, 과거의 비위생적인 관습이 여기저기서 여전히 통용되기는 했으나, 현대의 광휘 속에서 곧 자취를 감출 것이 분명했다. 심지어 한 번은 어머니에게 치즈, 거위 기름, 캐비아, 소시지, 그리고 사탕을 담아 소포를 보내기도 했다. 어머니는 말 안 듣는 딸이 제대로 살아왔음을 알아야 하리라. 소련에서의 성공은, 곧 그녀 삶의 성공이었다. 어머니는 편지로 감사를 전하며, 어떻게 지내는지를 물었다. 그녀는 답장에 다음과 같이 쓸 수 있어서 너무나 자랑스러웠다. 아주 잘 지내요. 그리고 언제부턴가 딸은, 어떻게 지내는지 묻는 어머니의 편지에, 다음과 같은 대답 말고는 할 수가 없었다. 아주 잘 지내요. *아주 잘 지내요*, 그 말은, 어떤 어려움이 있더라도, 늘 영원히 그녀와 함께 있을 것이다. 어머니가 그녀에게, H.도 잘 지내는지 물으면, 남편은 *아주 잘 지내요*, 하고 그녀는 편지에 쓴다. 어차피 진실을 모르는 사람에게는 체포된 것이나 그냥 아주 멀리 떨어져서 사는 것이나 사실상 아무런 차이가 없기 때문이다. *아주 잘 지내요*, 어머니가 집이나 일에 대해서 물으면, 그녀는 편지에 쓴다. *아주 잘 지내요*, 뒤에서 현실은 점차 멀리 물러나지만, 그것은 어머니에게 중요하지 않다. 단 한 가지 안타까운 일은, 항상 그녀의 편이던 아버지가 그녀의 행복을 조금도 보지 못하고 죽었다는 것뿐이다.

그녀의 한 독일 친구는, 여권이 만료되었을 때 거주 허가 연장을 받을 수 없었다. 대신 독일 대사관으로 가서 여권을 갱신하면 된다는 말을 들었다. 그 말은 곧, 그를 체포 리스트에 올려놓고 있는 파시스트들에게 가서 신청을 하라는, 그들에게 스스로 자신을 넘기라는 말이었다. 그로부터 두 달도 채 되기 전에, 그는 바이마르 외곽의 강제 수용소에서 죽었다. 그렇게 그는 시험을 통과했다. 또 다른 동지는 독일 대사관에 가서 새 여권을 받아왔다. 내무인민위원회는 그를 받아들인 다음, 독일의 스파이라고 하여 총살했다. 그는 시험을 통과하지 못했다. 통과한 자와 그렇지 못한 자, 둘 다 죽었다.

히틀러가 권력을 잡은 후 나는 프라하로 갔다. 당시 내가 극심하게 우울했음을 말하고 싶다. 내 인생 처음으로 독일 영토를 완전히 벗어난 경험이었다. 작별은 매우 힘들었다. 내 유일한 소망은 가능한 한 빨리 독일로 돌아가는 것이었다. 심지어는 변장을 할 생각도 해보았다. 당연히 미친 짓이었겠지만. 밤을 새워 토론한 결과, F.동지는 나를 설득하여 모스크바행을 결심하게 만들었다. 하지만 여기서는 글쓰기가 힘들다. 우리는 사실상 독일에서 내쳐진 몸이고, 아직은 소련에 뿌리내리지 못하고 있다.

그녀의 여권도 독일이 오스트리아를 병합한 이후로는 독일 여권이 되었다. 그녀의 여권도 3주 전에 만료되었다. 창구에서 여권을 검사한 소련 관리는 그동안 이미 세 번이나 그녀의 눈앞에서 창구 유리문을 닫아버렸다. 유효한 여권이 없으면 그녀의 거주 허가를 연장할 수 없고, 자신의 아파트에서 계속 살기 위해서 필요한 통행증 '프로푸스크'Propusk도 받을 수 없다. 적어도 지금은 건물 관리인이 밤에 보는 사람이 아무도 없을 때 그녀를 집 안에 들여보내주기는 하지만, 오래지 않아 아파트가 다른 사람에게 배정되어 버릴 것이다. 그러면 어디로 가야 하나?

이력을 쓰고 있는 동안에도 그녀는 엘리베이터 소리에 귀를 기울인다. 만약 이른 새벽 4~5시경에 엘리베이터가 그녀의 층에서 멈춘다면, 드디어 그날이 온 것이다. 낮 동안 그녀는 카페 '붉은 양귀비'에 앉아, 단지 자신이 하고 싶기 때문에 하는 일, 러시아어 시를 독일어로 옮긴다. 프로푸스크가 없이는 노동 허가도 나오지 않기 때문이다. 남편이 남긴 돈은, 아껴 쓴다면 앞으로 2주는 버틸 만한 금액이다. 그러면 다음에는?

밤에는 잠을 자지 않고, 소련 시민권을 신청하는 데 필요한 이력을 작성한다. 하지만 이것도 아무런 정답이 없는 시험이라면?

시간이 흐르면, 이곳 또는 저 너머 독일에서 죽은 자는 결국 목적을 달성한 것이고, 반대로 이곳 또는 저 너머 독일에서 살아남은 자들은, 반역을 했기 때문에 목숨을 건진 거라고, 그것만이 확실하게 믿을 만한 사실로 남을 것인가?

가끔 그녀는 아버지의 얼굴에서 안경을 벗겨 알을 닦아주곤 했다. 그녀와 그녀의 친구는 때때로 나란히 서서 서로의 다리를 비교했다. 그녀는 어느 날 밤 친구의 약혼자 곁에서 밤새도록 잠들지 못하고 눈물을 흘렸다. G.동지에게 종이 뭉치를 절단기로 잘라주었다. 처음으로 남편에게 키스하기 전, 그녀는 그의 머리카락을 붙잡고 자기 쪽으로 끌어당겼다. 당시의 그녀는 지금과 정녕 같은 사람일까? 자기 자신과 필적할 만한 순간이 인생에서 두 번씩이나 있을 수 있을까? 전체인 것이 진리가 아니었을까? 아니면 모두가 반역일까? 이 이력을 읽는 사람이, 그녀에게 얼굴을 보이지 않는다면, 그녀는 그 사람에게 어떤 얼굴을 보여주어야 하는가? 흐릿한 거울에 어떤 흐릿한 얼굴이 비칠 것인가?

4

나의 남편은 1938년 10월 25일 체포되었다.
노란 재킷을 입은 Sch.동지는, 여성 동지와 남성 동지가 사랑에 빠지는 일이 생기면 항상 냉소적으로 말하곤 했다.
저들은 사유화하고 있어.
그 사이 프랑스, 영국, 미국은 히틀러 정부를 인정했다. 이제 그들 중 누군가가 잘못된 발상과 사랑에 빠지면, 그 사람은 자신의 생각이 무엇이든 상관없이, 객관적으로 파시스트의 편이 되어버렸다. 우정, 사랑, 결혼은 모든 것이 전쟁을 향해 치닫는 그 시기에는 정말로

어려운 문제였다.

  오늘날 우리는 인민의 적들이 정치적 경계라는 위장술 아래 성실한 동지들을 모략하여 감옥으로 보낸다는 사실을 알고 있다. 내 남편 H.가 정확하게 그런 경우에 해당하며, 그의 무죄가 증명될 것이라고 확신한다.

  어린 시절, 아버지는 때때로 어둠 속에서 그녀에게 보여주려고 일부러 기괴한 표정을 짓곤 했는데, 그럴 때마다 그녀는 다른 이유가 아니라 아버지를 너무나 사랑한다는 이유 때문에, 그런 아버지를 평소의 아버지라고 확신할 수가 없었다. 그녀가 너무나 잘 아는 아버지는 언제든 치명적인 것으로 변할 수 있고, 그 변화의 순간만큼은 치명적인 것이 바로 아버지 자체일 수도 있다고 믿었던 것이다. 그런 진실의 순간들을 한 번만이라도 대면하면, 그의 일평생이 곧 허위였다는 것을 알게 된다.

  일요일이면 기독교인의 딸인 그녀는 교회에 앉아 있지만, 바로 다음 날 나슈 마르크트에서 장을 보는 유대인 외할머니를 향해 누군가가 침을 뱉었을 것이다.

  자신의 욕망 때문에 가장 친한 친구를 배신했을 때, 그녀는 스스로 자신을 표리부동한 악녀로 칭했다.

  항상 무엇인가에게 의존했으며, 너무 큰 욕망, 또는 스스로의 부족이 항상 두려웠고, 두려움의 결과는 거짓말과 허위, 그리고 침묵이었다.

  새빨개, 새빨개, 새빨개, 딩, 딩, 딩, 오타크링이 불탄다.

  자신이 너무 많이 또는 너무 적게 내놓는 건 아닌지 항상 두려웠고, 더러운 유대년, 열등한 인간들 사이에는 계층이 있어서, 늘 누군가는 누군가를 아래로 밀쳤고, 그래서 하나가 떨어지면, 다음 사람을 밀쳤다. 그들 공산주의자들은 바로 그런 낙차를 없애기 위해 나타난 것이 아니던가? 누구나 다 편안히 설 수 있도록, 떨어지지 않고, 밀지도 않고, 치지도 않고, 밀쳐지거나 밀려날 두려움도 없이, 편안히 설 수 있도록.

내 남편 H.보다 더 청렴하고 더 올곧은 사람을 나는 보지 못했다. 소련에서 보낸 3년 동안, 우리는 오직 파시즘과 투쟁하고 당에 봉사했으며, 사회주의에 복무해야 한다는 생각만으로 살아왔다.

그와 사랑에 빠진 후에야 그녀는, 누군가의 아는 존재가 되기를, 한편으로는 자기 자신이면서 동시에 다른 누군가와 하나가 될 수 있기를 그동안 얼마나 갈망하면서 살아왔는지를 깨달았다. 그녀가 항상 비밀리에 자신의 죄로 명명하던 모든 것, 저질렀거나, 상상했거나, 타고났거나, 욕망한 것들을, 그에게 털어놓았다. 그는 그녀의 모든 치욕의 원천을 들은 다음 웃어넘겼고, 그것들의 위협 가능성마저도 웃어넘겼다. 사랑은 말할 수 있음을 의미했고, 말할 수 있음은 자유였으며, 영영 부족한 존재인 것만 같은 그녀의 두려움은, 생전 처음으로 사라졌다.

레닌의 비판 원칙과 당내 자아비판은, 원래 동지들 간의 평등한 권리와 상호 신뢰를 전제조건인 동시에 목표로 삼은 것이 아니던가? 그 원칙이란 곧 성장에 대한 가능성이 아니던가? 개개인이 더욱 급진적으로 자신의 한계를 걷어낼수록, 전체의 결속은 더욱 단단해지지 않겠는가? 그녀가 항상 자신의 똑똑한 *친구*라고 불렀던 G.는, 도대체 왜 A.와의 우정을 포기하지 않았을까?

이곳에서 우리는 말을 교환함으로써 서로를 진정으로 알게 되고, 서로를 매우 상세히 관찰하게 된다.
이곳에서 내가 볼셰비키로서 이해한 것, 경험한 것이 곧 내 깊은 통찰을 이룬다. 볼셰비즘의 힘, 그것의 정신적 위력은 너무나 강해서, 우리에게 진실을 말할 수밖에 없게 만든다.
공산주의자로서 우리는 얼굴을 보여주어야 한다. 다시 말하자면, 인간 전체를 드러내 보여야 한다.
그러니까 당신은, 다차*에 있는 아내에게 돈을 가져다줘야 하므로 지금 당장은 주의를 기울일 시간이 없다고 평계를 대서는 안 된다.
우리가 청결한 분위기를 조성하는 데 성공하고 나면, 그때 우리는 진정 청결하고 생산적으로 일하게 될 것이다.

바로 얼마 전까지도 그녀와 남편은, 핵심을 공고히 하기 위해서 자신들의 계급이 면밀히 조사되어야 한다는 데 의견이 일치했다. 그녀가 소파에 누워 있으면 남편은 팔걸이의자에 앉아서 가장 최근의 소송 기록이 담긴 두꺼운 책의 한 부분을 소리 내어 읽었다. 라덱, 지노비예프, 카메네프 등 1세대 혁명가들부터 시작하여 이른바 *레닌의 충실한 전우*들에 이르기까지, 심지어는 부카린까지도 음모와 반

---

* 러시아식 교외 별장.

역죄를 저질렀음을 공개적으로 인정했고, 유죄판결을 받은 후 총살되었다. 부카린은 최후변론에서 이렇게 말했다.

죽음이 닥쳤을 때, 무엇을 위해서 죽는지를 스스로에게 질문해보라. 그러면 갑자기 충격적일 만큼 선명하게, 절대 암흑의 공허가 눈앞에 나타날 것이다. 미련 없이 죽음을 받아들일 만큼 중요한 가치는 존재하지 않는다.

이런 식으로 그는 자신에게 주어진 최후의 기회를, 다시 한번 더 소련에 대한 지지를 고백하는 데 활용했다.

그녀와 남편은 모스크바 체류를 막 시작했을 때 부카린과 개인적으로 만나게 되었다. 그들이 모스크바에 도착한 바로 첫날, 부카린은 고향에서 탈출해온 독일과 오스트리아 동지의 호텔로 전화를 걸었고, 빵 한 조각과 베이컨을 갖고 왔다.

두꺼운 책의 책장을 넘기는 소리, 그것을 묘사할 기회를 그녀는 다시 한번 더 가질 수 있을까? 페이지가 한 장씩 넘어가며, 살아 있는 자들이 자신의 유령으로 변해가고, 그녀는 그것을 읽는 남편의 목소리를 듣는다.

이제 혼자가 된 지금에야 비로소, 그녀는 자신에게 질문해본다. 약하거나 테두리로 밀려난 것들은 모조리, 정말로 그처럼 과격하게 잘려나가야만 하는 것인지. 늘 수학 점수가 좋았던 여동생이라면 이렇게 말하리라. 구의 핵심은 근본적으로는 하나의 점이고, 그것도 크기가 마이너스 축에서 무한대를 향해 접근하는 점이라고. 그러나 핵심이란 무엇인가? 하나의 사상인가, 아니면 단 한 명의 인간인가? 어쩌면 그게 스탈린일까? 아니면 인간이 완벽하게 배제된, 새로운 세계에 대한 완벽하게 순수한 믿음일까? 하지만 세상에 머리가 하나도 남아 있지 않게 된다면, 그 믿음은 도대체 누구의 머리에 들어 있어야 한단 말인가? 한 인간은 머리를 상실할 수 있지만, 당 전체는 그렇지 않다. 2년 전만 해도 그녀는 이렇게 생각했다. 그런데 지금은 마치 당 전체의 머리가 몽땅 없어질 수도 있는 것처럼 보인다. 마치 구가 오직 중심의 단단함을 확인하려는 열망으로, 스스로 자신의 점들을 모조리 내던지며 점점 더 작아지는 것처럼 보인다.

마이너스 축에서 무한대를 향해.

예전에 빈에서 남편은, 연극 평론에서 등장하는 이런 표현을 비웃었다.

그는 오델로를 연기한 것이 아니다, 그가 바로 오델로였다.

우스꽝스러운 환상에 감동하는 경향은 한마디로 *구식이야*, 하고 남편은 평했다. 배우와 마스크를 일치시키는 일을 부르주아적 허위의 절정으로 해석한 그가, 하필이면 이곳 미래의 땅에서, 만인이 만인에게 그 어떤 속임수도 쓰지 않고 노동하는 나라에서, 개인의 이익이 전체에게도 마찬가지로 유리하며 따라서 이기주의와 교묘한 술수는 아예 처음부터 파고 들어올 틈이 없는 나라에서, 이중성을 이유로 질책을 당하다니? 항상 경찰에게 쫓기며 살았던 그들이 너무나 자주 이름을 바꾸었기 때문에, 같은 편인 동지들조차도 그들의 가명 뒤에 가려진 진짜 기억을 잊은 것인가? 왜 요즘 들어 부쩍 가면과 가식에 관한 이야기가 많아진 걸까? 혹시 그들은, 외부의 적과 긴 싸움을 벌이는 동안, 자신들도 모르는 사이 적을 자신 안에 내면화해 버린 것은 아닐까? 그래서 그들이 낳는 것이, 그들 자신에게 적대적인 성격을 띠는 걸까? 그들에게 성장이란, 자신도 의식하지 못하는 사이, 자리를 바꾼다는 의미일까?

변증법적으로 기능하는 자는 누구나 머릿속에 온갖 생각을 담고 있다. 단지 그중에서 어떤 생각을 밖으로 꺼내놓느냐가 관건이 된다. 사람이 유죄라는 것은 당연하다. 그와 동시에 사람이 결백하다는 생각도 하게 된다. 내가 자꾸만 결백한 젊은 시인 D.를 앞으로 내세운다고 해도, 출구를 찾을 방법은 없다. 한편에서는 결백한 D.가 자꾸 나타나는 반면, 다른 한편으로 무작위로 행해지는 체포가 있다. 남자는 결백하고, 나는 그가 결백한 것을 안다. 나는 그의 결백을 증명하기 위해 돕지만 그는 결국 체포되고, 그것은 곧, 체포는 무작위로 행해졌음을 의미한다. 하지만 반대로 다른 편에서는 체포는 무작위가 아니라는 사실을 이용하여 남자가 결백하지 않음을 증명하게 된다. 그러므로 나는 당신이 잘못한 경우, 당신이 옳다고 인정할 것이다.

초원의 어느 한 지점, 북위 45.61404도, 동경 70.751954도, 일년 중 서리가 내리지 않는 기간은 단지 3개월뿐. 앞으로 불과 몇 주 사이 풀은 초록의 색채를 잃고 갈색으로 변하며, 바람이 한 줄기의 풀을 다른 풀과 스치게 만들면서, 바스락거리는 소리가 희미하게 퍼져나갈 것이다. 첫눈이 내리기 전에 작은 얼음 결정이 풀을 뒤덮고, 초원의 표면에 흩어진 바위들도 뒤덮을 것이다. 모든 사물은 예외 없이 똑같은 추위에 노출되며, 서리를 맞고 다 함께 얼어붙을 것이다. 첫 번째 냉해가 닥친 뒤부터 이제 바람은 풀잎을 흔들며 휘몰아치지 못할 것이다.

체포되기 전 주말에 남편은 회의에 참석하러 갔는데, 돌아와서는 평소 습관과는 대조적으로, 회의에서 논의된 내용을 한마디도 입 밖에 꺼내지 않았다. 그는 거의 아침이 다 되어서 돌아왔고, 그동안 안절부절못하던 그녀의 두려움을 웃어넘기지도, 이를 드러내 보이지도, 머리카락을 뒤로 젖히지도 않았다. 남편이 그처럼 침묵에 빠진 건 단 한 번, 2년 전 그의 소련 공산당 입당 신청이 허가된 반면 그녀의 신청은 거부되었다는 소식을 들었을 때뿐이었다.

남편이 체포된 후로, 그녀는 지금 이 자리에서 쓰고 있는 이력에, 그녀 자신의 생명뿐만 아니라 남편의 생명까지도 달려 있음을, 그녀 자신의 죽음뿐만 아니라 남편의 죽음도 달려 있음을 알게 되었다. 그렇다면 그녀는, 죽음을 상대로 게임을 벌이고 있는 셈일까? 아니 어쩌면, 찬반 양론 사이에는 아무런 차이가 없는 것은 아닐까? 또한 그녀는 자신이 쓰는, 또는 쓰지 않는 모든 어휘가 친구들의 목숨마저도 좌우한다는 것을 알고 있었다. 친구들이 그녀에 관해서 질문을 받을 경우, 그들의 답변에 그녀 자신의 목숨이 좌우되는 것과 마찬가지로. 공산주의 운동의 선구적 사상가 G.는, 트로츠키주의자인 친구 A.와의 우정을 마지막 순간까지 포기하지 않았다.

내가 들은 바로는, H.동지는 그의 아내인 H.동지와 약 3년 전부터 모스크바에서 살고 있다. 그는 더 오래전부터 그녀를 알고는 있었지만, 결혼한 건 3년 전이었다. H.동지는 자기 아내의 지난 삶에 대해서 다른 동지들에게 물어서 아는 건지 아니면 그냥 그녀의 입으로 들은 건지?

내 아내, H.동지는, 당신들 모두가 잘 알고 있는 대로, 1920년 이래로 오스트리아 공산당 당원이었다.

그녀는 모스크바로 출발하기 직전, 프라하에서 트로츠키주의자인 A.와 접촉했다.

그 일에 대해서는 할 말이 없다. 나는 그때 베를린에 있었다.

우리는 권리뿐 아니라, 알고 있는 모든 것을 말할 의무도 있다.

A.는 초창기가 아니라 후반기의 활동에서 트로츠키주의 경향을 발전시켰다. 나는 아내인 H.동지가 그와 자신을 동일시하지 않음을, 특히 무엇보다도 소련에 대한 평가에서 그와는 매우 크게 차이나는 의견을 가짐을 보증한다.

내 생각으로는, 그녀와 A. 사이는 단순한 우정 이상인 것 같다. 어쨌든, 그들은 문제의 그날 저녁에 작별을 고하면서 서로 포옹했다고, Sch.동지의 기록에 적혀 있다.

그 일에 대해서는 할 말이 없다.

다음 질문에 대해 대답하라. 그녀에게서 반^{half}트로츠키주의, 트로츠키주의 또는 반대파적인 경향을 눈치챈 적이 있는가?

아니, 그때는 전혀 아니었다.

"그때는 전혀 아니었다"니 무슨 뜻인가? 나는 이 진술에서 조금도 진실성을 느낄 수가 없다. 도대체 무슨 속셈인가? H.동지는 왜 아내 H.건을, 이 사안과 관련해서는 자발적으로 다 털어놓지 못하는가? 왜 중간 중간에 추가 질문을 해야만 말을 하는가?

우리가 당내에서 사용하는 의미에서의 반대파적 경향은, 아내에게 조금도 없었다.

우리가 위기 상황에서 굳건히 버텨나가야 한다는 점을 모두 잘 이해하기를 바란다. 우리 동지들을 독일에서 고문하고, 스파이를 보내는 악당들에게 우리는 끊임없는 파괴의 충격파로 보답해야만 한다. 만약 A. 같은 악랄한 반혁명분자가 스탈린 동지에게 총이라도 겨눈다면 어쩐단 말인가? 동지들, 이건 전쟁이냐 평화냐 하는 문제다.

매해 여름마다 9월이 올 때까지 다차에서 그녀와 함께 지내던, 어머니나 마찬가지인 여자 친구 O.가, 조사를 받으면서 입을 다물까, 아니면 체포된 젊은 시인 D.의 유죄 여부에 대해서 그들이 함께 의심을 품었다고 인정하게 될까? 한다면? 최근에 트로츠키 사상으로 음모를 꾸미다 사형선고를 받고 총살된 작가 V.의 아내는 재봉사로 일하고 있는데, 얼마 전 옷을 가봉하러 그녀의 방에 왔을 때 혹시 그녀가 화장실에 간 틈을 타서 그녀의 서류를 뒤지지는 않았을까? 그녀와 남편이 모스크바로 온 직후에 여러 번이나 만나 문학에 관해 참으로 잊지 못할 대화를 자주 나누었던 R.은, 왜 남편의 체포 일주일 전에 볼가 독일자치공화국*으로 파견되었을까? 그녀가 7월에 『도이체 첸트랄 차이퉁』지에 보낸 리뷰 기사의 마지막 문장을 삭제하고, 콧수염을 기른 K.의 책에 비판을 표하는 그녀의 견해를 완전히 반대로 뒤집어지게 만든 책임자는 누구였을까? 그건 그녀에게 다행일까 불행일까? 처음 여기 왔을 때는 친구들과 자주 모여서 카드놀이를 했으나 그들을 마지막으로 만난 것도 한참 전이다. 문학노동자 클럽은 이미 2년 전에 해체되었고 독일당원 집회도 완전히 중단되었다. 불임 때문에 괴로워하던 친구 C.는 그녀를 찾아와 수없이

---

* 소비에트 연방의 독일인 자치공화국. 공산주의 혁명 직후인 1918년에 설립되었으나 1941년 스탈린에 의해 해체되고 그곳의 독일인들은 중앙아시아로 강제 이주 당함.

눈물을 흘렸으나, 최근에는 카페 붉은 양귀비 앞을 지나갈 때 그녀, 체포된 H.의 부인인 그녀가 유리창 뒤편에 앉아 있는 걸 보면서도, 고개조차 까딱하지 않았다.

그러면 그녀 자신은? 남편이 체포되기 전에 썼던 마지막 희곡의 리허설 기간 단 며칠 사이에, 여덟 명의 배우 중 다섯 명이 체포되었고, 리허설은 당분간 연기되었다. 체포된 배우 중 한 명의 아내인 Fr.동지는 어제 9세 된 아들 사샤의 손을 잡고 카페로 그녀를 찾아왔다. 그리고 자신과 아이를 최소한 하룻밤만이라도 재워달라고 애걸했다. 그렇게 할 수 없어요, 하고 그녀는 대답했다. 그러자 Fr.은 한마디 말도 없이 돌아서서, 아이의 손을 잡고 카페를 나갔다. 그렇게 할 수 없어요. 겨우 몇 주일 전만 해도 그녀의 남편은 리허설을 하다가 쉬는 시간에, 사샤에게 종이비행기를 접어주었다. 마야코프스키의 시에서 다음과 같은 구절을 읽은 것이, 아득히 오래전의 일인 것만 같았다.

열여덟이라는 나이만으로는 충분하지 않다.

인간을 하찮게 여기는 파시스트의 횡포에 맞서 싸우면서, 그들 모두는 자신의 생명을 걸었고, 파시즘인 죽음과 격투를 벌였고, 그러는 동안 그들 중 많은 수가 희생당했다. 하지만 젊고 아름다운 소비에트 연방이, 그녀가 아직 믿고 있는 대로, 생명 자체이기만 하다면, 죽음은 이제 이곳의 통화가 될 수 없다. 그런데 그런 횡포와 맞서 싸우는 전사 중 하나가 바로 이 나라에서 그 횡포 때문에 목숨을 잃는다면, 그의 죽음은 더할 나위 없이 헛될 것이고, 이곳의 그 무엇도 더는 생명이라는 이름을 얻지 못하리라. 설사 외부에서 관찰할 때 아직 생명인 것처럼 보이더라도 말이다.

그러나 이곳 미래의 땅에서조차 자신이 알지도 못하는 첫값을 치르느라 죽음의 통화가 여전히 유통된다면, 이 땅에서조차 인간과 인간 사이를 갈라놓는 존재들, 거래, 계산, 속임수라고 불리는 것들을 철폐하지 못한다면, 이 땅에서조차 인류의 저주스런 양면이, 전래 사회 어디에서나 벌어지는 상거래처럼 마음대로 활개 칠 수 있다면, 그렇다면 판매 계약은 그녀의 개입 없이도 이미 오래전에 완료되었고, 그녀와 남편을 포함한 동지들은 모두, 벌써 배신당하고 팔아넘겨진 셈이다. 그들이 알지 못하는 단 한 명의 판매자에게 계속해서 추가로 지급되는 판매대금은 동지들 자신이며, 그것도 한 번, 두 번, 세 번 정도가 아니라 열 번, 백 번 심지어 천 번까지도 지불하고 있는 것이다.

*

이제 그녀는, 눈앞에서 남편을 잡아간 비밀경찰이, 순전한 배신자, *정치적 경계로 위장한 인민의 적*이고, 극단적인 경우에는 히틀러의 추종자이기를 희망하는 것밖에 달리 도리가 없는 단계에 이른 것인가? 남편뿐만 아니라 실제로 지금까지 체포되었다고 들은 이들은 모두 그녀가 오랫동안 친하게 지내던 동지들이었다. 지금 그녀가 대충이나마 확신할 수 있는 내용은 단 하나뿐이다. 지금 그녀를 위협하고 있는 적이, 비록 이곳이 소련의 수도이긴 하지만, 정말로 히틀러라면, 정말로 그렇다고 할 경우에만, 그녀를 포함한 반파시스트 운동가들이 학대와 죽음을 넘어 새 세상을 희망해볼 수 있는 것이다. 아니면 그것은, 스탈린으로 변장한 히틀러인 척 흉내 내는 스탈린 자신이 아닐까? 이중 마스크, 이중 은폐 그리고 실제로 이중의 혓바닥을 가진, 자기 자신의 첩보원이 된 스탈린이, 세상이 너무 좋아지는 바람에 더 나은 세상에 대한 희망이 영원히 사라질까봐 두려워서, 침체기가 두려워서, 공산주의 운동을 죽어서라도 다시 한번 더 희망의 불꽃을 피워 올리기 위해? 아마도 그들 모두는 영원히 깨어나지 않을 똑같은 악몽에 시달리는 중일지도 모른다. 그 악몽 속에서 스탈린은 칼을 들고 아이들 방으로 살금살금 기어들어가는 자애로운 아버지가 아닐까?

찬란하게 피어나는 우리나라,
들어보렴. 아가, 들어보렴.
우리나라는 영원하단다.
들어보렴. 아가, 들어보렴.
네 나라는 철통같단다.
잘 자라. 내 아가, 잘 자라.
붉은 군대가 지키고 있으니.
잘 자라. 내 사랑, 잘 자라.

5

공동 주방에서 다시 한번 더 뜨거운 찻물을 가져오려고 복도를 지나가다가, 인도인 동지 Al.과 마주쳤다. 그는 그녀에게 인사를 했지만, 평소와 달리 말을 걸지는 않는다. 분명 그 사이에 남편의 체포 소식을 들은 것이다. 그에게 아직 모스크바 생활이 낯설었던 지난달, 그녀와 남편은 주방에서 요리를 하다가 그와 대화를 나누게 되었다. 그는 처음에는 선 채로 주방 조리대에 기대 있었지만, 어느 순간부터는 조리대 가장자리에 걸터앉아 다리를 흔들거렸고, 그러다 마침내는 두 다리를 위로 올려, 여전히 말은 계속하면서, 그야말로 마치 살아 있는 붓다처럼, 낡아빠진 조리대 상판에, 아마도 러시아인들이 차르 시대에 펠메니 만두*를 잘랐을 것이고, 나중에는 중국 동지들이 딱딱하게 익힌 오리알을 재 속에, 또는 프랑스인들이 기름과 마늘 소스에 고기를 담갔을 조리대 상판 위에 책상다리를 하고 앉았다. 그녀 자신도 2년 전 제7차 국제총회가 열렸을 때 덴마크, 폴란드, 미국 친구들을 대접하느라 바로 그 조리대에서 애플파이를 만들었다. 그 총회는 격렬한 사랑의 행위와도 같았고, 궁극적으로 인류에게 자기 본래의 의미를 되찾게 하려는 공동의 투쟁으로 뭉친 모두는 모두와 그야말로 하나가 되었다. 모임이 끝난 후에도 종종 그녀와 남편은 침대에서 밤늦도록, 새로운 세계질서는 어떤 모양일지, 또는 그 질서가 반드시 새로운 것일지, 어떤 새로운 종류의 규제가 과거의 강요된 규제를 대체하게 될지 토론을 이어나가곤 했다.

그때 L.이 사이로 끼어들어와, 내게 고함을 쳤다. 나는 그에게 입 다물라고 말했다. 그러자 그는 나를 옆으로 밀치고 내 셔츠를 움켜쥐었다.

---

* 베이킹 파우더를 넣지 않은 밀가루를 얇게 반죽해 속을 채운 러시아식 만두.

M.은 내가 그의 멱살을 잡았다고 말한다. 모두 이것이 사실이 아님을 안다. 나는 단 한 번도 누군가의 멱살을 잡은 적이 없다. 그럴 생각조차 하지 않았다.

8명의 동지들이 주변에 있었다. 나는 L.에게 말했다, 내게 손대지 마. 그러자 L.이 고함쳤다. 내게 손대지 마. 그래서 나는 다시 말했다. 손 치워.

마침내 동지 M.이 입을 연다. 더러운 손 치우라고.

그러자 L.이 말하기 시작했다. 당신 그 말에 책임져야 할 거야. 당 위원회에 보고할 거니까.

그러자 M.도 고함치면서 대꾸했다. 해보라고, 그러면 그들이 너의 더러운 손을 아무 잘못 없이 깨끗하게 만들어주겠지!

엄청난 파워의 성대를 가진 L.동지는, 그것을 백 퍼센트 활용해 고래고래 소리쳤다. 내가 당신 같은 인간을 어떻게 만들어버릴지 두고 보라고!

꿈 깨!

지난 3년간 남편과 함께 살았던 방의 공허 속으로, 그녀는 들어선다. 벽에는 태양이 수놓인 노란색 융단이 걸려 있다. 소련에서 보낸 첫 휴가 때 산 것이다. 매일 아침 그녀는 해가 뜨기 전 어두울 때 집을 나와 류브얀카 14번지, 비밀경찰 본부 앞에 줄을 선다. 남편에 대해 물어보려는 것이다. 그다음에는 부티르키 교도소로 간다. 두 곳 모두 그녀의 눈앞에서 창구 문이 닫힌다. 이미 그녀는 피크에게, 디미트로프에게, 울브리히트에게, 그리고 브레델에게 편지를 썼지만, 그 누구도 남편이 돌아올 것인지, 남편의 체포가 오류였는지, 남편의 재판이 열릴 것인지, 추방당할 것인지 아니면 총살당할 것인지, 또는 이미 총살을 당했는지, 알려줄 수 없거나 알려주려 하지 않는다. 갑자기 그녀는 친구의 약혼자가 그녀 곁에 앉아서, 아무 말도 못 하고 발치로 눈물방울을 뚝뚝 떨구던 그날 밤이 생각난다. 그날 밤 그가 생각하던 삶을, 그녀는 이제야 그대로 느낀다. 가장 가까운 사람의 체포로 인해, 이제 그녀는 자신의 삶에 결코 도달할 수 없게 되었다.

나는 소비에트 연방이 나를 받아줄 것을, 내가 소련인임을 증명할 수 있는 기회를 줄 것을 요청한다.

6

새벽 4시, 해뜨기 직전 엘리베이터가 그녀의 층에 멈추지만, 책상에 앉은 채로 종이 뭉치 위에 얼굴을 대고 잠들어버린 그녀는 소리를 듣지 못한다. 비밀경찰들이 그녀를 체포하기 위해 방에 들어왔을 때, 그녀의 이마는 '경계'라는 글자 위에 놓여 있다. 오래전에 꾸려서 문 옆에 세워둔 검푸른색 작은 가방은 잊고 만다. 집 안에 다시 고요가 찾아들고, 가방은 여전히 그 자리에 놓여 있다. 가방 속에는 커다란 모자를 쓴 젊은 여인의 사진, 뒷면에는 빈의 란트슈트라세 하우프트슈트라세에 있는 한 사진관 주인의 스탬프가 찍혀 있다. 또 글자가 가득 적힌 노트, 편지 몇 통, 오스트리아 여권 하나, 더러워진 붉은 팸플릿 한 장, 오스트리아 공산당 회원수첩, 『슈타이어마르크 지진』의 발췌문, 종이봉투에 든 타이핑 원고, 할라빵 레시피가 적힌 쪽지, 그리고 맨 밑바닥에는, 허접하고 조잡하게 바느질된, 분홍색

비단 인형 옷이 들어 있다.

그리고 마침내 그녀는, 지금까지 줄곧 귓가에서 들려오던 목소리의 주인이 누구인지를 알게 된다. 섭씨 영하 63도에서, 그녀는 다시 한번 더 그 목소리를 만난다. 얼마나 아늑한가, 이런 추위에 육체 없이 있다는 것이. 세상의 끝에서 훨씬 더 멀리 떨어진 이곳에 밤이 오면, 광석은 슬래그에서 분리되고, 쓸모없는 것들은 소각되어 불꽃으로 타오른다. 불꽃은 슈테판 대성당보다 더 높이 솟아오르며, 형형색색의 영롱한 빛의 덩어리는, 지평선처럼 환하고, 빛이 분수처럼 화려하여, 그녀가 지금껏 봐왔던 그 무엇보다도 아름답다. 놀라워라, 지상의 그 어느 곳도 아닌 땅 한가운데서, 활활 타오르는 슬래그, 최고의 아름다움이여.

살아 있는 자들은 하루 종일 광석을 포함한 점토를 갈퀴로 긁어모으고, 수레에 실어 운반한 다음, 밤이면 그것으로 불을 피운다. 죽은 자들은 그 불 속에서, 자신들이 살아 있을 때 한 번이라도 했던 모든 말을 태운다. 두려움으로, 확신으로, 분노로, 아무래도 상관없다는 기분으로, 그리고 사랑으로 했던 모든 말을. 너는 어쩌다가 여기 온 거야? 그녀는 자신이 아는 한 사람에게 이렇게 묻는다. 그는 예전에 이곳에서 우리는 말을 주고받음으로써 서로를 진정으로 알게 되고, 서로를 매우 상세히 관찰하게 된다, 고 했던 사람이다. 그가 대답한다. 나는 목이 말랐지. 그래서 끓이지 않은 물을 마셨다가 발진티푸스로 죽었어. 그러면 너는? 이번에는 다른 사람에게 묻는다. 그는 언젠가 한 번 다른 누군가를 통속작가라고 부른 적이 있다. 나는 얼어 죽었어. 그러면 너는?

누군가 이걸 본다면.

나는 굶어죽었지. 하늘로 솟아오른 하나의 문장은, 과거에 그것을 말한 사람보다 더 무겁지도, 더 가볍지도 않다. 그러면 너는? 나는 미쳐버렸어. 죽음이 비로소 내게 제정신을 차리게 한 거야. 이렇게 말하고 그는 웃는다. 그의 웃음은 이곳, 스텝 평원의 약 250미터 허공에서, 털옷처럼 덥수룩하게 울린다. 허공의 한 부분에서 말이 들려온다. 내가 기억하는 건 단지, 어딘가에 기대서 걷고 있었다는 것뿐, 왜냐하면 난 너무 쇠약했으니까, 그때 누군가 나를 앞질러 가면서 내 눈을 똑바로 들여다봤어. 그때만 해도 난 눈이 있었거든. 그녀는 여자 목소리를 듣는다. 귀 없이 듣는다. 눈 없이 보는 것처럼. 여자 목소리가 말한다. 눈이 없으니 마침내 더는 눈물을 흘릴 필요가 없어서 기뻐, 내가 체포될 때 내 아이가, 나를 향해 인민의 적이라고, 내뱉듯이 말했어. 그래서 난 셔츠를 찢어서 끈을 만들고 그걸 문고리에 걸어 목매달았지.

이곳에서 우리는 말을 주고받음으로써 서로를 진정으로 알게 되고, 서로를 매우 상세히 관찰하게 된다.

아마도 공기 흐름의 강도를 측정해볼 필요가 있을 것이다. 영혼의 방황이 일으키는 공기의 소요를. 아마도 이곳 사막 한가운데서도, 꽃이 피어나는 때가 있으리라. 그것도 튤립 꽃이. 아마도 어느 날에는, 수많은 나비 떼의 존재가 현실이 될지도 모른다. 지금 섭씨 마이너스 63도에서, 나비의 절대적인 부재가 현실인 것처럼. 이제 그녀는 다른 죽은 자들과 마찬가지로, 세상의 모든 시간을 가졌으므로, 다른 시대의 도래를 기다린다. 그러나 산 자들은 우연히 몸을 소유하게 된 시간대 이외의 다른 시간을 갖지 못했고, 그들이 죽은 자들과 더불어, 밤의 이곳에서 볼 수 있는 그나마의 색채는, 불꽃이 유일하다.

7

지난여름, 그녀가 아직 살아 있었을 때, 그녀는 다른 여자들과 함께 커다란 구덩이를 여러 개 파야만 했다. 겨울이 되어 땅이 얼어붙어버릴 경우에 대비하여, 그들 자신이 묻힐 장소를 미리 만들어놓기 위해서였다. 그들 모두, 그녀 자신과 그녀의 친구, 그녀의 적, 그리고 그녀에게 전혀 관심 없는 다른 여자들 모두가, 자신들을 위한 비축용 무덤을 팠다.

1941년 여름 어느 날, 그녀는 지표면의 특정 지점을 향해 곡괭이를 내리찍었고, 자신의 무덤을 파기 시작했다. 물론 당시는, 지구의 무한한 표면 가운데서 바로 이 자리가, 영원한 겨울을 날 자신의 집이 되리라고는 알지 못했다. 기온이 40도에 이르는 뜨거운 여름날, 그녀의 곡괭이가, 북위 45.61404도, 동경 70.75405도라고 칭할 수밖에 없는 이름 없는 지점의 마른 모래흙을 파헤치자, 풀과 작은 벌레들, 먼지가 자욱하게 날렸다. 그곳의 흙은 땅 밑 깊숙한 곳까지 완전히 메말랐다.

만군의 여호와여 주의 집이 어찌 그리 사랑스러운지요.

1941년 겨울, 모두가 잠든 밤에, 불침번 서는 여자는 차갑게 굳은 죽은 자의 오른쪽 다리를 잠든 다른 여자의 따뜻한 다리 밑에서 끄집어내, 꼼짝도 않는 시체를 막사에서 질질 끌고 나와 시체용 막사에 갖다 놓는다. 이곳의 겨울 추위는, 뼈를 덮고 있는 살을 포함하여 시체 전체가 뼛속까지 통째로 얼어버리는 데 이틀이 채 걸리지 않는다.

오래전, 한 사람이 하나의 말을 하고, 다른 사람은 또 다른 말을 하여, 말들이 공기를 움직였고 말들이 잉크를 사용해 종이에 적혀 서류철에 묶였다. 공기는 공기로 상쇄되고 잉크는 잉크로 상쇄되었다. 공기의 말과 잉크의 말이 실제 사물로 변화하는 그 경계를 인간이 볼 수 없다는 건 참으로 아쉽다. 밀가루 한 봉지, 반란의 무리로 변한 군중처럼 실제며, 1941년 겨울 구덩이 속으로 던져지는 H.동지의 뼈에서 나는 소리처럼 실제인 것. 그 소리는 마치 나무로 만든 도미노 패들을 상자 속에 한꺼번에 집어던지는 것처럼 들렸다. 기온이 충분히 낮으면, 한때 피와 살이었던 사물은 나무막대기 같은 소리를 내기 때문이다.

막간극

항상 H.동지를, 개인적인 대화에서, 즉 자기 아내에게 말할 때, 입술이 얇은 히스테릭한 여자라고 지칭하던 Ö.동지는, 그녀 H.동지의 파일을, 책상 오른쪽이 아닌 왼쪽에 쌓인 더미에 올린다.
그리고 왼쪽의 파일 더미를 B.동지에게 전달한다.
이 파일을 연 B.동지는, 몇 년 전에 H.와 그의 아내의 초대로 그들 부부의 다차에 갔고, 그때 부인인 H.동지가 아주 훌륭한 사과파이를 구웠다는 것을 기억해낸다. 그러나 사과파이 하나 때문에 반동분자를 사면해줄 수는 없는 일이다. 그러므로 그는 파일을, 오른쪽이 아닌, 왼쪽 더미에 올린다.
그리고 왼쪽의 파일 더미를 S.동지에게 전달한다.
S.동지는, 만약 H.동지가 체포될 경우―그런데 H.동지를 아직 동지라고 불러야 하나?―살기 위해서 그 자신에게 뭔가 불리한 진술을 할 가능성이 있는지 곰곰이 생각해본다. 문제가 될 만한 말을 그녀 앞에서 한 번이라도 한 적이 있었던가? 그럴 만한 일은 없는 것 같았기에, 그는 그녀의 파일을, 책상 오른쪽이 아닌 왼쪽에 쌓인 더미 위에 올린다.

그리고 왼쪽의 파일 더미를 L.동지에게 전달한다.

L.동지는 우선 파일에 첨부된 H.동지의 이력을 읽는다. 그는 이미 체포된 H.동지가 그녀의 남편임이 확실해지는 대목까지 읽어나간다. 남편 H.는 언젠가 토론 중에 그를 비판하면서, *바지 속에 엉덩이도 좆대도 없는 놈*이라고 했다. 그래서 그는, 개인적으로 전혀 알지 못하는 H.동지의 이력을 주저 없이 도로 파일에 넣어버리고, 서류철을 덮고, 책상 오른쪽이 아닌 왼쪽에 쌓인 더미 위에 올린다.

그리고 왼쪽의 파일 더미를 F.동지에게 전달한다.

F.동지는 H.동지와 그녀의 체포된 남편과 아주 잘 아는 사이이다. 그들 부부가 트로츠키파의 스파이라는 주장은 절대 사실일 리가 없다고 여긴다. 그의 책상 위 오른편에는 이미 파일이 다섯 개 쌓여 있다. 모두 그가 스탈린에게 직접 선처를 부탁해볼 좋은 친구들의 파일이다. 하지만 다섯 개 이상은 부탁해도 소용이 없다. 그는 이것을 안다.

그는 일어서서 선반에서 보드카 한 병을 꺼낸다. 유리잔의 가장자리까지 술을 가득 채우고, 입술에 갖다 댄 다음, 단숨에 잔을 비우면서, 작가연맹의 마지막 토의에서 자신이 *구제불능의 알코올중독자*로 불렸던 일을 회상한다.

그는 책상으로 돌아가 H.동지의 파일을 왼쪽에 놓는다. 그리고 나중에, 왼쪽에 있는 파일을 모두 소비에트 의원인 Shu.동지에게 넘긴다.

소비에트 의원인 Shu.동지는, 내무인민위원회의 명령 00439호, 00485호, 그 밖의 국가별 체포 할당량 관련 명령에 따라서, 1938년 10월, 이달 안으로, 독일인·폴란드인·고려인·그리스인·이란인을 각각 50명씩 체포해야 할 의무가 있다. 그는 알파벳순으로 체포자리스트를 정리한다. 각 국적별로 철자 A부터 시작한 것이다.

이란 할당량은 철자 N에서 끝난다.

그리스는 철자 S

고려인은 L

폴란드인은 D

독일인은 F까지.

리스트를 옮겨 쓰면서, 그는 작은 실수를 저지른다. 소련으로 이주해올 때 H.동지가 사용한 가명을, 그녀의 실제 이름과 혼동해버린 것이다. 그녀가 4년 전 소련으로 올 때 사용한 위조 여권의 이름은 리자 파렌발트, 즉 줄여서 F.였던 것이다.

그래도 그녀는 리스트의 마지막에 있었기 때문에, 각 나라별 리스트의 첫 10명에 해당하는 카테고리 1보다는 그나마 운이 좋다. 카테고리 1에게 내려지는 선고는 곧 총살형이기 때문이다.

반면에 카테고리 2, 즉 실수로 리자 파렌발트란 이름으로 기입된 H.를 포함하는 각 나라별 나머지 40명에게는, 8년에서 10년에 이르는 수용소 형이 준비되어 있다.

그러나 이 모두는, 다르게 진행되었을 수도 있다.

항상 H.동지를, 개인적인 대화에서, 즉 자기 아내에게 말할 때, 입술이 얇은 히스테릭한 여자라고 지칭하던 Ö.동지는, 어쨌거나 그녀의 파일을 책상 오른쪽이 아니라 왼쪽에 놓았을 것이다. 그리고 왼쪽의 파일을 B.동지에게 전달했을 것이다.

그런데 B.동지의 경우는 예를 들어 H.동지가 만들어주었던 훌륭한 사과파이뿐만 아니라, 앞으로 있을 수 있는 심문 과정에서 그녀가 B.동지를, 그가 다차에 왔다는 이유로, 아주 잘 아는 사이, 심지어는 친구라고 말해버릴 수도 있다는 생각이 떠올랐다면, 아마도 그녀의 파일을 오른쪽에 올려놓는 편을 택했을 것이다.

그러나 만일 그런 생각이 떠오르지 않아서 왼쪽에 있던 H.동지의 서류를 넘겨버린 다음이라고 해도, 그것을 전달받은 S.동지는 지난 3월 부카린에게 내려진 판결에 대해 당 그룹이 입장을 표명했던 집회가 끝난 직후, 한껏 의기양양해서 대담해진 기분으로, H.동지와 자신의 아내와 함께 서서 정치 농담을 주고받았던 일을 기억해낸다.

죄수 셋이 감옥에서 대화를 나누고 있다.

넌 왜 잡혀온 거야?

부카린 편을 들었다고 잡혀왔어.

그럼 너는?

난 부카린에게 반대한다고 잡혀왔지.

그럼 넌?

난 부카린이야.

그리고 셋은 함께 웃음을 터뜨렸다. 만약 H.동지가 심문을 받다가―그런데 H.동지를 아직 동지라고 불러야 하나?―S.자신이 그런 농담을 했다는 사실을 기억해낸다면 그건 분명 그에게 재앙이 될 것이다. 그래서 S.동지는 그녀의 파일을 왼쪽이 아니라 오른쪽에 놓기로 결정한다.

그가 그 일을 기억해내지 못할 경우에만, 파일은 왼쪽 더미에 놓이고, L.동지에게 전달될 것이다.

L.동지는 서류를 훑어보다가, 문득, 혹시 그가 늘 남몰래 감탄하면서 바라보았지만 한 번도 소개받을 기회가 없었던 화려한 붉은 머리

의 그 여자가 바로 H.동지가 아닐까, 하는 의문이 든다. 그는 마침 새 서류 더미를 들고 사무실로 들어오는 비서에게, 지나가는 말처럼, H.동지가 누군지 아느냐고 묻고, 비서는 빨간 머리 유대인 여자라고 대답한다. 그래서 그는, 비서가 나간 다음에, H.동지의 파일을 오른쪽에 놓는다.

비록 그녀가, 언젠가 공공연하게 자신을 *바지 속에 엉덩이도 좆대도 없는 놈*이라고 비판한 H.동지의 아내인 것이 분명하기는 했지만. 그러나 그가 아는 한 그녀의 남편 H.는 이미 체포되었다.

그런 다음 그는, 파일을 넘겨주기 전 잠시 동안, 빨간 머리 유대인 여자 H., 우윳빛 피부를 가진 그녀의 다리 사이가 어떻게 생겼을까 상상해보았고, 그곳의 털도 마찬가지로 빨간색일지 아니면 금색일지 궁금해 했을 것이다.

하지만 예를 들어 마침 그가 H.동지의 파일을 손에 들고 있던 바로 그 순간에 비서가 사무실로 들어서지 않았더라면, 파일은 L.동지의 책상 왼편에 놓였을 확률이 매우 높고, 그대로 F.동지에게 전달되었을 것이다.

이제 H.와 그녀의 체포된 남편을 잘 알고 있는 F.동지 차례다. 그는 그들 부부가 트로츠키파의 스파이라는 주장은 절대 사실일 리가 없다고 여긴다. 그의 책상 위 오른편에는 이미 파일이 다섯 개 쌓여 있다. 모두 그가 스탈린에게 직접 선처를 부탁해볼 좋은 친구들의 파일이다. 하지만 다섯 개 이상은 부탁해도 소용이 없다. 그는 이것을 안다.

아마도 그는 일어서서 선반에서 보드카 한 병을 꺼낼 것이다. 유리잔의 가장자리까지 술을 가득 채우고, 입술에 갖다 댄 다음, 단숨에 잔을 비우면서, 작가연맹의 마지막 토의에서 자신이 *구제불능의 알코올중독자*로 불렸던 일을 회상한다.

아마도 그는 책상으로 돌아가, 오른쪽에 있던 친구들의 파일을 다시 한번 더 찬찬히 살핀 후, 그중 한 개를 골라내 반대편으로, 왼쪽으로 옮기고, H.동지의 파일을 오른쪽에 놓을 것이다.

그리고 잠시 후, 왼쪽에 있던 파일들만이 소비에트 의원인 Sch.동지에게 넘어간다.

만약 그렇지 않다면? 그가 다섯 명의 친구 중 하나와 H.를 교환하는 대신, 그녀의 파일을 Sch.동지에게 넘긴다면?

그렇다 해도 Sch.동지는 파일을 자세히 살펴보던 중에, 리자 파렌발트, 줄여서 F.가, 사실은 H.동지이고, 진짜 이름대로라면, 이날 독일 동지들의 체포 할당량에 포함되지 않는다고, 카테고리 1에도 카테고리 2에도 속하지 않는다고 알아차릴 것이다. 분명 그럴 것이다.

일주일 후, 철자 H에서 M까지가 체포 할당량에 해당될 때, H.는 그날따라 예외적으로 오랜 여자 친구 O.의 집에서 잠을 잤다. 그 전날 카페 붉은 양귀비에서 우연히 친구를 만났고, 오직 그처럼 오랜 친구 사이에서나 가능한 솔직한 심정으로 자신의 외로운 처지를 털어놓았던 것이다.

남편 H.가 체포된 이후, 일생 동안 단 한 번도 겪어보지 못했을 만큼 처절하게 고독하다고 그녀는 친구에게 말했다.

그 말을 들은 O.는 팔로 그녀를 껴안고 카페에서 데리고 나와, 아르바트 거리를 함께 걸어 자신이 살고 있는 집으로 데려갔을 것이다. 밤늦은 시각, H.는 친구에게 아홉 살 난 사샤와 종이비행기 이야기를 하면서 눈물을 흘리기 시작했고, O.는 작은 방의 한쪽 구석에 매트리스를 깔고 친구가 자고 갈 수 있도록 잠자리를 마련해준다.

이런 이유로 내무인민위원회에서 나온 비밀경찰들은, H.가 할당량에 해당되는 그날 밤 집에서 그녀를 발견하지 못하고, 따라서 그 일은 지나가버리고 말았을 것이다. 왜냐하면 그다음 주에는 노이비드너와 같은 철자 N으로 시작하는 이름이 체포될 순서였고, 또 그 사이 H.동지가 신청한 소련 시민권이 승인되어서 그녀는 Sch.동지의 관할에서 영영 멀어졌기 때문이다.

1938년 말, 비밀경찰 책임자 예조프가 체포되면서 할당량에 따른 무조건 체포의 시기는 끝난 듯했으나 예조프 시대에 체포되었던 수많은 사람은 두 번 다시 돌아오지 못했다. H.동지는 남편의 생사와 행방을 알기 위해 수많은 편지를 썼으나 단 한 통의 답장도 받을 수 없었을 것이다. 남편에 대해서 수없이 묻고 다녔고, 담당자들이 짜증내면서 그녀의 눈앞에서 창구 유리문을 닫아버리는 것을 수없이 보고 들었을 것이다. 그녀와 같은 창구에 와서 물었던 좀 더 운이 좋은 다른 사람들은, 남편이나 아들이 다른 감옥으로 옮겨졌다고, 또는 이미 그곳에서 굶어 죽거나 얼어 죽었을 가능성이 높지만, 유형지로 보내졌다는 소식이라도 들을 수 있었다. 그러면 그들은 그 자리에서 소리 지르고 울부짖으며 통사정하기 시작했고, 어떤 이들은 소리 없이 눈물을 삼키거나 침묵에 빠지기도 했다.

그녀는 체포된 V.의 아내처럼 재봉사로 일하며 생계를 해결할 방도는 없었을 것이다. 그런 방면의 솜씨가 없고, 손재주는 *허접하고 조잡할* 뿐이었다. 또 모스크바의 독일어 학교인 립크네히트 학교의 교사로도 지원할 수 없는 것이, 교사들 거의 대부분이 전부 체포되는 바람에 이미 반년 전에 학교가 문을 닫았기 때문이다. 마르크스-엥겔스 연구소, 라디오 모스크바, 소련에서 독일어 책을 펴내는 출판사, 독일어 신문사 도이체 첸트랄 차이퉁에서도 모두 그녀가 체포된 H.의 아내라는 것을 알고 있었다.

그녀는 창녀가 아니었다.

아니 그랬던가?

신발 두 켤레에? 크림 1리터에? 감자 15개 또는 기름 반 파운드에?

존경하는 디미트로프 동지, 제발 저를 도와주시기 바랍니다. 일자리를 주세요. 죽어가도록 내버려두지 마세요.

육신이 계속 살 수 있도록, 그 육신과 육신의 구멍들을 한 시간 또는 반 시간 동안 파는 일이, 그토록 끔찍하게 나쁘단 말인가?

하지만 그러다 마지막 순간에, 인터내셔널 문학지에 소련의 시 번역가로 채용된 것이 누구 덕분인지, 그녀는 끝내 알지 못하고 말았을 것이다.

시가 한 언어에서 다른 언어로 번역되는 동안, 그 시는 어디에 머무는가? 오직 말의 중간지대에서 보내는 그 몇 시간만, 그녀는 사랑하는 남편과 자신의 불행을 잊을 수 있었으리라.

그녀는 번역을 했고, 겨우 굶어 죽지 않을 만큼의 보수를 받았지만, 그나마도 있는 것이 다행이었고, 그리고 독일인들은 전쟁을 시작했을 것이고, 남편은 여전히 행방불명인 채로, 그녀는 간혹 창문을 닦는 등의 일을 하면서, 여분의 돈을 벌었을 것이고, 독일인들은 불가침 협정에도 불구하고 소련을 공격했고, 남편이 여전히 집으로 돌아오지 않는 사이, 독일인들은 키에프를 폭격했을 것이고, 그녀는 남편을 기다리고 또 기다렸을 것이고, 디미트로프는 그녀에게 지하 라디오 방송, 인스티튜트 101 원고를 써 달라고 제안했고, 모스크바에 공습이 있었으며, 그녀는 라디오 방송 원고를 썼고, 모스크바는 독일인들이 알아볼 수 없도록, 널빤지와 페인트로 위장했으며, 그녀는 독일어로 말했고, 모스크바 강은, 강이 아닌 것처럼, 널빤지로 덮였고, 크렘린 궁전 벽은 일반 집들처럼 칠했고, 황금색인 둥근 지붕은 난데없이 초록색으로, 밤이면 공습을 피해 지하철역으로, 1941년 10월 초까지는 남편을 기다렸고, 그러다 라디오방송에서 한 남자와 마주치게 되는데, 그는 시인이며, 그녀는 예전에 그의 시를 읽고 훌륭하다고 생각했을 것이다.

만나서 정말 기뻐요.

러시아어를 아주 잘 하시네요.

오, 잘 모르겠는데요.

아니에요, 정말 잘 하세요.

소련의 시인인 남자, 그녀는 그가 거의… 그녀는 몸을 가졌을 것이니, 그, 그리고 그 둘은, 그다음, 오, 모든 구멍을, 뭐? 선사해버렸으니, 그러면서 남편을 생각했고, 하지만, 모든 것은 너무 늦어, 이제 어쩔 수가 없고, 아침이 밝아오자, 그가 아직 일어나기도…, 모스크바에는 공습이 계속되는 중이고, 의사는 말하기를, 신우염이라고, 그리고 쿠르스크역으로 대피했다가, 가방 네 개, 전쟁, 그다음 우파*로, 우랄산맥의 그 도시에 와서야, 증상은 신우염이 아니라, 6개월째, 모스크바는 버텨낼 것이다. 소련 시인은 그 사이 타슈켄트로, 그래서, 아기는

---

* Ufa, 러시아 남부 우랄 지방 바시키르 공화국의 수도.

아들이고, 시인에게 이런 사실을 알릴 만한 기회는 전혀 없었으며, 편지를 쓰지도 않았고, 두 번도 만나지 않았으니, O.동지가 아기를 위해 요람을, 계속해서 라디오 원고를 쓰고, 온통 불타버린 대지, 독일인을 위한 독일어 방송, 그에게 말을 전할 기회는 전혀 없었을뿐더러, 단 한 번도 편지를 쓰지 않았고, 그 역시 한 번도 찾아오지 않았다.

그러면 그녀의 남편 H.는? 독일 파시스트에 항거하는 글쓰기, 적에게 명분을 주지 않기, 개인적 운명의 개별 사건들을 과대평가하지 않기, 아이에게 일 년 반 동안 젖을 먹이고, 다른 이는 굶주리는데, 남편을 이제 영원히 잃어버린 걸까? 하지만 그것은 새로운 출발이고, 압도적인 성과이니, 옳은 일을 위한 희생이 크면 클수록, 그 일은 더더욱 옳은 것이 되는 법이다. 소리를 지르며 우는 아이, 이 아이는 그의 것, 진실로 그녀의 남편 H.의 자식이어야 했다. 훌륭한 기사, 무척 중요한 반파시스트 운동과 전쟁, 정말로 좋은 프로그램, 정녕 그녀는 남편을 이제 영원히 잃어버린 걸까? 아기를 돌봐줄 러시아인 베이비시터, 독일 파시스트의 심장 속으로 파고들 글을 쓰기, 포위, 스탈린그라드는 버텨낼 것이다, 그녀가 들어가면, 그들의 심장은 몸 안에서 고개를 돌린단 말인가? 세 살이 된 아이는, 독일인이라기보다는 러시아인에 가깝다. 마침내 전쟁이 끝나고 그녀는 가방 네 개를 들고 모스크바로 돌아온다. 그녀의 사랑하는 남편 H.를 여전히, 영원히, 잃어버린 채로, 아마도, 그리고 멀리 떠난 시인은, 아마도 계속해서, 러시아어로 시를 쓰고 있었으리라. 그녀의 아이는 러시아 말로 세계의 끝이 어디인지를 물었을 것이다.

동지들의 초대로, 그녀는 베를린으로도 갈 수 있는데, 그래, 왜 안 되는가, 어머니에게 보낸 그녀의 편지는 오래전부터, 동쪽으로 소개됨, 이란 스탬프가 찍혀 그녀에게 되돌아오곤 했고, 이제 빈에는 가족이라곤 하나도 없으며, 아마도 세상 어느 곳에도 없을 터다. 분명 그러하리라. 그러니, 벨로루스키역에서 베를린으로. 문화 관련 일, 재건. 아이는 아직 너무 어려서, 아버지가 누구인지, 또는 진짜 아버지여야 할 사람이 누구인지 말해줄 수가 없고, 그 아버지라는 사람도 너무 멀리 있어서, 아들 이야기를 해줄 수가 없으니, 그래서 어쨌든, 단 한 번도 편지를 쓰지 않았을 뿐 아니라, 그 어떤 말도, 하지 않았다. 새로운 시작. 무너진 잔해. 가방에서 꺼낸 『시시포스』, 마침내 책으로 출간.

나는 친구들을 보고 싶다!

네 친구가 누구지?

늑대, 여우, 유령들!

적어도 아직은 타슈켄트에 있겠지, 아니면 다른 어디에? 소비에트 시인 말이다. 남편 H.에게서는 아무런 소식이 없다. 사회주의 통일당. 말할 기회도, 편지 쓸 기회도 없다. 아이는 아직 아무것도 모른다. 첫 번째 희곡, 대성공, 존경하는 동지 H. 혹시 그녀의 남편이 아직 살아 있을까?

언젠가 내가 죽은 후에도, 내 장난감은 여전히 남아 있으리라.

아이에게는 사실을 말하지 않는다.

네 아버지는 하리코프에서 전사했단다.

그런 식으로.

늑대, 여우, 유령들.

그 밖에 한 마디도 더는.

제4권

1

H.동지는 60세 생일을 눈앞에 두고 우리의 곁을 영영 떠나고 말았습니다.
그는 화환 가운데 하나를 가리킨다.
일생 동안 그녀는 자신의 모든 능력을 다해 노동계급과 당에 헌신했습니다. 그녀를 잃는 것은 프롤레타리아 혁명예술의 선두에서 싸워온 모범적인 전사의 상실을 의미합니다.
그는 리본에 인쇄할 문구를 쓴다.
어머니에게.
검은 활자로 할까요 아니면 금색?
검은색으로.
오스트리아 공무원의 딸로 브로디에서 태어난 그녀는 빈에서 자랐고 1920년 공산당에 입당했고, 1933년 프라하를 거쳐 모스크바로 이주했습니다. 모스크바에서 처음에는 잡지 『인터내셔널 문학』지에서 소련 시의 번역자로 활동하면서 인민에게 문학을 소개하는 데 이바지했고, 비열하게도 히틀러 독일이 소련을 침략하자, 지하 방송 라디오 모스크바에서 반파시스트 활동을 활발하게 전개했습니다.

그렇죠, 장미꽃잎을, 무덤 속으로 뿌릴 예정이라고, 그가 말한다.

인터내셔널 문학망명에서 돌아온 후 그녀는 베를린에 정착했고, 이곳에서 평화와 사회주의를 위한 지칠 줄 모르는 열정을 담아 자신의 첫 문학 작품을 발표하기 시작했습니다. 인터내셔널 문학.

얼마나 많이?

보통 얼만큼 사가는지요?

한 바구니, 두 바구니, 다섯 바구니—유족들의 규모에 따라 다 다르죠.

그렇다면 다섯 바구니, 그가 말한다.

그 후 그녀는 소설, 희곡, 단편, 르포, 라디오용 극본 등 중요 작품들을 발표하며 동독의 예술과 문화 발전에 크게 기여했습니다. 이 위대한 예술가는 거의 타의 추종을 불허하는 수준으로, 세계에서 가장 의로운 분투가 무엇인지를 우리 민족에게 깊이 자각시켰습니다.

2

그녀는 추락하면서, 자신이 추락한다는 것을 안다. 그리고 난간이 너무 멀리 떨어져 있어 왼손을 뻗어도 닿지 못한다는 것, 오른손으로는 더더욱 불가능하다는 것을 안다. 그때 그녀의 머리에는 불현듯 빈의 집 난간이 떠오른다. 소녀이던 그녀에게 난간 끝의 독수리 장식은 얼마나 커다랗게 느껴졌는지, 항상 계단에 고여 있던 석회와 먼지 냄새, 떨어지고 있는 그녀에게 이 모든 회상이 떠오른다. 마치 기억이 곧 추락인 것처럼. 이제 비로소 생애 처음으로, 그녀는 정말로 타락한* 여자가 된다. 만약 이것이 죽음의 순간만 아니라면, 그녀는 웃음이 터졌으리라. 어머니도 마지막 숨을 거두면서 그녀를 생각했을까? 그나저나 이것이 정말로 마지막 순간인 걸까? 당시, 서베를린 라디오 방송에서 흐루쇼프의 비밀 연설을 들었을 때 그녀는 심근경색을 겪고도 살아남았는데, 지금은 그야말로 말 그대로 한 발짝을 헛디뎠기 때문에 죽어야 하는가? 첫째 장은 비극이고, 둘째 장은 항상 익살극이라니, 단지 지금 이 순간이 자신의 최후임을 알기 위해서 그녀는 마르크스를 읽었단 말인가? 인간은 최후의 순간을 어떻게 아는 것일까? 그 어떤 다른 때보다 더 많은 생각이 머릿속을 스쳐지나가는 것으로? 그런데 입을 쩍 벌리고서, 사람이 할 수 있는 생각이란 생각은 전부를 집어삼키는 이 심연은 뭐란 말인가? 그녀는 의아하다. 이 순간이 오기 전 그 심연은 어디에 도사리고 있었던 걸까? 그녀가 삶 바깥으로 추락하고 나면, 그녀의 아들은 어떻게 되는 걸까?

3

어머니가 화장되는 날 오전, 아들은 집에서 두 시간 동안, 어머니가 글을 쓰던 책상 앞에 앉아서, 시간이 흘러가기를 기다린다.

그동안 그녀의 작품은 우리 공화국의 수많은 상을 수상했으며 그중에는 〈G. 동지 메달〉을 비롯하여 〈위대한 조국 공로훈장〉과 〈괴테상〉 등이 있습니다.

의자는 푸른색 인조 가죽으로 덮인 회전의자였다. 어린 시절 그는

---

* 'gefallen'이란 단어에는 '추락한'이라는 의미 외에 '타락한'이라는 의미도 있다.

종종 그 의자 위에 올라타 현기증이 날 때까지 빙글빙글 돌리곤 했다. 하지만 어머니가 그 의자에 앉아서 한 번이라도 그렇게 회전했을 것 같지는 않다.

아름다움과 진실을 향한 그녀의 활동은 고국의 통일과 평화를 위해 투쟁하는 우리에게 크나큰 유산과 자극으로 남을 것입니다.

4

어머니에게, 그녀는 전쟁이 끝날 무렵 어머니에게 편지를 썼다. *어머니에게, 나는 아주 잘 지내고 있어요. 그 사이 아들도 하나 생겼답니다. 지금 세 살이고 이름은 사샤라고 해요.*

어머니가 아버지 공무원 외투의 금색 단추가 든 상자를 모스크바로 보내준 게 언제였지? 그 일로 어머니에게 감사의 답장은 쓰지 않았다. 어머니가 남편의 남은 기념품마저도 몽땅 치워버리고 싶어 한 거라고 생각했으니까. 어머니는 진정한 사랑이 뭔지 모른다고 생각했으니까. 전쟁이 시작되고 그녀가 우파로 이주하면서 빈과의 연락은 완전히 끊겼다. 전쟁이 끝날 무렵이 되어서야 그녀는 라디오 일을 하면서 독일 점령지의 유대인들이 어떤 일을 당했는지 알게 되었고, 어머니의 소포를 언제 받았는지 생각해보았다. 아마 1939년이었을 거야, 아니 1940년이던가?

어머니에게, 나는 아주 잘 지내고 있어요. 그 사이 아들도 하나 생겼답니다. 지금 세 살이고 이름은 사샤라고 해요.

편지는 동쪽으로 소개됨이란 스탬프가 찍혀서 되돌아왔다. 그렇게 봉인되고, 스탬프가 이중 삼중으로 찍힌 편지는 되돌아온 상태

그대로 이불장 서랍 속 시트 아래 놓여 있다. 그리고 이제 언젠가는 그녀의 아들이 편지를 발견할 것이다. 이제 그녀에게는 아무런 비밀이 남아 있지 않다. 그녀는 아들을 더는 보호할 수 없다. 그녀 자신도 보호할 수 없다.

5

오전에 출근하던 가정부가 그녀를 계단 아래에서 발견했다. 10시 30분경, 또는 그보다 좀 더 이른 시각일 가능성도 있는데, 그때 아들은 학교에서 괴테의 시 「환대와 작별」$^{\text{Willkommen und Abschied}}$에 관한 산문을 막 완성했다. 그의 인생이 송두리째 바뀐 그 순간은, 이전이나 이후의 순간들과 전혀 달라 보이지 않았다. 아마도 그녀는 위층에서 옷을 막 갈아입고 아래층 서재로 내려가려던 참이었을 거라고 가정부가 말한다. 계단은 위험하거든요, 라고 가정부가 말한다. 아이였을 때 그는, 어머니가 보지 않을 때면 항상 난간을 미끄럼타고 내려갔다. 그는 떨어져서 다리나 목을 부러뜨릴 수도 있었다. *제발, 계단에서 굴러 떨어지지는 말아줘*, 하고 어머니는 말하곤 했다. 당연히 어머니는 한 번도 난간을 미끄럼타고 내려간 적은 없고, 늘 한 발짝 한 발짝씩, 한 계단 한 계단씩 올라가거나 내려갔다. 그럼에도 계단은, 가정부의 말대로, 분명 위험하다.

6

친척들은 다 어디 있는 거냐고, 조금 더 나이가 든 다음 아들은 물었다. 그러자 그녀는 대답했다. 빈에 공습이 있었어. 대답하기 더 쉬웠을 다른 질문들이 얼마나 많은데. 예를 들어 사과파이를 만들 때 어떤 종류의 사과를 사용하는지. 이제 그녀는 추락했다. 이제 그녀는 계단에서 굴러 떨어졌는데, 그 계단은 그녀를 집의 1층, 그녀의 서재로 이끈 것이 아니라, 현관으로, 부엌으로 이끈 것이 아니라, 계단은 그 어떤 초자연적인 일도 믿지 않는 그녀를, 자신의 집 2층에서, 곧장 암흑으로 데려갔다. 순식간에 그런 일이 벌어지리라고, 존재와 무 사이에 가로놓인 심연이 갑자기 입을 벌리리라고, 그녀는 단 한 번도 생각해보지 못했으리라.

   정말 한 번도 없어? 여동생이 묻는다.

   인생의 한가운데서, 그것도 변변찮은 계단 위에서 그런 일이 닥치리라고는.

   언니는 늘 그렇듯이 앞으로 나가려고만 하니까.

   무슨 소리야. 난 너무 무거워. 그래서 그런 거야.

   언니는 잘 지낸 것처럼 보여.

   결코 다시는, 굶주림에 위협당하지 않으려고.

   그래, 언니는 해냈어.

   그리고 이제는 너무 거대해져서 죽은 거지.

   말도 안 돼.

   그래서 매년 요양하러 갔어.

   음식에 위협당하지 않으려고 말이지?

   한 번은 12킬로그램을 뺀 적도 있어.

   그거 상당한데.

   하지만 지금은?

7

가정부는 말하기를, 그녀를 실으러 온 사람들이 그녀를 조심해서 다루도록 자신이 챙겼다고 한다. 그녀의 다리 하나가 난간에 걸려버렸고, 머리는 아래로 향하고 있었지만, 그 이상 상세한 묘사는 하고 싶지 않다고. 그가 학교에 갈 때만 해도 그에게는 어머니가 있었다. 그가 학교에 갈 때만 해도 어머니는 목욕 가운 차림으로 정원의 대문까지 그를 배웅해주었다. 기온이 10도까지 올라가지 않았거나, 혹은 10도 이하의 날씨에는 늘 그렇듯이. 이제 그는 학교에 처음 들어갈 때보다 거의 두 배나 키가 컸지만, 그래도 어머니는 손에 모자를 들고 정원 대문까지 따라 나오기를 멈추지 않는다. 얘야, 모자 써야지. 오늘 아침까지도 그랬다. 거리 모퉁이가 꺾이는 곳, 어머니가 그를 볼 수 없는 곳에 다다르면, 그는 모자를 벗는다. 그는 조금도 춥지 않은데, 어머니는 그 말을 믿지 않는다. 가정부는 그만 집에 가고 싶다고 말한다. 오늘 일어난 일 때문에 가슴이 두근거리고 진정이 안 된다고. 하지만 만일 그가 도움이 필요하다면, 내일이나 아니면 언제라도, 자신의 집을 알 테니. 집에 간다. 그는 고개를 끄떡이고, 그녀가 나간 다음 문을 닫는다.

이제 어떻게 이 계단을 올라가야 하는가? 계단에 덮인 카펫 한 부분이 긁혀 있다. 그 자리일까? 아니면 원래 있던 자국일까? 어머니는 미끄러진 걸까 아니면 발을 헛디딘 걸까? 호흡을 멈추었을 때 그녀의 머리는 계단 어느 칸에 있었을까? 하지만 설령 그가 어머니의 마지막 순간에 관해 모든 걸 다 안다고 해도, 지금, 어머니가 죽었다는 사실 자체가 무슨 의미인지는 알지 못한다.

어제 위대한 예술가로서 〈G.동지 메달〉을 비롯하여 〈위대한 조국 공로훈장 금장〉과 〈괴테상〉 등 우리 공화국의 수많은 높고도 중요한 상을 수상한 H.동지가 갑작스러운 사고로 세상을 떠났습니다. 우리는 용감한 반파시스트 활동가였으며 노동계급을 위해 평생을 바친 H.동지를 영원히 존경하고 기억할 것입니다.

8

그녀는 추락한다. 추락하면서 자신에게 묻는다. 정녕 이 추락이, 목이 부러지면서 끝날 것인지.

카스타니안 알레, 쇤하우저 모퉁이 전차 정류장 때문에 청원을 넣었는데, 아직도 아무런 대답을 듣지 못한 거 알아?

기다리면 답을 해줄 거야. 남편은 얼굴을 가린 머리카락을 뒤로 젖히면서 말한다.

정류장을 위쪽으로 옮기기만 하면, 거기서 매일매일 벌어지는 지독한 교통체증도 사라질 텐데.

그녀는 추락한다, 추락하면서, 자신이 추락한다는 사실을 수치스럽게 여긴다.

누구에게나 일어날 수 있는 일이야.

난 란스베르크의 양로원 상황에 대해서도 편지를 썼어. 그곳에는 직원들이 더 많이 필요해. 거기 노인들 상황이 무척 열악하다는 말을 들었거든.

그건 참 잘했어.

그리고 인투리스트 여행사의 핀란드 여행에 대해서도. 완전 엉망이라더군.

핀란드는 아름다울까?

그야 물론이지. 그리고 우리 인민공화국의 기화기 필터공장에서 부품을 직접 주문할 수 없다는 게 말이 돼?

그럴 리가.

그건 반드시 바뀌어야 해.

그야 물론이지.

그녀는 추락한다. 완벽하게 작동하기 위해 아직도 그녀가 할 일이 너무나 많이 남아 있는 이 세계에서 떨어져 나간다. 그녀가 없다면, 누가 이 나라를 돌볼 것인가? 그녀의 나라이며, 아직도 어린아이와 같은 나라를?

9

그는 어머니의 보이지 않는 몸을 넘어, 정확히는 어머니의 몸을 뚫고, 계단을 올라 2층으로 간다. 이제부터 그는 계단을 올라갈 때마다 어머니의 보이지 않는 몸을 넘거나, 뚫고 지나가게 될 것이다. 사실 어머니는 그냥 자리를 바꾸었을 뿐이다. 하지만 그는 그 자리가 어디인지 알지 못한다. 시간과 영원. 그런데 사람은 영원 속으로 한 발짝도 내디딜 수가 없다. 추락해서만 영원에 닿을 수 있다. 그렇다면 추락은?

정원 문에서 작별할 때 어머니가 입고 있던 목욕 가운은 욕실에 걸려 있다. 어머니가 옷을 입은 다음에는 항상 그렇게 걸려 있었다.

그가 손을 뻗어, 자신도 이유를 모른 채, 목욕 가운 주머니에 넣자, 그 안에는 사용한 휴지가 들어 있다. 그 휴지는 어머니가 추락해 나가버린 현재에 머물러 있다.

한 번만 더 무너진 담벼락에 기어 올라가기만 해봐!

그가 없으면 어머니는 이 세상에서 혈혈단신이 된다. 그런데 이제 반대로 되었다. 그는 보이지 않는 어머니를 통과하여, 다시 계단을 내려온다.

그저께 비극적인 사고로 갑작스럽게 세상을 떠난 우리의 위대한 작가 H.만큼 사회주의 재건을 생생하게 묘사한 사람은 거의 없었습니다.

그런데 모든 것은 예전과 마찬가지로 변함이 없다. 응접실 테이블의 꽃다발은 여전히 싱싱하다. 그는 문화부장관이 몇 번이나 앉았던 소파에 앉는다. 어머니의 친한 친구이자 사스니츠 생선가공업연합 샐러드작업반의 대장인 대통령의 딸도 그 자리에 앉았다(그 샐러드작업반은 존경의 표시로 그의 어머니 이름을 따서 명명되었다). 또 그 자리에는 초창기 운동가인 아돌프 헤네케도 앉았다. 헤네케는 두 집 건너에 살고 있다. 여덟 살짜리 파이오니아 단원들이 단체로 이 소파에 앉아 그의 유명한 어머니에게 작가가 되는 법을 묻기도 했고, 류머티즘에 걸린 한 여인도 지금 그가 앉아 있는 바로 이 자리에 앉아서, 자신이 소치의 요양소로 갈 수 있게 진정서를 한 통 써달라고 어머니에게 부탁했다. 뿐만 아니라 작가 연합의 의장도 이 자리에 앉았으며, 한 번은 베를린 폴크스뷔네 극장의 총감독이 어머니의 유명 작품에서 주연을 맡은 유명 배우를 데리고 와서 이 자리에 함께 앉았고, 어머니와 같은 시기에 조국공로훈장을 받았던 유명 조각가도 여기 앉은 적이 있으며, 최근에 한 번은 유명 작곡가가 어머니의 텍스트를 기반으로 오페라를 작곡하겠다며 찾아와서 여기에 앉았다.

이제 그녀의 열일곱 살 난 아들인 그가, 조금도 시들지 않은 싱싱하기만 한 꽃다발 앞의 이 소파에 앉아, 손님을 맞을 때면 그녀가 항상 앉곤 하던 맞은편 안락의자의 보이지 않는 어머니를 바라본다.

그러면 아버지는?

네 아버지는 하리코프에서 전사했단다.

날이 점점 어두워지는 동안, 그는 어머니 없이 살아야 할 긴 시간을 상상해보려 한다. 어머니의 삶이 끝나면서, 그가 가진 어머니의 기억도 그 자리에서 함께 멈추어버린다. 사람은 자신이 가진 것을 가질 뿐이다. 어머니는 항상 말했다. 그러나 조만간 그는 망각으로 어머니를 다시 한번 더 상실할 것이다. 한 조각, 한 조각씩 잃어가면서.

응접실에서 테라스로 이어지는 커다란 창은 이제 완전히 어둡다.

오랜 세월, 봄부터 가을에 이르는 수많은 저녁, 그는 어머니와 함께 이 테라스에 앉아 있었다. 이 자리에서 어머니는 모스크바 시절 여름을 보내곤 했던 발렌티노브카 이야기를 해주었다. 어머니, 하리코프에서 전사한 아버지, 어머니의 친구인 O.와 함께 보냈던 여름. 이곳의 나뭇잎들은 그곳과 똑같은 냄새가 난다고 어머니는 항상 말하곤 했다. 단 하나 차이라면, 발렌티노브카에는 길 건너편에 강이 있어서 매일 아침, 아침식사 전에, 수영을 할 수 있었다고. 아마도 어머니의 이 이야기 덕분에 그는, 누군가가 모스크바에 대해서 말하는 걸 들을 때마다, 나무들 그리고 촉촉하게 젖은 풀밭에 떨어진 노란 이파리들이 눈앞에 떠올랐고, 크렘린의 황금탑이 아니라, 햇살을 받아 눈부시게 반짝이는 작은 강과 수면 아래서 물살을 따라 이리저리 가볍게 너울거리는 수초와 작은 물고기들을 볼 수 있었다.

어머니는 그때도 폭풍우를 두려워했을까? 그가 기억하는 한 어머니는, 천둥과 번개뿐 아니라, 갑자기 집 안으로 불어 들어와 온갖 것을 날려버리는 바람도 무서워했다.

테라스문을 꼭 닫았니?

네.

식당 창문도 닫았고?

네.

그럼 난 올라갈게.

그래요.

테라스문 닫았지?

닫았다니까요. 그러면 어머니는 위층 침실로 올라가서, 문을 꼼꼼하게 닫고, 바람과 뇌우가 잦아들고 빗소리만 들릴 때까지 방에서 한 발짝도 나오지 않았다.

그러나 포근한 저녁이면, 그와 어머니는 어둠이 깔릴 때까지 테라스에 앉아 있을 때가 많았다. 어머니는 책을 읽고, 그는 숙제를 하거나 *자유독일 청년단*의 학급월별보고서를 작성했다.

좀 도와줘요.

뭘 했는데?

페르가몬 박물관에 갔어요.

그러면 페르가몬 박물관에 갔다고 쓰면 되잖아.

그것만으로는 부족해서요.

오, 알겠다. 그럼 이렇게 써라. 우리는 고대 노예제 사회를 보면서 계급투쟁의 역사에 대해 공부했습니다.

좋네요.

페르가몬 제단으로 올라가는 계단이 얼마나 높은지 봤지?

네.

그게 바로 신들 앞에서 경외심을 가지게 하려고 만든 방식이야.

그 말도 쓸까요?

아니.

어머니는 바깥에서 등불 가까이 앉아 있고, 그는 물 한 잔, 편지지와 자를 가지러 잠시 집 안으로 들어간다. 돌아오면서 그는, 깊고 어두컴컴한 집 안에서 어머니의 등을 내다본다. 어머니는 무릎에 책을 펼쳐놓고 앉았지만, 책을 읽지는 않는다. 어머니는 밤의 내부를 바라보고 있다. 어머니는 그를 돌아보지 않는다. 그가 곧 오리라는 것을 어머니는 안다. 어머니는 두꺼운 겉옷을 걸쳤다. 날이 쌀쌀하기 때문이다.

왜 내 이름을, 알렉산더라고 하지 않고 평범하게 사샤라고 붙였어요?

왜 다락방에는 한 번도 안 올라가는 거예요?

사과파이 만드는 데 가장 좋은 사과는 어떤 종류예요?

어머니와 함께, 이 질문의 대답도 죽었다.

내가 4월에 우파에서 태어났을 때, 아직도 눈이 쌓여 있었어요?

내가 처음으로 한 말이 독일어인가요 러시아어인가요?

내 베이비시터 이름은 뭐였어요?

어머니와 함께, 그를 바라보는 어머니의 눈길도 죽었다. 그의 기억 저편에 놓인 모든 것이, 그녀와 함께 죽었다. 그가 너무 어리기 때문에 어머니가 지금까지 해주지 않았던 말들, 이제 그는 앞으로 영영, 설사 여든 살이 된다 해도, 그것을 들을 만큼 충분히 나이 들지 못한다.

어머니는 정말 아버지 사진을 한 장도 갖고 있지 않은 걸까?

보이지 않는 어머니는 그에게 등을 돌리고 앉아서, 아무런 대답도 하지 않는다.

10

그들이 이 나라에서 해보려고 시도했던 일들을 말해주었지만, 아들은 그녀에게 귀를 기울이기는 했을까?

햇살이 환한 고요한 안식일, 누군가의 손바닥이 벌어지며 거기서 한 통의 편지가 다른 누군가의 펼친 손 안으로 떨어진다.

왜 갑자기 이 순간에, 반평생 전에 할머니가 들려준 이야기가 떠오르는 걸까?

하지만 한 사람은 편지를 전달하려고 했고, 다른 한 사람은 편지를 받으려 했잖아요, 하고 그녀는 할머니에게 항의했다.

그랬지.

의지는 일이 아니라는 건가요?

이 질문에 할머니가 했던 대답을 기억할 수만 있다면, 모든 것이 다시금 잘 풀릴 텐데.

하지만 그녀는 생각나지 않는다.
그녀는 추락한다.

11

어머니를 잃게 될까봐 그는 자주 두려움을 느꼈다. 간혹 어머니는 순식간에 정신을 잃고 쓰러졌고 심한 호흡곤란을 겪어서, 매번 그는 어머니가 질식하는 게 아닌가 생각하기도 했다. 그럴 때 어머니는 평소와 아주 다르게 보였다. 그의 어머니 같지가 않았다. 어머니가 위기를 넘겼다는 말은 그에게는 곧, 그가 아는 어머니로 되돌아왔다는 의미였다.

어머니가 자신의 *상태*라고 표현하는 것은, 어쩌면 그의 책임은 아닐까?

어린 시절, 그는 어머니가 너무나 쉽사리 자제력을 잃는다는 사실을 종종 잊곤 했다. 예를 들어 언젠가 한번 카니발 의상으로 베갯잇이 필요해서 어머니의 비밀 고리에 걸린 이불장 열쇠를 가져갔다. 어떻게 감히 어머니의 허락도 없이 그녀의 장롱을 뒤지려고 했단 말인가? 또 한번은 친구들과 정원에서 폭죽을 터뜨리면서 놀았을 때였다. 아니면 나는 법을 배우겠다고 우산을 쓰고 테라스 지붕에서 뛰어내렸을 때. 어머니가 자기를 찾아내는지 보려고 다락방 상자 속에 숨어 있었을 때. 어머니가 절대로 다락방에 발을 들이지 않는다는 사실을 알고는 있었지만 말이다. 마침내 그가 숨어 있던 곳에서 나오자, 이미 현관에는 경찰 두 명이 보였고, 어머니는 계단 제일 아래칸에 앉아서 눈물을 흘리며 울고 있었다.

계단.

그리고 3년 전에, 어머니가 늘 표현하던 대로, 중대 *사건*이 있었다. 어머니가 여행에서 돌아온 날, 마침 그의 첫 번째 여자 친구가 집에 있었다. 그는 초인종 소리를 듣지 못했다. 어머니는 노크도 하지 않고 갑자기 그의 방으로 들어왔다. 그리고 키스하는 어린 커플을 보자, 즉시 문을 닫았다. 그는 최대한 신속하게 여자 친구를 집 밖으로 내보냈고, 그녀는 두 번 다시 그의 집에 오지 않았다. 하지만 그럼에도, 어쩌면 이 중대 *사건*이 어머니의 첫 번째 심근경색과 관련이 있을지도 몰랐다. 그로부터 겨우 몇 주 후에 어머니는 서재에서 쓰러져 앰뷸런스에 실려 가야만 했기 때문이다.

최근에는 어머니가 검사받느라 병원에 입원하거나 요양하러 가거나 여행을 떠날 때면 그는 가정부와 둘이 집에 머물렀다. 가정부는 그가 학교에서 돌아오면 요리를 해준 다음 집으로 갔다. 가정부는 땀 냄새가 났다. 그가 더 어렸을 때 어머니는 집을 비울 때마다 매번 입주보모를 구해두었다. 낭독회나 연극 초연 때문에 다른 도시로 갈 때, 또는 작가 연맹의 대표로 폴란드나 체코슬로바키아 또는 헝가리로 갈 때. 보모 가운데 한 명은 책을 읽어주는 발음에 물기가 흠뻑 스며 있었다. 다른 보모는 인사를 하면서 그의 뺨을 꼬집었고, 세 번째 보모는 어둠이 무서워진 그가 그녀를 불러도 원칙에 따라서 절대 침대로 다시 오지는 않았다.

가정부는 땀 냄새가 났다.

적어도 이제 그는 어머니 걱정을 할 필요가 없다.

어머니는 이제 두 번 다시는 그가 아는 어머니로 되돌아오지 않을 것이다.

그러면 아버지는?

네 아버지는 하리코프에서 전사했단다.

12

마치 마지막 순간이, 다른 마지막 순간 속에서 동시에 일어나는 것처럼, 그녀는 할머니에게 작별 인사를 하던 오전을 생생하게 기억한다. 가명을 사용하여 프라하로 떠나기 하루 전날. 작은 괘종시계가 맑고 텅 빈 소리로 막 11시를 치고 있었고, 할머니는 그녀를 위해서 할라빵 몇 개를 천으로 쌌고, 빵 만드는 법이 적힌 쪽지도 함께 건네주었다. 할머니의 손 피부는 너무나 얇아서 보라색 정맥이 흐릿하게 비쳐보였다.

그러나 시간은 마지막으로 일어난 많은 일을, 마지막이라고 호명해주지도 않고, 그대로 삭제해버리고 만다. 언젠가 어머니는 그녀의 머리를 마지막으로 올려 묶어주었다. 언젠가 그녀는 부엌 식탁에서 동생이 숙제를 하는 동안 마지막으로 설거지를 했다. 언젠가 그녀는 마지막으로 붉은 양귀비 카페에 앉아 있었다. 일생 동안 그녀는, 그것이 마지막인지도 모른 채, 셀 수도 없이 여러 번 마지막으로 무엇인가를 했다.

그러니까 죽음은, 한순간에 일어나는 것이 아니라, 일생에 걸친 전선戰線 같은 것일까? 그러니까 그녀는, 지금 단지 이 세상 밖으로 추락하는 것이 아니라, 모든 가능한 세상 밖으로 추락하는 것일까? 빈의 밖으로, 프라하의 밖으로, 모스크바의 밖으로, 베를린의 밖으로, 사회주의 형제국들의 밖으로 그리고 서구 세계의 밖으로 추락하는 것일까? 세계 전체뿐만 아니라 모든 시간의 밖으로, 과거의 시간, 미래의 시간, 현재의 시간 밖으로 추락하는 것일까? 그러면, 이제 아들은 어떻게 되는 걸까?

13

 장례식에서, 어머니의 유골 항아리가 앞쪽 연단 위, 두 개의 깃발 사이에 놓여 있다. 왼쪽의 붉은 깃발은 왼쪽으로 휘날리는 모양으로, 오른쪽의 국기는 오른쪽으로 휘날리는 모양으로 주름이 잡혔다. 마치 유골 항아리 양쪽에서 거센 바람이 나오는 것처럼, 그런 모양을 처음 고안한 사람은 누구일까? 유치해. 어머니는 분명 그렇게 말했으리라.
 최근에 어머니는 미용사에게 가서 머리 염색을 새로 했다. 그렇게 갓 손질한 어머니의 머리는 화장되었고 어머니의 얼굴도 재로 변했으며 양 어깨도, 손가락 끝이 통통한 손도, 둥근 무릎도, 발도, 진줏빛 매니큐어가 칠해진 발톱도 모두 청동색 용기 속에 담겨 있다. 그는 어머니의 알몸을 한 번도 본 적이 없다. 하지만 어머니가 잠든 모습, 의자에 앉아서 다리를 꼰 모습을 보았으며, 기다리는 모습을 보았고, 잔에 물을 따르는 모습, 일어서서 외투를 입는 모습, 핸드백을 향해 손을 뻗고, 나가는 모습을 보았다. 어머니의 몸은 그가 세상에서 가장 잘 알고 있는 풍경이었다.

14

아주 나이 많은 한 여자가 그녀 앞에서 은방울이 달린 상아 딸랑이를 흔든다. 멈춘다. 다시 흔든다. 멈춘다. 은방울이 세 번 울리면, 그녀는 극장으로 들어갈 수가 있다.

15

한가운데, 유골함이 놓인 연단에 기대어, 리본에 검은 글자가 인쇄된 그의 화환이 있다.
어머니에게.
그 앞에는 당 중앙위원회가 보낸 화환.
동지의 큰 업적을 기리며.
내각평의회 화환.
충성스러운 투사를 위해.
인민의회 화환.
사회주의식 인사를 보내며.
동독의 수도 베를린 시당국이 보낸 화환.
우리 도시의 영예로운 시민에게.
작가 연맹의 화환.
위대한 작가에게.
그리고, 잊을 수 없는.
문화협회의 화환.
작별 문구를 하나하나 전부 읽을 수 있도록 리본을 묶은 사람은 누구일까?

2주일 전, 그는 앞으로 2주일 후에 이 유골함 앞에 앉게 될 운명이었지만 그것을 전혀 알지 못했다.

유골함 오른쪽 석조 단에는 빌로드 쿠션 위에 G.동지 메달, 조국 공로훈장, 괴테상 그리고 노동자 현수막 두 개.

10일 전에는, 앞으로 10일 후에.

그리고 유골함 오른쪽 테이블 위에는 어머니의 책들이.

연주되는 음악은, 프로그램에 적힌 대로, 베토벤이다. 누가 음악을 골랐을까?

그러니까 시간은, 어머니가 죽는 순간까지, 점점 더 빠르게 쏟아져버렸던 것일까? 왜 그도, 어머니도 아무것도 눈치채지 못했던 것일까?

16

종이 뭉치를 통째로 위에서 아래로 단번에 자른 건, 다름 아닌 그녀 자신이다.

17

첫 번째 연설자는 문화부장관이다.

우파에서 그의 아내가 처음으로 내게 기저귀를 두 개 주었어.

그리고 다시 음악이 연주된다. 이번 곡은: 불멸의 희생자여, 너희는 죽어 가라앉았구나. 우리는 여기 서서 몸과 마음의 고통으로 슬퍼한다.

나는 러시아어 가사가 더 좋아.

두 번째 연설자는 예술 아카데미 회장.

그는 글도 쓸 줄 아는, 조직원 유형의 인간이지.

일주일 전, 어머니는 아직 살아 있었다. 그때쯤에는 이미 삶의 여유분이 최후의 한 방울까지 모조리 빠져나간 다음이지만, 어머니는 평상시와 다름없이 느리게 움직였다. 그는, 예를 들어서 어머니가 뛰는 것을 한 번도 보지 못했다. 벌써부터 어머니는 멀리서 보면 확연하게 늙은 여자였다. 구부정하고, 어딘지 모르게 휘었다. 오십 세부터 이미 그랬다.

18

이 사람들은 다들 무엇을 얻으려고 기다리는 건가? 이곳의 어둠은 공짜가 아니던가? 그러나 어둠은 아무리 많아도 굶주림을 달래주지 못한다.

19

마지막으로 하이든 곡이 연주되면서, 사람들은 모두 일어서고, 아들은 장례식 책임자와 이야기한 대로, 자신의 화환을 가지러 앞으로 나간다. 유골함, 어머니의 훈장이 놓인 빌로드 쿠션, 책들, 깃발과 공식 화환은 경비대 군인들이 장례식 행렬 제일 앞에서 들고 묘소로 옮긴다. 아들은 가장 가까운 유족으로서 유골함 바로 뒤에서 따라가지만, 유골함을 든 군인이 너무 천천히 행렬을 인도하고 있기 때문에 그의 뒤꿈치를 밟지 않도록 주의해야만 한다. 경비대는 장례식 애도객들을 너무 느리게 걷게 함으로써 억지로 슬픔에 빠지도록 만들려는 것일까? 경비대는 규정된 슬픔의 수준이 유지되도록 경비할 의무가 있는 것일까?

20

어둠 속에서 누군가 조그만 손 하나를 그녀에게 내미는데, 손바닥 위에는 노란 것이 올려져 있다. 오, 마침내 사샤가 그녀에게 레몬을 건네주는구나. 그토록 오랜 세월 기다려온 레몬을.

21

무덤에 도착하자 기수들은 유골함이 땅속으로 내려가는 동안 들고 온 두 개의 깃발을 내려놓는다.
인민이여 들어라, 최후의 심판 나팔 소리를.
그가 분명 잘못 들었으리라, 노동계급의 나팔 소리는 최후의 심판이 아니라 최후의 결전을 알려야 할 텐데. 하지만 생각해보면 죽음이야말로 최후의 결전이 아니겠는가.
인터내셔나-아-알. 인간의. 권리를 쟁취하라.
이제 아들은, 미리 약속한 대로, 무덤 왼쪽, 어머니의 책이 놓인 탁자 앞으로 가서 선다. 무덤의 다른 편에는 훈장과 빌로드 쿠션이 단위에 놓여 있다. 훈장과 무덤 사이에서 묘지 직원이 조문객에게 그

가 미리 준비한 장미꽃잎을 나누어준다. (다섯 바구니)

줄을 선 사람은 일단 어머니의 훈장이 놓인 빌로드 쿠션을 거쳐, 묘지 직원 앞을 지나, 청동색 단지가 구덩이 바닥에 내려가 있는 무덤에 이르고, 그다음에 망자의 유일한 아들인 그 앞에 이르게 된다.

아들은 악수한다.

그는 대통령 딸의 손과 대통령의 손을 잡고 악수하고, 베를린 폴크스뷔네 총감독의 손을 잡고 악수하고, 그 밖의 수많은 유명 작가, 유명 조각가, 유명 작곡가의 손을 잡고 악수한다. 그는 류머티즘 걸린 여자의 손을, 동독 수도 베를린 주재 소련 대사 손을, 사스니츠 생선가공업연합 샐러드작업반 대장의 손을 잡고 악수하고, 파이어니어 소년단의 작은 손을, 아마도 작가가 되고 싶어 하는 젊은 여인들의 손을 잡고 악수하고, 모스크바에서부터, 프라하 또는 우파에서부터 어머니를 알던 늙은 동지들의 손을 잡고 악수한다.

줄의 끝부분에 이르러서 그가 손을 내민 상대는 처음 보는 한 남자인데, 남자는 그와 똑같은 청회색빛 눈으로 그를 응시한다. 남자의 입은 그가 매일 아침 거울 속에서 보는 자신의 입과 똑같이 생겼다. 그의 것과 똑같은 분절된 음성으로, 남자는 헛기침을 한 다음, 애도의 말을 하는데, 그의 애도는 다른 이들의 언어와 다르다. 남자는 소볼레스노바니야^{soboleznovaniya}*라고 했는데, 그 순간 망자의 아들은 불현듯, 러시아에서 보낸 어린 시절의 기억이, 커튼처럼 한꺼번에 와락 열리는 것을 느낀다.

---

* '애도합니다'라는 러시아어.

22

고맙습니다. 그는 말하고, 남자는 고개를 끄덕이지만, 곧 이어서 아들과 악수를 하려는 다른 사람들이 온다. 마침내 조문객의 줄이 모두 끝나고, 장례식 책임자가 어머니의 훈장을 원래 상자에 넣어 아들에게 건네주고, 경비대의 한 군인이 어머니의 책을 가방에 넣어 가지고 가버리자, 무덤 파는 인부는 브란덴부르크의 밝은 색 모래흙으로 구덩이를 메우기 시작한다. 어머니의 몇몇 친구가 아직도 눈물을 글썽이며, 가기 전에 한 번 더 아들의 머리를 쓰다듬는다. 조문객들이 다 흩어지고 나자 낯선 남자의 모습도 보이지 않는다. 성년이 채 되지도 않은, 망자의 유일한 유족인 아들은, 46번 전차를 타고, 어머니와 함께 살았던, 이제는 아무도 기다리는 사람이 없는 집으로 돌아온다.

제발 부탁이니 현관에 들어오면 신발을 좀 벗어라.

그는 보이지 않는 어머니의 몸을 관통하여 계단을 올라, 2층 어머니의 파우더 룸으로 들어가, 비밀 고리에서 열쇠를 벗겨 이불장 문을 연다. 이불 커버, 베개 커버, 수건과 시트가 들어 있다.

가장 밑바닥 시트 아래에는 봉인된 편지가 있다.

러시아 우표, 어머니의 필체로 쓴 빈의 주소 위에는 하켄크로이츠 모양의 스탬프.

동쪽으로 소개됨.

언젠가 어머니는 이 편지를 시트 아래로 밀어 넣었다.

이제 그가 편지를 찾아냈다.

그는 봉투를 살펴보고, 뒤집어서 뒷면을 본다. 뒷면에는 키릴 문자로 주소가 적혀 있다.

그는 편지를 다시 시트 아래로 밀어 넣는다.

하지만 비밀장소는 이제 비밀이 아니다.

어머니는 정말로 아버지 사진을 한 장도 갖고 있지 않았을까?

그날 저녁, 그는 어머니의 책장에서 세계 지도책을 꺼내온다.

하리코프는 도대체 어디인가?

23

다음 날 아침, 일요일이다.

다음 날 아침, 어머니는 여전히 죽어 있다.

어머니가 죽어 있기를 멈추기만 한다면.

계단이 없었더라면 어머니는 아직 살아 있을 텐데.

계단이 있는 이 집으로 이사 오지만 않았더라도.

이 집이 어머니의 마음에 들지만 않았더라도.

계단은 위험하다.

어머니의 세계 지도책은 지난밤 그대로 책상 위에 펼쳐져 있다. 그는 하리코프가 있는 소비에트 연방 우크라이나 페이지를 넘기고 다시 베를린 페이지를 연다. 이 도시에서 어머니는 얼마 전까지만 해도 살아 있었으며 지금은 이 도시에서 죽어 있다. 과학적 표기에 따르면 좌표 북위 52.58373도, 동경 13.39667도에 해당하는 이 장소는 어머니의 죽음 이전부터 그 좌표를 갖고 있었고 어머니가 죽은 이후인 지금도 여전히 똑같은 좌표를 갖는다. 결국 인간은 달을 활보하다가 거기서 굴러떨어져 죽을 가능성은 없기에, 세계 지도에 나오는 이들 좌표 중에서 두 개가, 그 자신이 삶을 중단하는 자리의 좌표가 될 것이다. 그의 뼈가 썩어갈 자리의 좌표가 될 것이다. 그 자신이 아직 알지 못하는 곳. 그가 확실히 알게 되는 그 순간부터는 그에게 아무런 소용이 없게 될 곳.

엄마, 그러면 언젠가 내 몸도 시체가 되는 거야?

내가 너무나 잘 알고 있는 내 몸의 모든 얼룩과 흉터, 피부, 머리카락, 정맥 전부가? 그렇다면 결국 난 일생 내내 내 시체랑 같이 살아간다는 말이잖아, 안 그래? 자라고, 늙고, 그래서 언젠가 내 시체가 완성되면, 그러면 죽는단 말이야?

어머니가 이제는 벽시계의 태엽을 감지 않기 때문에, 집 안은 평소보다 더욱 고요하다.

빈틈없이 측량된 이 세계에서 그는 혼자다.

혼자.

책으로 가득 찬 책장과 더불어 혼자, 파일과 메모로 가득 찬 서랍장과 더불어 혼자, 의자·침대·책상·소파·옷장·옷걸이와 전등과 더불어 혼자, 샹들리에·양탄자·등나무 궤짝·겨울 코트·어머니의 타자기와 더불어 혼자, 병따개·두통약과 더불어 혼자, 침대 시트·청소용 세제·공구·신발과 냄비와 더불어, 다리미판·빨래 건조대·티테이블과 커다란 노란 태양이 그려진 벽걸이와 더불어, 빗자루·솔·빗·브러시·어머니의 화장품과 더불어, 샤워 젤과 크림·접시·칼·포크·꽃병·종이클립·편지봉투·어머니의 일기장과 원고와 더불어, 레코드와 전축·와인 여덟 병·오르골·목걸이·반지와 브로치와 더불어, 렌

즈 콩 2캔·냉장고·그 안에 든 버터 반 조각·요구르트 세 통·치즈 두 장과 더불어, 회전의자·다양한 크기의 수많은 그래픽, 어머니의 초상화 하나를 포함한 그림 몇 점과 더불어 혼자, 사과 열 개, 빵 한 덩어리, 잡다한 연필, 만년필, 지우개 및 흰 종이 한 더미와 더불어 혼자, 끈·화분받침·오븐 장갑과 더불어 혼자, 각 나라의 동전과 지폐와 더불어, 거울, 연장케이블, 고장 난 실내 분수대와 더불어, 고무나무 두 그루·이불 여러 장·담요·베개와 더불어 혼자, 빈 가방·핸드백·실내화·호두까기·테이블 보·먹지·수건·안경·스웨터·스타킹·블라우스·속옷과 더불어, 어머니의 니트 카디건과 스카프와 더불어, 그가 갓난아기 때 입었던 유아복과 모스크바의 유치원에서 그가 그림을 그려 넣었던 목판과 더불어 혼자.

혼자.

어머니의 눈을 기억하고 있으려면 어머니의 안경을 보관해야만 하는 걸까. 어머니의 손가락을 기억하려면 어머니의 지갑을, 구두 신은 어머니의 발을 영원히 보기 위해서는 어머니의 구두를, 낮잠 자는 어머니의 몸을 일생 동안 잊지 않으려면 어머니의 담요를 보관해야만 하는 걸까. 최소한 어머니가 그의 머릿속에서 기억으로라도 살아 있게 하려면, 얼마나 많은 껍데기와 물건들이 필요할까? 그러나 아마도 어머니는, 죽음의 왕국에서 이곳으로 손을 뻗어, 그 어떤 사물도, 그 어떤 가구나 옷자락도, 어머니 자신이 최초로 심장박동을 물려주었으며 어릴 때는 기저귀를 갈아주고 코를 닦아주었으며 항상 바라보고 있었던, 항상 시선을 떼지 않으면서 응시하고 있었던, 그리고 나중에 자란 다음에는 말을 가르쳐주고 책을 읽어주었으며 큰길을 건널 때마다 반드시 손을 꼭 잡아주었던, 머리를 빗겨주고 스웨터를 입혀주고 신발 끈을 묶어주었으며 넘어지면 달래주고 열을 재주고 자전거 타기를 가르쳐주었던, 무엇이 옳고 훌륭한지, 무엇이 잘못되었고 무엇이 지루하며 우습고 흥미로운지 자신의 생각을 말해주었던, 항상 바라보고 있었던, 항상 시선을 떼지 않으면서 응시하고 있었던, 꾸짖고, 고함지르고, 증오했던, 하지만 또 칭찬하고 입 맞추었던 그를 붙잡듯이 단단히 붙잡지는 않으리라. 이제 처음으로 그는 직접 어머니의 눈으로, 다시 말해 외부의 시각으로 보려고 시도하지만, 잘 되지 않는다. 이상하다고 그는 생각한다. 너무 가까워서 사물이 잘 보이지 않는 지점을 죽음의 구석, 사각지대라고 부르다니. 하지만 그래도 기억은 기꺼이, 살아 있는 몸과 약간의 사각지대를 교환하려 할 것이다.

 봄방학이 되면 그는 집 정리를 시작할 것이다. 여름에는 그가 성인이 될 때까지 일 년 동안 머물 시설로 이사를 해야 한다고, 그의 법적 후견인이 말했다.

 초인종이 울리자 그는 오늘이 일요일이며, 따라서 우편배달부도 가정부도 아니라는 것을 알았다.

 남자는 그와 똑같은 청회색 눈으로 그를 응시한다. 남자의 입은 그가 매일 아침 거울 속에서 보는 자신의 입과 똑같이 생겼다. 그의 것과 똑같은 분절된 음성으로, 남자는 헛기침을 한 다음, 러시아어로, 안녕, 이라고 말한다.

 그리고 이어지는 고요 속에서 독일식 침묵과 러시아식 침묵이 뒤

섞인다.

그리고 아버지는 아들의 머리를 잡고 끌어안는다.

지쳐빠진 권투 선수처럼, 아들은 잠시 동안 포옹에 몸을 맡겼다가, 곧 남자를 밀쳐낸다.

현관에서는 어머니의 서재 안쪽이 들여다보인다.

어머니가 저기서 글을 썼구나? 아버지가 묻는다.

네.

우리 차라도 좀 마실까?

아들은 고개를 끄덕인다.

아들이 물을 끓이고 찻잔과 차를 찬장에서 꺼내 준비하는 동안, 아버지는 문설주에 기대어 서서 아들이 이리저리 바쁘게 움직이면서 이것저것 꺼내고 늘어놓는 모습을 바라본다.

차가 완성되자 아버지는 주전자를 들고 앞장선다.

여기서 마시자. 아버지는 이렇게 말하면서 어머니의 서재로 들어간다.

응접실이 아니라 어머니 서재의 작은 티테이블에 손님이 와서 앉는 건, 아들의 기억이 시작된 이후로 처음 있는 일이다. 벽에는 커다란 노란 태양이 그려진 벽걸이가 걸려 있다.

정말로 하리코프에서 살고 있어요?

하리코프라니, 무슨 소리야?

아들은 어깨를 으쓱거린다.

그는 몸을 앞으로 숙인 자세로 손에 찻잔을 들고 앉아 있다.

처음에는 규칙적인 물방울 소리만 들리다가, 나중에 아버지는 아들의 코끝에서 떨어진 눈물방울이 찻잔에 떨어질 때마다 동그란 무늬가 생기는 것을 본다.

  우리가 처음 만났을 때, 네 어머니는 힘든 시기를 보내고 있었단다.

  나는 남편이 돌아왔느냐고 물었고, 그러자 갑자기 어머니가 눈물을 쏟았지. 그렇게 시작된 거야.

  나는 그녀에게 손수건을 건네려고 했는데, 하필 손수건은 매듭을 만들어놓았거든.

  매듭이 너무 단단해서 금방 풀리지가 않았지.

  그게 시작이었어.

  혹시 너도 손수건 필요하니?

  네, 주세요.

  아버지는 바지 주머니에서 반듯하게 다림질된 손수건을 꺼내 아들에게 건넨다.

  매듭은 왜 만들어놓은 거예요?

  그날 밤에 집회가 있었거든.

  그래서요?

  난 집회를 잊고 말았지.

막간극

5분만 더 늦게 아래층으로 내려갔다면 명부冥府로 향하는 입구와 딱 마주치지 않았고, 그리하여 입구는 옆으로 비껴나서, 다른 누군가를 향해 입을 벌렸을 것이다. 왼발 대신 오른발을 내디뎠다면 헛딛지 않았고, 그 순간 이런저런 생각이 아니라 다른 생각을 했다면 계단에서 시선을 뗄 일은 없었다. 어떤 죽음이든지 죽음은 죽음이다. 조금 빠르거나 조금 늦는다는 차이뿐. 어떤 입구든지 입구는 입구다. 모든 이에게, 모든, 모든 사람에게, 모든 남자와 여자에게 입구는 마련되어 있다. 그런데 명부에는 단지 구멍뿐인가? 그 밖의 다른 것은 전혀 없단 말인가? 여기서는 다른 바람이 분다. 한 인간이 조금 빠르거나 조금 늦게, 여기 또는 저기서, 구멍의 한가운데를 향해 발을 헛디디고, 비틀거리고, 넘어지고, 추락하거나 침몰할 때 붙잡아줄 것이 전혀 없단 말인가?

1989년 가을, 동독과 서독 사이를 가로막던 장벽이 무너진다. 장벽으로 몰려들어, 뛰어넘고, 무너뜨린 대량의 인민들은, 광란의 도가니 속에서, 자신의 나라를 탈출하여 자본주의 형제자매의 품으로 달려가 안겼고, 환희에 도취되어 제정신을 잃고, 한 나라 전체가 텅텅 비었으며, 완전히 항복해버리는데, 그런데 항복한다는 건 누구에게 자신을 넘겨준다는 것인지, 통치권을 넘겨주고, 국권을 넘겨준 다음, 폭삭 쪼그라들고, 꺼져버렸다. 이제 다른 바람이 분다. 지금까지는 삶이라고 불리던 것이, 이제 마침내 보상받게 된 40년간의 기다림이라는 이름이 붙는다. 5개년 계획은 무엇인가? 모두 새로운 이름으로 불린다. 오래전부터 한 봉지의 밀가루나 한 켤레의 구두 같은 현실성을 상실한 말들은 폐지되거나, 아니면 경제적으로 완전히 설 자리를 잃었다. 예전에는 단 한 종류였던 버터가 스무 종류로 늘어났고, 집세는 열 배로 뛰었고, 극장에서는 다른 연극이 공연되고, 러시아인들은 막사를 닫고 모피모자, 군복 상의, 위대한 조국수호 전쟁에서 선조가 받은 훈장을 6월 17일 거리의 벼룩시장에 내다 판다.

1953년 6월 17일 동베를린의 성난 노동자들은 지나치게 과도한 할당량에 항거하여 봉기를 일으켰으나 성공하지는 못했는데, 그때 광부이자 초창기 활동가며 할당량을 만든 당사자 아돌프 헤네케는 판코의 빌라에서 살고 있었다. 특권 반대! 1990년, 직전까지 장관이었다가 이제 실업자가 된 자들이 정원 울타리에 기대어 서서, 개를 산책시키는 은퇴자들과 한담을 나눈다. 자신들이 소유한 토지를 계속 유지할 수 있을지에 대해서 정보가 오간다. 인민은 서독으로 가서 환영금을 수령하고, 이후로 서독 시민이 된다. 이제 동쪽이란 네 방위 가운데 하나일 뿐 다른 의미는 없다. 큰 업적을 이룬 작가의 책을 출판했던 출판사는 파산한다. 독자들은 독서가 아닌 다른 일로 바쁘다. 그들은 우선 카나리아 제도로 가야 한다.

열여덟이라는 나이만으로는 충분하지 않다.
전에는 그토록 젊었던 세기가, 이제 너무 늙어버렸다. 어머니도

너무 늦었다.

일요일 4시, 아들이 찾아온다.

어머니는 자신도 모르게 물건들을 여기저기 숨긴다고 말한다. 이제는 자신이 하는 행동을 전부 기억할 수 없다고 한다. 자신은 이제 자신이 아니라고 한다.

가정부가 쟁반에 커피와 케이크를 담아서 내온다. 그리고 다시 나간다.

어머니: 내가 죽어버려야 할까?

아들: 세상에, 말도 안 돼요.

제발, 어머니.

어떻게 그런 말을 할 수가 있어요.

아들은 일요일 4시에 어머니를 찾아온다. 어머니의 한쪽 팔 아랫부분이 시퍼렇다. 아들이 묻는다. 어디서 넘어지셨어요?

아니다, 어머니가 대답한다. 가끔가다가 피부 여기저기가 아무 이유도 없이 파랗게 변하는구나.

주방에서 가정부는 아들에게, 어머니의 말이 사실인 것 같지는 않지만, 어머니가 자신에게도 절대 그 이상은 설명을 안 해준다고 말한다.

아들은 일요일 4시에 어머니를 찾아온다. 가정부는 아들이 외투 벗는 것을 도와주면서, 어머니가 겨우 30분 전에 일어났다고 말한다. 아침에 출근해보니 어머니가 옷을 입은 채로 침대에 앉아 있더라고, 분명 어제저녁부터 내내 그러고 앉아 있었을 거라고. 그래서 가정부는 어머니를 낮 동안 잠자리에 들게 했다고.

감사합니다, 아들이 말한다. 어머니를 신경 써주셔서 정말 감사해요.

다음 날 가정부는 아침 7시 30분에 아들에게 전화한다. 어머니가 집에 없다는 것이다. 어머니가 혹시 거기 간 것인지. 아들이 말한다. 아니 여기 없어요. 그는 다시 말한다. 지금 갈게요.

아들은 회의를 취소하고, 큰아들에게, 오늘은 버스를 타고 학교에 가야 한다고, 그런데 이미 시간이 늦었으므로 얼른 서둘러야 한다고 말하고, 아내에게는 작은딸을 학교에 데려다 달라고 부탁한다. 아내는 말한다. 당신 미쳤어, 여덟 시 반에 난 메이크업 받으러 가야 한다고. 아 그렇군, 그는 학교에 전화를 걸어 작은아이가 아프다고 한다. 그가 수화기를 내려놓자, 딸은 그에게 거짓말은 나쁜 일이라고 말한다. 그는 딸에게, 자신이 돌아올 때까지 책을 읽고 있으라고 시킨다.

그런 다음 그는 어머니의 집으로 차를 몰고 간다.

가정부: 제가 어쩌면 좋죠?

아들: 아주머니 잘못은 아니니 자책 마세요.

아들은 주변 거리를 돌아다니며 어머니를 찾는다. 어디에선가 잠옷 차림으로 길바닥에 쭈그리고 앉아 울고 있는 어머니를 본다.

그날 밤, 아이들이 잠자리에 들자 아들은 아내에게 말한다.

아무래도 어머니를 저대로 둘 순 없겠어.

아내: 그래서 뭐 어쩌자는 건데.

그: 어머니 집이 크잖아.

아내: 아 또 그 소리.

그: 이게 당신에게 결코 쉽지 않다는 건 잘 알아.

아내: 어머니가 항상 애들에게 내 험담을 해댄 걸 잊었어? 한판 전쟁이 벌어지는 걸 보고 싶다면야 지금 당장이라도 어머니 집으로 들

어가는 건 어렵지 않아.

그: 하지만 이제 어머니는 혼자서는 생활이 불가능하다고.

아내: 당신이 레닌그라드에 가 있는 일 년 동안, 어머니는 단 한 번도 아이들을 봐준 적이 없어.

그: 어머니는 큰애가 시끄럽게 틀어놓는 음악을 견디지 못해서 그래.

그럼 작은애는?

어머니에게는 그 책임이 너무 무겁게 느껴졌을 거야.

거봐, 나도 똑같아. 나도 어머니를 견딜 수 없어. 나도 책임이 너무 무겁게 느껴진다고.

그러지 마. 우리도 언젠가는 늙어.

늙어도 난 절대 우리 아이들을 협박하지 않을 거야.

어머니도 나를 협박하지 않아.

오, 그러셔?

이제 어머니는 자신이 무슨 일을 하는지 몰라.

항상 당신이 세상에서 제일 똑똑하기만 했으니 이제는 그럴 만도 하지.

제발, 그렇게 흉하게 굴지 마.

봐, 지금 어머니가 우리 사이를 갈라놓고 있잖아.

말도 안 돼.

제5권

1

호프만 부인이 아흔 살 생일 바로 다음 날에 죽게 되는 그 주는, 레나테 간호사가 오전 당번이다. 호프만 부인이 아흔 살 생일 다음 날에 죽게 되는 그 주에, 그녀는 지난 일곱 달 동안 그래왔듯이, 일 미터 이내로 가까이 다가오는 사람은 누구든 무조건 할퀴고 때리는 습관이 있는 부쉬비츠 부인과 한방을 쓴다. 부쉬비츠 부인이 호프만 부인의 방으로 입주하던 날, 그녀는 새로운 룸메이트와 최초이자 유일한 전투를 치렀다. 그녀는 친절하게 인사를 건네려고 부쉬비츠 부인에게 다가갔다. 그러자 부쉬비츠 부인은, 그녀가 가진 유일한 인사법인 공격으로 즉시 대응했고, 그러자 깜짝 놀란 호프만 부인은 가까이 있는 물건 중에서 아무거나 자신을 방어할 만한 것을 찾았는데, 손에 잡히는 것이 탁자 위에 있던 츠비바크 비스킷뿐이었다. 그녀는 그 츠비바크로 부쉬비츠 부인의 얼굴을 긁었고, 그러자 부쉬비츠 부인은 물러났다. 그 일 이후로 호프만 부인은 두 번 다시 룸메이트에게 일 미터 이내로 접근하지 않았다.

호프만 부인이 아흔 살 생일 바로 다음 날에 죽게 되는 그 주 역시,

다른 주와 마찬가지로 월요일로 시작하며, 그 월요일은 다른 날과 마찬가지로 여덟 시의 아침식사로 시작하고, 아침식사는 늘 그렇듯이, 그날 당번인 보호사가 휠체어에 탄 그녀를, 부쉬비츠 부인 주변을 크게 돌아서, 방에서 아침식사 식당으로 데려가는 것으로 시작한다. 월요일은 무엇인가?

호프만 부인은 평소와 마찬가지로 긴 식탁으로 가서, 아직 의자에 앉을 수 있는 슈뢰더 부인과 밀너 부인 사이에 자리 잡는다. 슈뢰더 부인과 밀너 부인의 의자 사이에는, 평소와 마찬가지로, 그녀의 휠체어가 들어갈 공간이 비어 있다. 호프만 부인의 붉은 머리칼은 어느새 백발이 되었으므로, 예전에 그녀를 알았던 사람이라도 지금 이곳, 끄떡끄떡 조는, 비스듬하게 기울어진, 잠들거나 수그린 수많은 회색과 백발의 머리 가운데서 그녀를 찾아내기는 힘들 것이다. 아침식사를 하는 동안 그녀가 뭔가를 말해도, 여기서는 그 누구에게도 방해가 안 된다. 이곳의 모든 신사 숙녀의 귀는 전부 너무 늙었기 때문이다. 그녀가 잼을 블라우스에 흘린다 해도 여기서는 그 누구에게도 방해가 안 된다. 이곳의 모든 신사 숙녀의 눈도 마찬가지로 너무 늙었기 때문이다. 몇 입 먹지도 않았는데 그녀는 접시를 밀어버린다. 더는 먹고 싶지 않다.

갖가지 다양한 영역에 종사하는 수천 명에 이르는 많은 사람이 이 식사에 초대되었구나. 하지만 난 먹을 수가 없어.

레나테 간호사는, 차를 따라주면서 말한다.

그런데요 호프만 부인, 우리는 수천 명이나 되진 않아요.

아냐, 수천 명이야! 이 사람들이 왜 여기 한꺼번에 모여 있는지 도무지 모르겠어. 아무리 생각해도 이 모임의 목적과 의미를 알아낼 수가 없다고. 반드시 무슨 이유가 있어서 모인 것이 분명한데 말이야!

호프만 부인, 아침을 드셔야죠.

너무 빈약해! 사람에게는 선택의 여지가 있어야해. 여기 이 수천 명의 사람들은 왜 자기 앞에 놓인 이따위 것을 말없이 먹고 있는 거지?

빵집에서 막 가져온 신선한 빵이에요, 호프만 부인.

음식에 대해서 한번 토의할 필요가 있겠어. 그리고 다들 이 빈약한 음식을 먹는 의미에 대해서도. 하지만 난 이곳의 그 누구와도 이야기를 나눌 수가 없으니.

그래도, 그래도 호프만 부인.

아니, 나는 이런 것을 먹을 수 없어. 우선은 이 사람들이, 이토록 다양한 사람이 어떤 과정을 거쳐 왔는지, 이들의 동기는 무엇이며, 무엇에 설득당했고 무엇에 설득당하지 않았는지, 그걸 알아내야겠어.

*

아침 8시 30분부터 9시 30분 사이, 아침식사가 치워진 다음 방으로 돌아가는 건 큰 의미가 없다. 사람들은 그냥 그 자리에 앉아 있는다. 9시 30분이 되면 휠체어들은 운동실로 향하고, 일어서지 못하는, 적어도 스스로의 힘으로는 일어서지 못하는 사람들의 손가락·손·발·머리가 운동을 당하다가, 11시에는 휴게실로 되돌아온다. 사람들은 11시부터 11시 30분까지 앉아 있는다. TV가 켜져 있다. 벽에는 커다란 시계가 걸려 있다. 상당수는 담요를 덮은 채, 휠체어에서 잠들어 있다.

그녀는 책을 읽고 싶다. 책을 눈 가까이 바싹 갖다 대면 철자를 구분하는 것도 가능하지만, 팔과 손의 기운이 없어서 책을 눈앞에 들어 올릴 수가 없다.

차이지히 부인은 뛰어난 스키 선수였다.

출발! 다시 한번만 더 슬로프를 내려갈 수 있다면 얼마나 좋을까. 하지만 이제는 불가능하지.

베렌트 씨는 목사였다.

종종 뭔가를 쓰고 싶어. 하지만 이제는 머리가 말을 안 들어.

브라운 부인은 종전 직후 세 아이를 데리고 메멜강의 하이데크룩에서 베를린까지 내내 걸어서 왔다.

그것이 어떤 의미인지, 지금은 아무도 상상조차 하지 못한다.

그리고 그들은 모두 살아남았다.

사랑스럽고 착실한 세 아이.

부엌에서는 접시 달그락거리는 소리.

내 첫아이가 얼마 전에 금혼식을 맞았다오.

스튜 냄새가 난다. 주방 보조가 테이블을 준비한다. 휴게실은 욕망으로 가득 찬다. 11시 30분에 점심식사가 시작된다.

호프만 부인은 귀가 어두운 밀너 부인에게 말한다.

우리는 그룹을 결성해야 해요. 몇몇은 일찌감치 들어오겠고, 나머지는 나중에 합류하겠죠. 그들을 잘 조직하면서 지도부의 명령을 기다려야 한다고요.

밀너 부인은 호프만 부인을 쳐다보지도 않는다. 스튜 속의 닭고기

조각을 포크로 찍는 일에만 열중할 뿐이다.
명령이 떨어지기 전에는 그 어떤 행동도 하면 안 돼요.
빌너 부인은 고개를 끄덕인다. 하지만 그건 호프만 부인의 말에 동의해서가 아니라, 스튜가 맛있었기 때문이다.
나는 지금 남편을 기다리고 있답니다. 호프만 부인이 말한다.
나는 항상 길모퉁이에 서서, 기다리고 있었답니다.
일생 동안 나는 길모퉁이에 서서 기다리고 있었답니다.
호프만 부인, 지나가던 레나테 간호사가 말한다. 식사를 하셔야죠.
내가 지금 먹기 시작하면, 너무 비참한 기분이 될 것 같아.
그래도 그래도요, 레나테 간호사가 말한다.
난 먹을 수 없어.
한 숟가락만, 한 숟가락만이라도 드세요, 호프만 부인.
먹을 수만 있다면야 좋겠지. 그러면 삶을 조금이라도 붙잡을 수 있을 테니까.
맞아요, 호프만 부인.
그래도 난 먹을 수 없어.

점심식사 후 그녀는 휠체어 바퀴를 직접 굴려 방으로 가보려고 하지만 손에 힘이 없기 때문에 휠체어는 조금도 앞으로 나아가지를 못한다.
오, 호프만 부인, 내가 해드릴게요. 레나테 간호사가 그녀를 돕는다.
방으로 가는 길에 호프만 부인은 정면, 수많은 방이 늘어선 복도

끝을 응시하다가, 그중 한 방에서 나오는 젊은 보호사를 발견하고는 그를 소리쳐 부른다. 이봐요! 이봐요! 그녀는 한 손을 들어 그에게 인사를 보내지만, 아마도 보호사는 뭔가 바쁘거나, 아니면 그녀의 외침을 듣지 못한 듯, 다른 방으로 들어가 버린다.

그는 지금 바빠서 시간이 없나 봐요. 하지만 조금 지나면 시간이 날 거예요, 호프만 부인.

호프만 부인은 고개를 끄덕인다. 사람은 참고 기다릴 줄 알아야 해, 그렇지?

맞아요, 호프만 부인.

우리의 목표를 위해서.

당연하죠.

하지만 그게 그렇게 쉽지만은 않지.

그렇죠, 부인 말이 맞아요.

간호사는 휠체어를 방으로 밀고 들어가, 점심식사 후의 낮잠에 빠져 있는 부쉬비츠 부인의 침대를 멀찍감치 돈다.

창가로 데려다 드릴까요, 호프만 부인?

그렇게 해줘.

간호사가 바퀴를 잠그고 나가려고 할 때, 호프만 부인이 간호사의 소매를 잡는다.

내가 이제 뭘 해야 하지?

그건 제가 말씀드릴 수가 없어요, 호프만 부인. 간호사는 이렇게 말하며, 소매를 붙든 늙은 손을 밀어낸다. 손은 차갑다. 호프만 부인의 차가운 손을 호프만 부인의 무릎 위에 놓고 간호사는 나가버린다. 문이 조용하게 닫혀서, 호프만 부인은 간호사가 나간 것을 알아차리지 못한다.

왜? 도대체 뭐지? 그녀는 이른 오후의 침묵을 향해 묻지만 아무런 대답도 들려오지 않는다.

그녀의 몸은 하나의 도시다. 그녀의 심장은 그늘진 커다란 광장, 손가락은 보행자, 머리카락은 가로등의 불빛이며 무릎은 두 개의 블록이다. 그녀는 사람들에게 다닐 길을 만들어주려 했다. 그녀는 자신의 측벽과 탑을 열어젖히려 했다. 거리가 그처럼 큰 고통이 될 줄 그녀는 알지 못했다. 자신에게 그처럼 많은 거리가 있으리라고 전혀 생각하지 못했다. 그녀는 몸을 가지고 몸에서 나오기를 원한다. 하지만 열쇠가 어디 있는지 모른다. 나는 머리를 잃을까봐 두려워. 누군가 내 머리의 열쇠를 빼앗아갈까봐 두려워.

오후 3시에 커피 한 잔과 아이스크림이 나온다. 부쉬비츠 부인은 휠체어에 실려 밖으로 나갔지만, 호프만 부인은 방에 남는다. 커피를 마시고, 아이스크림이 다 녹을 때까지 휘젓다가, 한 숟가락 한 숟가락씩 떠서 마신다. 누군가 노크를 한다. III구역의 차벨 씨는, 12년 전에 죽은 아내가 그리울 때면 가끔 그녀를 찾아온다.

호프만 부인, 내 아내가 어디 있는지 아십니까?
아내가 어떻게 생겼는데요?
어깨까지 오는 갈색 곱슬머리에 잘 웃는 여자예요.
아뇨, 그런 여자는 여기 안 왔어요. 하지만 혹시 그녀가 보이면, 당신이 찾고 있다는 말을 전해줄게요.
친절하시네요, 호프만 부인.

차벨 씨는 아내가 죽었다는 사실을 자꾸만 잊곤 했다. 그래서 매번 듣게 되는 끔찍한 소식은 차벨 씨를 엄청난 충격의 도가니 속으로 빠뜨리곤 했다. 누군가 그의 질문에 세심하지 못하게 이렇게 대답해버릴 때마다 말이다.

당신 아내는 벌써 오래전에 죽었잖아요?

그리하여 그는, 아내의 죽음을 처음 알게 된 때의 슬픔을 수없이 여러 번이나 감당해야만 했다. 호프만 부인은, 그의 아내가 들르면 그에게 알려주겠다고 약속하는 유일한 사람이고, 그는 이것을 절대 잊지 않는다. 차벨 씨는 호프만 부인 곁에 앉아서 잠깐 동안 얘기하기도 좋아한다. 그녀는 예의 바르고, 또 그녀에게라면 자신의 고민을 모두 털어놓을 수 있기 때문이다. 예를 들어 이런 얘기를.

나는 서서히, 병적으로 동물이 되기 시작했어요.

그러면 호프만 부인은 말한다.

난 양방향으로 서서히 투명해지는 것이 무서워요.

그러면 차벨 씨는 말한다.

병자들은 자존심을 포기하기 시작했어요.

그러면 호프만 부인은 말한다.

모든 것을 견뎌내기란 참으로 힘들죠.

그러면 차벨 씨가

우리의 병^{illnesses}을 우리가 깨물어서 열어버리면 안 될까요?

그러면 호프만 부인은, 어린 시절의 노래 가사가 떠오른다.

은혜로운 신이여 아버지이신 은혜로운 신이여,

우리에게 이빨을 주셨으니,

이빨로 씹을 수 있는 것도 함께 주십시오.

그러면 차벨 씨는 다음과 같이 이어서 덧붙인다.

은혜로운 신이여 아버지이신 은혜로운 신이여,

우리가 모두 하나이니

붙잡을 수 있는 것도 함께 주십시오.

정말 신기하죠, 호프만 부인이 말한다. 하나의 말이 빽빽하게 우거진 말^{word}의 숲을 헤치고 스스로 알아서 자신의 길을 찾아가니까요.

네, 정말 신기한 일입니다. 차벨 씨는 이렇게 말하고 한동안 침묵한다.

그러다 어느 순간 그는 일어서서, 호프만 부인에게 가볍게 허리를 숙인 다음, III구역의 자기 방으로 돌아간다. 어쩌면 그의 아내는 이미 그에게 오고 있는 중인지도 모른다.

5시 30분, 직접 걸을 수 있거나 아니면 휠체어에 실려 움직일 수 있는 사람들은 모두 식당으로 이동한다. 6시에 저녁식사가 나온다. 호프만 부인은 아직도 고집스럽게 오스트리아식으로 '야간 식사'라는 표현을 쓴다. 비록 그녀의 빈 시절은 일생만큼이나 긴 시간 이전이지만. 슈뢰더 부인과 밀너 부인 사이에는 그녀의 휠체어가 들어갈 공간이 비어 있다.

먹는 것 하나 때문에 이리도 수선을 떨다니. 호프만 부인은 오픈 샌드위치를 작게 썰어주는 카트린 간호사에게 말한다.

하긴 근사한 식사를 하려고 외식하는 사람들도 있으니.

이렇게 말한 후 호프만 부인은 짧게 웃음을 터뜨린다.

그것도 좋잖아요. 카트린 간호사가 대답한다. 캔들라이트 디너

candlelight dinner, 얼마나 멋져요, 안 그런가요, 호프만 부인?

그런데 사람은 원래 죽지 않기 위해서 먹는 건데.

글쎄요. 하지만 일단 좀 드세요.

안 먹으면 죽으니까. 그렇게 간단한 건데. 호프만 부인이 말한다.

하지만 카트린 간호사는 그 말을 듣지 않는다. 이미 다른 테이블로 가서 거기 앉은 한 여자에게 턱받이를 걸어주고 있었기 때문이다.

사람은 먹어야 한다는 단지 그 이유로, 그토록 많은 수선을 피우고 있어. 호프만 부인이 말한다.

하지만 슈뢰더 부인도 밀너 부인도, 옆자리의 사람이 하는 말을 듣지 못한다.

단지 지루하지 않으려고 말이야.

그런 다음 저녁이 온다.

부쉬비츠 부인은 이어폰을 꽂고 라디오를 듣기 시작한다. 카트린 간호사는 호프만 부인이 잠옷 갈아입는 걸 도와주고 그녀가 침대에 앉아 알약을 삼키는 동안 물잔을 들고 기다린다. 그런 다음 카트린 간호사는 방을 나간다.

호프만 부인은 누군가 창가의 자기 안락의자를 차지하고 앉아 있는 것을 똑똑히 본다. 너무나 오랫동안 만나지 못한 얼굴이지만, 그래도 그녀는 즉시 그 사람을 알아본다. 황금빛으로 저물어 가는 저녁 하늘을 배경으로 그 사람의 실루엣이 앉아 있다.

난 지금 과도기를 통과하고 있는 거예요. 호프만 부인이 말한다.

어머니는 침묵한다.

여기서 뭘 해야 할지 알 수가 없어요. 호프만 부인이 말한다.

어머니는 침묵한다.

내가 그를 상대할 수 있을지가 문제예요. 그는 너무나 강하니까요. 내게 무척 가혹하기조차 해요. 조금만 더 부드럽게 대해달라고 요청하고 싶을 정도죠. 하지만 그는 부드러움이란 손톱만큼도 갖고 있지 않아요. 그는 시종일관 내게 거칠고 가혹할 뿐이에요.

그녀의 어머니는 침묵한다.

빌어먹을 싸움이 될 거예요. 내가 먼저 공격하지는 않아요. 그가 날 공격하는 거죠. 또는 그녀거나. 그 또는 그녀가 사방에서 날 공격할 거예요. 나는 원하지 않아요. 그래도 아직은 가능성이 많긴 해요. 이제는 기억하지 못하는 일이 대부분이지만, 그래도 그중에서…

오, 우리 딸내미. 갑자기 어머니가 입을 여는데, 목소리는 전혀 나이든 여인처럼 들리지 않는다.

나는 그 남자 또는 여자에게 정말로 맞서고 싶다고요. 호프만 부인이 말한다. 지금까지 살면서 단 한 명도 만나지 못했어요. 내게 싸움을 걸어오는 자는 단 한 명도 없었다고요.

심지어는 나도 그러질 못했지. 어머니는 미소를 짓는다.

심지어는 어머니 당신도 그러지 못했죠. 호프만 부인이 말한다.

호프만 부인은 아흔 살 생일 바로 다음 날에 죽게 되는 그 주의 첫날, 생애 처음으로 어머니와 함께 미소를 나눈다.

이거 하나는 알고 있어야 한단다. 어머니는 말한다.

한 줌의 눈만 있으면 그를 쫓아버릴 수가 있어.

정말요? 호프만 부인은 안도하면서 되묻는다.

하지만 곧, 지금이 5월이라는 것을 깨닫는다.

277

2

오라, 사랑스러운 5월이여, 와서
나무에게 초록을 입혀라.
우리는 시냇물가로
제비꽃을 보러 가니
얼마나 갈망했는가.
작은 제비꽃 한 송이를
아 5월이여 얼마나 기다렸는가.
다시 산책에 나서기를

이 노래를 처음 배웠을 때 그들은 5세, 6세 또는 7세였다. 이제 그들은 여기에 앉아, 감옥과 같은 나이에 갇혀, 늙어버린 목소리로 노래를 부른다. 그들은 여전히 5세, 6세 또는 7세의 그들 자신이지만, 동시에 그로부터 아득히 멀리 떨어져 있기도 하다. 어쩌면 그들은 지금 노래하는 달의 마지막을 보지 못할지도 모르고, 지금 막 피어나는 이파리가 낙엽이 되어 정원사의 갈퀴 속으로 들어가는 가을이면, 이미 땅속에 들어가 있을지도 모른다. 화요일 10시부터 11시까지는 노래 시간이다. 그것 말고는 화요일에 아무 일도 일어나지 않는다. 오후에도 차벨 씨가 방문하지 않고, 그녀의 아들도 오지 않는다. 아들은 토요일에 와서 그녀를 데리고 소풍을 가겠노라고 말했다. 화요일은 무엇인가? 점심식사에는 수란, 크림을 곁들인 케이크가 커피와 함께 나오며, 밖에는 가는 비가 뿌리기 시작하더니 저녁 때까지 그치지 않는다. 도중에 한 번 호프만 부인은 카트린 간호사에게 창문을 열어달라고 부탁하고, 축축하고 온화한 공기를 깊이 들이마신다. 친구와 함께 도나우 강변 야외에서 밤을 지새울 때와 흡사한 나뭇잎 냄새가 난다. 부쉬비츠 부인은 흔히 그러듯이, 이어폰을 낀 채로 잠이 든다.

우리는 결심했지. 우리는 모두 다 해낼 거라고.
그런데 너무 초라해지고 말았어.
우리는 모두 해내려고 애썼지만 일을 그르치고 만 거야.
호프만 부인이 오늘 밤에 죽는다면, 이것은 그녀의 마지막 말이 될 것이다. 하지만 그 말을 들어주는 이는 아무도 없는 듯하다.

수요일, 밀너 부인은 아침식사 때 레나테 간호사에게 자신이 항상 토스트를 두 조각 먹는다고 말한다. 알고 있어요, 레나테 간호사는 귀가 어두운 밀너 부인이 들을 수 있도록 충분히 커다란 소리로 대답한다. 밀너 부인이 다시 말한다. 한 조각은 잼, 한 조각은 꿀을 발라서. 알고 있어요, 레나테 간호사가 말한다. 그런데 남편은 늘 한 조각만 먹었다고. 아, 입맛이 없으면 그럴 수도 있죠. 레나테 간호사가 대답한다. 그래, 하지만 그게 실수였던 거야. 밀너 부인이 말한다, 안 그랬다면 아직도 살아 있을 텐데 말이야. 먹어야 몸과 마음이 건강하죠. 레나테 간호사가 말한다. 맞아. 밀너 부인이 말한다.
수요일은 무엇인가?
밀너 부인 곁에서 호프만 부인은 눈을 감고 앉아 초를 세는 중이다. 그녀는 여덟 시가 넘으면 총살이 시작될 것을 알기 때문이다. 매 분 죄수 열 명이 총살된다. 그녀는 소리 내지 않고 속으로, 숫자 한 번에 고개를 한 번씩 까딱거리면서, 열까지 센 다음, 다음 1분이 시작되기를 기다린다. 1분이 끝났는지 확인하기 위해 시계를 올려다 볼 필요는 없다. 그녀는 이제 시간 속에서 자유로이 이동할 만큼 충분히 나이 들었기 때문이다.

하나. 둘. 셋.

슈미트 부인: 슈트라스만 거리 2번지를 러시아군이 폭파했어. 우리가 대(對)전차 바리케이드를 빨리 제거하지 않았기 때문에. 하지만 우리는 이제 빨리 움직일 수가 없었어, 기운이 하나도 없었으니까.

넷. 다섯. 여섯.

포트빌슈키 부인: 때때로 나는 아몬드 케이크 반죽에 자두 씨앗 속을 넣곤 했어. 자두 씨앗은 견과류처럼 씹어 먹을 수 있으니까.

일곱. 여덟. 아홉.

기제케 부인: 주말 노동시간에 항상 아이들이 날 도와서 구겨진 종이를 덤불에서 꺼내는 일을 했지.

휴게실은 말하지 않은 이야기들로 가득하다.

열.

호프만 부인이 아흔 살 생일 바로 다음 날에 죽게 되는 그 주에도, 시간은 젤리의 시간이고, 질기게, 흘러가려 하지 않아서, 죽여버려야만 하며, 소모되고 허비되면서, 길게 늘어진다. 목요일, 금요일은 무엇인가? 오후가 되자 그가 왔고, 그 또는 그녀가 와서 호프만 부인의 손을 잡고, 왜? 호프만 부인의 앙상한 어깨를 잡고 말했다. 고개 들어! 또는 아무도 오지 않았던 것일까? 누군가 오는 날과 그녀가 하루 종일 혼자 앉아 있는 날이 하나로 응축되며, 시간은 젤리의 시간이 된다. 넌 누구야? 이제 삶의 창고는 남김없이 먹어치워 모두 텅텅 비고, 가장 밑바닥에 깔린 찌꺼기가 있을 뿐이다. 이제 철의 비축분이 나타날 차례다.

한 번은 오른쪽, 한 번은 왼쪽. 강사가 그녀를 돕는다.

나는 정말 끔찍하게 못 해.

아니에요, 아주 잘 하시는데, 호프만 부인.

이런 일을 어떻게 하는 건지, 정말 모르겠어.

바늘을 여기에 집어넣은 다음 실을 당기세요.

오, 그런 거로군.

참 잘 했어요, 호프만 부인.

난 말이지, 난, 그 뭐지, 난 백일몽에 잠겨 있는 게 아니야. 그런 건 아니고, 좀 다른 것, 그래, 두려움이야.

철의 비축분, 두려움.

또다시 잘못을 저지르게 되는 두려움.

낮에 대한 두려움, 밤에 대한 두려움, 뇌우에 대한 두려움, 자신을 찾아오는 낯선 이에 대한 두려움. 음식에 섞인 독약에 대한 두려움, 겉으론 친절하지만 속셈은 자신의 금팔찌를 노리고 있는 간호사들에 대한 두려움, 자신이 앉아 있는 휠체어를 누가, 어디로 밀고 가는지 알 수 없는 두려움. 의사에 대한 두려움, 고통에 대한 두려움, 자신을 이곳에 데려다놓은 아들에 대한 두려움, 삶에 대한 두려움과 죽음에 대한 두려움, 아직 살아내야만 하는 남은 시간에 대한 두려움.

하지만 호프만 부인, 두려워할 필요는 없답니다.

뭔가 잘못하고 있다는 두려움이 너무 커서, 나는 늘 뭔가 잘못을 저지를 수밖에 없어.

하지만, 이미 한 줄 전체를 완벽하게 짰는데요, 호프만 부인.

아니, 아니, 난 항상 뭔가가 틀어져. 그걸 잘 알지만 바꿀 수가 없어.

잘 보세요, 이제 전체를 뒤집어서, 처음부터 다시 시작하면 되는 거예요.

정말 그게 맞나?

그럼요. 이보다 더 맞는 방법은 없어요.

계속 그럴까?

물론이지요, 안될 이유가 없잖아요?

약 80년 전에, 빈의 한 공예담당 여교사가 어느 학생의 작품을 허접하고 조잡하다고 평했다. 아마도 그런 이유로 그 학생은 이처럼 긴 생애를 살게 되었는지도 모른다. 증오스러운 빈 공예담당 여교사의 한마디 말을 지금에 와서 다른 공예담당 여교사의 한마디 말로 마침내 취소시키고 땅에 파묻어버릴 수 있기 위하여. 아마도 그런 이유로 그 학생은 이처럼 긴 시간 세상에 머물러 있었는지도 모른다. 예를 들면 그녀 안에서 그 두 말이 서로서로 결투를 벌여 그중 나쁜 쪽이 나가떨어질 수 있도록. 세상 어딘가에서 한 번이라도 말해진 것들, 말해질 것들이 모두 모여 생명의 총체를 형성하는 것은 아닐까? 어떨 때는 이 방향으로, 다른 때는 저 방향으로 튀어나오며 자라지만, 종국에는 균형을 이루기 마련인 총체를.

한 번은 오른쪽, 한 번은 왼쪽.

맞아.

이제 뒤집어서 처음부터 다시 시작하면 되는 거지.

이것이 예술의 총체인가?

이것이 예술의 총체다.

3

한 남자가 빈의 카페 뮤제움에서 물 한 잔을 앞에 놓고 앉아, 빈에서 어린 시절을 보낸 어머니에게 뭘 가져다주면 기뻐할까 궁리 중이다. 청동으로 만든 작은 슈테판 대성당 모형을 사갈까 자허호텔에서 자허 토르트를 사갈까, 아니면 그냥 어머니가 과거에 살던 동네에서 가까운 아렌베르크 광장의 나뭇가지를 꺾어다줄까? 그는 어머니가 한때 아이였다는 사실을 좀처럼 상상할 수 없다. 일 년 반 전, 어머니를 시설에 데려가기 위해서 그가 어머니의 집으로 가자, 이미 모자와 외투 차림으로 현관에 앉아 그를 기다리고 있던 어머니는, 자신을 행군 준비를 마친 오스트리아 - 헝가리 제국의 소령으로 소개했다. 그녀 옆에는 검푸른색 작은 가방이 놓여 있고, 무릎에는 금색 단추가 든 작은 상자를 안고 있었다. 그 상자는 그에게도 눈에 익었다. 우파에 살 때 그는 러시아인 시터에게 상자 속 단추를 주고, 2킬로그램 또는 3킬로그램의 공기를 살 수 있었고, 어머니를 기다리다가 지루해지면 단추를 반들반들하게 닦아서 거기 새겨진 머리가 둘 달린 독수리를 관찰하곤 했다. 그런데 이곳 빈에는 그 독수리가 호프부르크 왕궁에서 양 날개를 펼치고 있을 뿐 아니라, 도시 어디를 가더라도 오른쪽을 보나 왼쪽을 보나 항상 눈에 들어오곤 한다. 철제 난간, 분수, 건물 입구, 심지어는 방금 전에 남자가 담배를 샀던 가게 간판까지도. 황제가 죽은 지 이미 3/4세기, 즉 75년이 지났는데도 이곳에는 머리 둘 달린 독수리가 마치 도시를 하나로 합치려는 모양으로 사방에서 날개를 펼치고 있다.

빈에서 시간은 정말로 천천히 흐르는가?

아니면 전혀 흐르지 않는가?

독일의 동쪽 지역에서 건립된 국가는 40년 동안 국가로 있었고, 40년 동안 일상이었으며, 새로운 건설, 학생들, 사회주의가 승리하고, 그들은 자리를 잡으며, 노동자 영웅, 10페니히 전차표, 나는 청원서를 쓸 테니, 카를마르크스대로 모퉁이의 안드레아스 거리, 5월 1일 집결지의 생필품 상점으로 얼른 달려가 아이스크림을 하나 사오렴, 베르더에서 체리 따기, 에른스트 부쉬는 농민전쟁을 노래하고, 엘리베이터는 자꾸만 운행을 멈추며, 사회주의 형제국, 그러다가 어느 날, 이 삶의 한평생이 흘러간 다음, 일상과 국가는 붕괴되어 사라졌으며, 땅바닥에 짓밟히고, 지도에서 제거되고, 무너져 내리고, 인민에게 소탕되었다. 그러나 빈에는, 예전부터 늘 거기 있던 것들이 계속해서 존속하는 것처럼 보인다. 전쟁의 막바지에는 빈에도 폭탄이 떨어졌다고 어머니는 말하곤 했지만, 그는 좀처럼 상상할 수가 없다. 이곳에서 그가 본 웅장한 건물들은 모두 아무런 피해의 흔적도 없었던 것이다.

국경 개방 이후 자주 프랑크푸르트 암 마인을, 런던을, 트리에스터를 방문했고, 한번은 아내와 아이들과 함께 자유의 여신상을 보러 뉴욕까지 간 적도 있지만, 남자의 마음속에서 도시 빈은 여전히 *서방외국*이고, 카페 뮤제움의 커피 냄새는, 남자 자신이 원하든 원하지 않든, 그의 첫 번째 여자 친구가 서독의 친척에게서 받은 소포를 기억나게 만든다. 그는 현 시대를 승자의 시대라고 부를 수밖에 없으며, 이른바 근대성의 우월함의 근거가, 지금으로부터 150년 전부터 있어왔다는 단지 그 이유뿐이라는 사실이 이상하기만 하다. 좋든 싫든 그는, 이곳 사람들이 빠른 자동차를 타는 데 익숙하며, 세금 신고가 무엇인지 알고 있으며, 아침식사 음료로 웨이터에게 프로세코 포도주를 주문할 때 조금도 망설이지 않는 것을 보게 된다. 이들은 벌써 식당으로 들어서면서 문을 닫는 모습에서, 세계 어디를 가더라도 자신이 있는 곳이 진짜 세계임을 당당하게 확신할 거라는 인상을 준다. 지금은 남자도 그런 진짜 세계에 있고, 지갑에는 진짜 돈이 있지만, 그럼에도 그는 '서방의 돈'을 절약하기 위해 물 한 잔을 시켰다.

우리는 밖에서 기다립니다.

정육점, 레스토랑, 수영장 등에서 개의 입장을 금지하는 이 안내판은, 서독과 마찬가지로 동독에도 있었고, 아마도 세계 어디나 동일하게 통용될 것이다. 과거에 그를 서구 세계에서 분리했던 경계는 이미 오래전에 다 무너진 듯이 보이지만, 그것은 완전히 사라지는 대신 그의 내면으로 스며들어와, 과거의 그를 앞으로 되어야 하고 될 수 있는 그에게서 분리시킨다. 인간이 무엇으로 인간을 알아보는지, 난 잘 모르겠다. 마지막으로 찾아갔을 때 어머니는 그렇게 말했다. 그는 싫든 좋든, 아침식사를 하면서 프로세코를 마시지 않을 것이다. 그리고 다른 사람들이 그의 눈빛, 머리 모양, 뺨에서, 그가 응당히, 마침내 때가 되어, 다행스럽게도 드디어 몰락한 나라에서 왔음을 알아본다 해도, 조금도 개의치 않는다. 말도 안 되는 인민소유 기업이 있던 나라, 5월 1일이면 붉은 카네이션을 단추 구멍에 꽂고, 조작된 선거, 스페인 내전 참전 기념으로 바스크 모자를 쓴 노인들, 변증법을 필수 교과로 가진 나라.

인간, 그 얼마나 자랑스러운 이름인가.

아침 6시에 야간열차에서 내린 그는 역에서 마분지를 깔고 잠든 사람들을 보았다. 지난 40년간 그는 도대체 어떤 세계에서 살았던 것일까? 그 세계는 지금 어디로 갔는가? 이제 앞으로 남은 생애에 그는 개의 심장을 갖게 되는 것일까?

얼마 후 그는 카페를 나와 오후의 약속 시간이 되기 전에 잠시 어슬렁거리며 돌아다닌다. 나슈 마르크트에서는 말고기, 허브, 사과와 꽃을 판다. 그는 장터를 한 바퀴 구경한 다음 오른쪽 빈 차일레 거리로 건너간다. 그곳의 포르노 극장에 가기에는 시간이 너무 이르고, 그는 아무것도 원하지 않기를 원하면서, 무작정 어느 골목길을 향해, 아무 생각 없이 오른편으로 꺾어, 계속해서 걷는다. 전차 선로가 나타나고, 여름날처럼 석회와 먼지 냄새를 풍기는 건물 입구, 그는 지저분한 유리창이 늘어선 거리를 따라 계속해서 걷는다. 빈에서 외국인이 봐야 하는 것들을 보지 않아도 되어서 그는 기쁘다. 그는 이처럼 일상의 풍경 속을 걷기를 좋아한다. 아주 오래전, 천사가 건물 입구를 지키고 있던 자리는 이제 저층 아파트가 아니고 그 대신 현대식 5층 호텔이 서 있다. 사실 그의 증조할머니가 살았던 건물은 전쟁이 끝나기 직전인 1945년 3월에 떨어진 몇 안 되는 폭탄에 맞아서 무너져버렸다. 그러나 그때 증조할머니는 이미 죽은 지 4년도 넘었고 할머니의 아파트는 오래전에 말끔히 치워져서 다른 입주자에게 넘어갔다. 그러나 남자는 자신의 증조할머니를 모르고, 할머니가 살았던 집도 알지 못한다. 호텔의 회전문이 열리면서 관광객 그룹이 보도로 쏟아져 나오자 그는 몸을 피한다.

남자에게 빈은, 그 어떤 이야기도 스며 있지 않다. 한때 빈에 살았던 여인의 후손인 그에게 빈이 아무런 의미가 없는 도시가 되기까지, 한 세대도 걸리지 않았다. 고향과 근원이 서로 일치하지 않기까지, 한 세대도 걸리지 않았다. 그는 자유롭다. 이중으로 자유롭다. 그의 내면에는 어머니가 말해주지 않은, 어머니가 침묵한 이야기들이 광대한 검은 땅으로 자리 잡고 있으며, 어쩌면 어머니 자신도 알지 못했을 이야기들도 그와 함께 살아가는 것이다. 그는 그 이야기들을 버릴 수 없고, 심지어는 잃어버릴 수도 없다. 어머니의 몸에서 빠져나올 때부터 이미 그는 내부에 자신에게 속하지 않는 공간, 이야기들이 깊이 파묻힌 공간을 지니고 있었기 때문이다.

그는 자신의 내부를 들여다볼 수 없다. 그의 아버지는 거의 40년 전에 베를린에서 3주를 보냈지만, 그는 아무것도 몰랐다. 어떻게 알겠는가? 그의 아버지는 이후에 보르쿠타에서 영원만큼 긴 세월을 보내다가, 12년 전 거기서 죽었지만, 아들은 이런 사실을 전혀 모른다. 아들은 세계 어디든 자신이 원하는 곳을, 예를 들어 베를린을, 집으로 삼을 수 있다. 자신이 어떤 질문을 해야 하는지, 그것도 구체적으로 누구에게 해야 하는지 그가 알았더라면, 빈 유대인 공동체의 관계자는 분명 이런저런 명단을 뒤져 알려주었으리라, 그의 증조할머니는 1941년 2월의 첫 번째 수송 작전 때 루블린 지방의 오폴레로 실려 갔다고, 그의 할머니는 빈 안에서 여섯 번을 옮겨 다닌 끝에 1942년 7월에 민스크를 거쳐 말리 트로스티네츠로 보내졌고, 그의 이모는 오랫동안 친구 집에 숨어 있다가, 1944년에 아우슈비츠로 보내졌다고. 하지만 남자에게 빈은, 세상의 여느 대도시와 마찬가지로 먼지투성이 장소일 뿐이다. 케텐브뤽켄가세, 마리아힐퍼 거리, 지벤슈테른가세, 몬트샤인가세. 그곳, 그의 어머니라면 *더 다른 쪽이라고* 말했을 곳에, 중고품 가게가 있다. 누가 알겠는가, 그가 여기서 뭔가 사갈 만한 물건을 발견할 수 있을지.

현관 바로 옆 선반에 있는 작은 괘종시계는 맑고 텅 빈 소리로 10시를 치지만, 적어도 남자가 아는 한 지금은 최소한 11시 반은 되었다. 그는 탁자와 장롱, 격자공예품 의자, 등받이 없는 의자, 온갖 장신구와 은식기가 가득 들어 있는 유리 상자를 본다. 천장에는 램프가 여러 개 매달려 있으며 벽에는 유화와 거울, 미니어처 장식장, 기압계, 십자가상이 걸려 있고, 선반에는 촛대, 접시, 책과 유리잔이 놓였으며, 탁자 아래에는 나무 상자와 패브릭 제품이 담긴 바구니가 있다. 모든 것이 촘촘하게 서로서로 박혀 있고, 각 물체는 자신의 그림자를 다른 물체 위로 드리우며, 그래서 실내는 이 환한 5월 한낮에도 어슴푸레한 자신의 음영에 잠긴 상태. 처음에 그는 판매하는 사람을 발견하지 못하고, 그에게 인사를 건네는 이 역시 아무도 없다. 눈이 흐릿한 어둠에 익숙해진 다음에야, 그는 상점 뒤편 안락의자에 앉아 책을 읽고 있는 한 남자를 발견한다.

무엇이 어머니를 기쁘게 할 수 있을까? 어머니는 양로원으로 들어갈 때 우즈베키스탄의 태양이 그려진 노란 벽걸이, 안에 무엇이 들었는지 알 수 없는 검푸른색 작은 가방 그리고 금색 단추가 든 상자 말고는 아무것도 가져가지 않았다. 놀랄 만큼 온전한 괴테 전집 결정판은, 정말이지 그가 갖고 싶은 물건이다. 게다가 이곳은 정식 골동품점처럼 비싸지 않을 것이 분명했다. 그는 무작위로, 책등에 살짝 상처가 난 제9권을 뽑아서 몇 장 넘겨본다.

영원히 안녕.

그는 책을 다시 제자리에 꽂아둔다. 괴테 전집 전체를 무슨 수로 기차를 타고 베를린까지 들고 간단 말인가. 자수정이 달린 브로치 정도라면 좋겠지, 아니면 빈의 문장이 새겨진 은 스푼도 괜찮을 거야. 하지만 그는 상점 주인에게 유리 상자를 열어달라고 부탁하고 싶지는 않다. 그러다 마이센 수프 접시에 기대놓은 미니어처 그림을 발견한다. 프로이센의 빌헬름 2세와 프란츠 요제프 황제를 동맹 관계로 나타낸 그림에는, *변함없는 충성,* 이라는 글귀가 새겨졌다. 그의 어머니는 빈에서 시작했다가 우여곡절 끝에 결국 프러시아로 오게 되었으므로 적절한 선물 같다는 생각이 든다. 정치적인 의미야 어차피 한참 오래전의 일이기도 하니. 그는 선반에서 그림을 들고 와, 주인에게 가서 묻는다. 실례합니다, 이건 얼마인가요?

4

괴테 전집과 작은 괘종시계의 여주인이 모든 것을 남겨둔 채, 1941년 2월, 사촌의 팔에 의지하여 말츠가세의 유대 양로원, 동부로의 수송 작전 편의를 위한 1차 집결지인 시설에 들어갔을 때 그녀는 거의 여든 살이었다. 시계가 11시를 친다, 시계가 12시를 친다, *아침 바람이 그늘진 만 주위를 휘돌며 날갯짓 한다,* 그리고 사촌은 텅 빈 아파트로 돌아가, 바로 조금 전에 나이든 여인과 마지막으로 차를 함께 마셨던 식탁에 잠시 앉아 있다.

내 눈으로 암흑이 밀려들어 오는구나.

그리고 시계가 1시를 친다. 금속 헌납 때문에 나이든 여인은 이미 작년에 팔이 일곱 개 달린 샹들리에를 제출해야만 했다. 지금쯤 샹

들리에는 벌써 불에 녹아버렸으리라. 하지만 적어도 괴테 전집만은, 한 번에 서너 권씩, 20년 전에 사촌 자신이 수레에 싣고 이곳으로 운반해주었던 바로 그 가방에 넣는다. 그는 시계의 추를 떼어내고 시계를 베갯잇으로 포장하고 석탄 자루에 넣어 어깨에 멜 수 있도록 한다. 가방과 자루를 가지고 그는 이제 얼음처럼 냉랭해진 아파트를 떠난다. 양동이의 물에는 진작 엷은 얼음이 덮였다. 시계추를 떼서 재킷의 가슴 주머니에 넣지 않았다면 그는 자루와 부드러운 베갯잇 천을 통하여, 시계가 여전히, 마치 눈 아래서 들리는 것처럼 똑딱똑딱 소리를 내고 있다고 믿었으리라. 자신의 등 뒤에서 바늘이 계속해서 움직이고 있다고 맹세할 수도 있었으리라. 나이든 여인은 말츠가세로 출발하기 전에, 지난 50년 동안 매일 아침 해왔던 대로, 다시 한번 더 시계의 태엽을 감았다. 멈춘 시계를 등에 메고, 사촌은 2월의 맹추위를 뚫고 간다. 추는 그의 가슴 주머니에서 섬세한 고리를 내밀고, 태엽 감기용 열쇠는 바지 주머니에서 서서히 따뜻해진다. 사촌은 아렌베르크 광장 구역으로 접어들어, 초인종을 울리고, 누군가와 이야기를 하면서, 고개를 끄덕이고, 그다음 전차를 타고 마리아힐퍼 거리 117번지로 가서, 초인종을 울리고, 이야기하고, 고개를 끄덕이고, 그다음 린처 거리 439번지로 가서, 초인종을 울리고, 이야기하고, 하이드가세 4번지, 마지막으로 그는 II구역의 담프십거리 10/6 문 앞에 서서, 초인종을 울리고, 이야기하고, 그곳에서 마침내 자신의 짐을 벗게 된다.

이제는 한 여자에게, 그녀가 기억하고 싶지 않은 기억을 일깨워주는 유산이 되어버린 짐. 사물은 말없이 말하며, 여자는 자신이 무엇을 알고 싶지 않은지를 잘 안다. 그것은 영원히 너무 늦어버리는 어떤 순간이 있다는 사실이다. 마지막으로 사촌의 바지 주머니에서 나온 따뜻한 열쇠, 아, 그리고 또 시계추. 여자는 열쇠, 추, 가방, 석탄 자루를 받아서, 부분적으로만 그녀 소유인 방으로 가져간다. 방에는 낯선 사람들이 침대에 앉아 있고, 낯선 아이들이 테이블 아래에서 놀고, 낯선 사람들이 서로 다투고 있는데, 거기서 그녀는, 주변의 일들은 자신과 아무 상관없다는 듯, 자루에서 꺼낸 꾸러미를 풀어 시계를 탁자에 올리고 추를 단다. 그러자 시계는 금세 다시 똑딱거리기 시작하며, 그 팽팽한 스프링 속에 어머니의 삶이 여전히 숨어 있다. 그녀는 몇몇 아이들을 내보내고 시계 앞에 앉아, 이제 영원히 너무 늦어버리게 된 시간이 흘러가는 것을 지켜본다. 시간은 양털에 엉겨 붙는 가시풀 같아서, 있는 힘껏 잡아 뜯어 뒤로 던져버려야만 한다. 이제는 의미가 없게 된 분^{Minute}들이, 분침에 따라 서로서로 말끔하게 분리되면서 사라진다.

베갯잇에 싸인 시계가 든 석탄자루와 가방은, 이후로도 두 번 더 여자에 의해서 빈 거리를 이동한다. 이어진 관청의 지시에 따라 그녀는 담프십 거리에서 상 도나우 거리로 옮겨가야 했고, 3개월 뒤에는 상 도나우 거리에서 함머-푸르그슈탈-가세 3/12로 옮겨야 했기 때문이다. 이미 여자는 이런 이사가 매우 힘든 상태이기는 했으나, 그래도 두 번 다 괴테 전집과 시계를, 추방된 어머니의 마지막 두 가지 소유물을 들고 나른다. 그리고 이곳이든 저곳이든 도착하고 나면, 쌌던 시계를 풀고, 태엽을 감은 다음, 어머니가 늘 그랬듯이 열쇠를 곁에 놓아둔다. 아마도 이 유산에는 비밀스러운 내막이 깃들어 있을 듯하다. 동화에서 주인공이 큰 곤경에 처할 때 빗을 등 뒤로 던지면 거기서 갑자기 숲이 자라나는 것처럼.

그러나 1942년 8월 13일, 빈의 아스팡역에서 그녀가 민스크행 열차에 올라타는 그 순간까지, 숲은 자라나지 않는다. 함머-푸르그슈탈-가세 3/12의 유대인 집단숙소 인원이 출발하고, 게슈타포 유대인 물품 처리반이 재고조사를 하고 숙소를 완전히 비울 때까지 이틀 반이 걸린다. 그사이 작은 괘종시계는 멈추어버렸다. 태엽 감는 열쇠는 항상 그렇듯이 시계 곁에 놓여 있다. 하임 자피어Chaim Safir는 추가 보이는 작은 타원형 구멍 속으로 열쇠를 집어넣고, 시계를 세탁 바구니에 담는다. 바구니에는 이미 한 무더기의 접시, 도자기 꽃병, 여러 개의 유리잔, 크리스털 유리병이 운반을 기다리고 있다. 물건이 부서지지 않도록 하임 자피어는 물건 사이에 옷가지를 집어넣고, 바구니를 들어 아래층으로 운반한 다음 그슈반트너 씨에게 말한다. 이제는 가구 정도만 남았어요. 그슈반트너 씨는 그를 따라 올라가서 방을 둘러보며 검사하고, 옷장 문을 열어보고 침대 밑을 살피다, 조그만 발 받침대를 옆으로 밀치고, 손잡이를 잡고 가방 하나를 끌어낸다. 이 멍청이, 여기 보석이 잔뜩 남아 있잖아. 하임 자피어가 대답한다. 죄송해요, 가방을 못 봤네요. 그슈반트너 씨가 말한다. 엄청나게 무겁군. 가방은 처음에는 잘 열리지 않았으나 결국은 열린다. 넌 횡재했군 그래, 그슈반트너 씨가 하임 자피어에게 말한다. 전부 책이야. 그는 책등에 적힌 제목을 읽는다. 그것도 모조리 괴테로구먼. 그는 가방을 다시 닫는다. 사느냐 죽느냐, 그는 싱긋 웃으며 일어선다. 하임 자피어는 그슈반트너 씨를 쳐다보지 않은 채 고개만 끄덕인다. 그슈반트너 씨는 구두 끝으로 가방을 툭툭 차면서 말한다. 이것도 아래로 옮겨놔.

가방과 시계는 창고의 수많은 물건 틈에 끼어 주말을 보낸다. 월요일 아침 일찍 평가사가 와서 새로 들어온 물품들을 값어치에 따라 분류한다. 시계와 유리병이 든 바구니는 크룸바움가세 1층의 민간 판매자에게 보낸다. 가방이 너무 낡아 보였기 때문에 그는 아예 열어볼 생각도 하지 않고 이렇게 말한다. 이 가방도 같이. 크룸바움가세 1층 판매장은, 누군가 짐을 싸놓았지만 들고 가지 못한 이런 초라한 가방을, 개당 2마르크에 팔게 된다. 뭐가 들었는지 전혀 모르는 채로, 낭패 볼 수도 있지만, 순전히 운에 맡기고, 대충 감으로 골라잡아, 뜻밖의 결과에 놀라는 건 덤, 속 내용물을 전부 포함한 가격, 하지만 미리 열어보는 것은 허용되지 않는다. 신문에 새로 입고한 가구와 액세서리의 민간 판매 광고가 나타난다. 갓 결혼한 전시 신부는 판매장 입장권을 신청하면서, 자신의 월급 명세표도 동봉한다. 그녀는 충분히 가난하고, 신랑은 동부 전선에 있다. 그녀는 스스로 알아서 살림을 장만해야 한다. 입장권을 얻을 경우 그녀는 친구나 친척 등 동반자를 두 명 데려갈 수 있다. 입장권을 얻는다. 그녀는 어머니와 친구를 데려간다. 오, 여기 좀 봐, 이것 정말 괜찮다, 가격도 전혀 안 비싸고, 꽃병, 크리스털 유리병, 침대 시트 세트, 접시. 이 시계 좀 봐, 이 구멍으로 추가 들여다보여, 고장 난 시계일 거야, 아냐, 작동할 것 같은데, 뭐가 안에서 덜그럭거리네, 어머 안에 열쇠가 있군, 내가 열쇠를 꺼냈어, 조심해, 태엽을 감아보자, 세상에, 엄청나게 큰 접시 좀 봐, 아이들을 죽여서 먹는다더니, 그래서 그런가, 무슨 그런 말을, 접시는 정말로 예쁘네, 난 이 가방을 살래, 유난히 싼 가격이 붙어 있잖아, 좋죠, 그 안에 뭐가 들었을지 누가 알겠어요, 어휴 뭐가 이리 무겁지, 돌덩이라도 들어 있나, 아니면 보석이라도 들어 있으려나, 사기 전에 이 안을 살짝만 한번 봐도 되나요? 부인, 보면 가격이 올라갑니다. 알겠어요, 그렇다면야, 뭐 크게 손해볼 일이야 없겠지, 이 가방 살래, 엄청 놀라운 일이 벌어질지도 몰라. 하지만 일단 집에 가서 열어봐야지. 아니 왜요? 안에 뭐가 들었는지 나도 보고 싶은데. 아 왜 그렇게 참을성이 없어, 시계가 3시를 친다. 하지만 때는 9시 반이 조금 넘은 시각이다. 소리가 아주 좋네, 하지만 난 시계 치는 소리가 거슬려, 난 아닌데, 내가 시간을 제대로 맞출게, 시계가 참 예뻐, 나도, 시계로 뭘 할 건데? 시계야 누구나 하나는 있어야 되는 거잖아. 난 이 접시를 살래. 그 유대 접시를? 뭐 어때? 토요일에 세례를 주면 되지. 족발 요리를 담으면 좋을 거야.

2년 후 마침내 전쟁이 끝나고, 전시 신부에게는 딸이 생겼지만 남편은 러시아에서 전사했다. 괘종시계는 맑고 텅 빈 소리로, 평화시의 삶을 위해 매 시간을 알린다. 1시부터 12시까지, 1시부터 12시까지, 그리고 다음 날 또다시 1시부터 12시까지를 두 번 반복한다. 거리 청소부가 밖에서 집 입구를 빗자루로 치는 이른 아침에, 아이가 학교에 가고 여자가 사무실로 출근한 오전의 텅 빈 집에서, 커피와 케이크를 먹는 오후에, 저녁이면 깊은 잠 속으로, 달님이 떠오르니, 벨트를 풀어 의자 위로 걸쳐놓는 남자도 없이, 전쟁 과부가 머리를 푸는 밤에도. 1시에서 12시까지, 평화로운 아리안의 일생 내내.

전쟁 과부가 쉰 살이 될 무렵, 그녀의 어머니가 죽는다. 그녀는 이제 성인이 된 딸과 함께 어머니의 집 살림살이를 비우던 중, 지하실에서 괴테 전집을 발견한다. 그 옛날 엄청 놀라운 일의 정체, 운에 맡기고 골라잡은 물건은 지하실 냄새가 진동하지만 곰팡이가 피지는 않았다. 늘 가게의 어두운 구석에 앉아 책을 읽고 있는 이웃 골동품상은, 한 무더기의 쓰레기 같은 그 물건에 상당한 돈을 지불한다. 그 당시, 속 내용물까지 포함해서 겨우 2마르크였던 가방 안쪽에는, 갖가지 색의 헝겊을 덧대 놓았다. 그 헝겊들은 그녀가 쓸 데가 있으리라.

그 후로 20년 이상, 시계는 이 집, 빈의 어느 임의의 가정 실내에서, 맑고 텅 빈 소리로 매일 1시부터 12시까지, 다시 1시부터 12시까지, 하루하루가 저물어가는 시간을 알린다. 딸은 결혼하여 자신의 가정을 꾸렸고, 집을 방문한 손자들은 시계의 타원형 구멍 속에서 추가 단 한 번도 멈추지 않고 끊임없이 좌우로 움직이는 것을 홀려서 들여다보지만, 절대로 손으로 건드려서는 안 된다. 시계 몸체 내부는 한 번쯤 먼지를 닦아주어야 할 것 같다. 여자는 책을 읽으려면 돋보기가 필요하고, 걷기는 점점 힘들어진다. 딸은 거의 찾아오지 않는다. 하지만 어쩌겠는가. 이제 여자는 텔레비전 앞에서 잠이 들었다가, 한밤중에 시계가 12시를 치는 소리에 놀라 잠이 깰 때도 있다. 손자들은 너무 버릇이 없다. 여자는 아침식사로 늘 롤빵을 먹는다. 그녀는 살아가고, 살아간다. 항상 시계태엽을 감고, 항상 열쇠를 그 곁에 놓아둔다. 그리고 마침내, 시계가 여자의 마지막 시간을 치자, 여자는 아리안의 죽음을 평화롭게 맞는다.

그녀의 딸은 낡은 잡동사니를 좋아하지 않는다. 집이란 무조건 밝고 빈 공간이 많아야 한다. 살림살이라면 딸 자신도 충분히 갖고 있다. 세상에, 어머니는 도대체 왜 이런 것들을 쟁여놓고 살았을까. 안쪽에 천 조각을 덧댄 가방은 즉각 쓰레기통으로 향하고, 나머지 물건들은, 아 저기 옛날의 그 골동품상이 여전히 가게에 앉아서 책을 읽고 있군! 어쩌면 그가 이 괘종시계를 살지도 몰라, 진짜 할머니 시대의 물건이잖아, 게다가 열쇠도 온전하고, 매 시각을 알릴 때마다 소리는 얼마나 맑고 온화한지, 듣고 있으면 정말로 마음이 부풀어 오른다니까.

5

골동품상은 아주 잠시 책에서 눈을 떼고는, 280실링이라고 말한 다음 다시 책을 읽는다. 그리하여 남자는 어머니를 위한 선물로 빈의 미니어처 그림 *변함없는 충성*을 산다. 남자는 약간의 시간이 있어서 골동품 가게 안에 잠시 더 머물렀으나, 그것이 한 시간까지는 아니었으므로, 그가 들어설 때 잘못된 시간을 알린 작은 괘종시계의 소리를 두 번 다시 듣지는 못한다. 베를린으로 돌아가는 길에 그는 잠시 괴테 전집을 떠올린다. 이 야간 열차의 침상 하나가 통째로 비어 있으니 그걸 저기에 놓으면 되었으리라, 하지만 그래도 9권의 책 등은 상해 있었어, 게다가, 앞으로 남은 일생 동안 전집을 읽을 만한 시간이 과연 있을지, 아무도 장담할 수 없지 않은가. 그도 이제는 젊은이가 아닌 것이다.

6

토요일은 호프만 부인의 아흔 번째 생일이다. 밀너 부인과 슈뢰더 부인 사이 그녀의 자리에는 시설 기관장이 보낸 꽃다발과 샴페인이 한 병 놓여 있다. 그녀가 자리에 앉자, 아직 노래할 수 있는 사람들이, 레나테 간호사의 지휘에 따라 노래를 부른다.
당신이 태어나서 기쁜 날, 오늘은 당신의 새-앵-일이라네.
호프만 부인은 자신이 생일을 맞았다는 것을 알아차리고 모두에게 감사의 인사를 한다. 밀너 부인은 그녀에게 고개를 끄덕인다. 아니 어쩌면 그건 꿀 바른 토스트가 맛있다는 의미일지도 모르고, 슈뢰더 부인은 오직 커피를 흘리지 않고 마시는 데만 열중한다. 방으로 돌아가는 길에 레나테 간호사가 말한다. 오늘 아드님이 와서 부인과 소풍을 나갈 거예요, 그렇죠, 호프만 부인? 아휴 난 몰라. 호프만 부인이 대답한다. 그래도 아들이 오기 전에 머리를 빗고 겉옷에 묻은 잼 얼룩을 지우고 싶다. 하지만 혼자 힘으로는 팔 하나를 들어 자기 머리에 올리기도 힘겨운 것이 현실이다. 내 몸이 나에게는 너무 커, 하고 그녀는 레나테 간호사에게 말한다. 걱정마세요, 제가 예쁘게 꾸며 드릴게요, 레나테 간호사는 그녀의 손에서 빗을 받아들고 숱이 얼마 남지 않은 그녀의 회색 머리를 몇 번 빗어준다. 11시에 다시 와서 부인을 아래층으로 데려갈게요, 괜찮겠죠? 그래 그래, 호프만 부인이 대답한다. 그래 괜찮겠지.

그리고 그녀는 아들과 함께 어느 햇살 아래, 어느 푸른 하늘 아래, 초록의 싱그러운 대기 한가운데, 이 세계의 한가운데 앉아 있다.
네가 있어서 정말 좋구나, 그녀가 말한다.
어머니를 만나서 저도 좋아요.
내게 얼마나 큰 힘이 되는지, 넌 모를 거다. 네가 모르는 편이 좋

아. 더 많이 알면 좋지 않지.

아들은 침묵한다.

말해봐, 여행은 좋았니?

아들은 빈과 나쉬 마르크트, 카페 뮤제움 이야기를 해준다.

참 그립구나.

아들이 말한다. 어머니에게 선물을 가져왔어요.

예쁘구나, 그녀는 카이저 윌리엄 2세와 카이저 프란츠 요제프의 그림을 들여다본다.

몬트샤인가세의 가게에서 샀어요. 어머니가 아는 곳인지도 몰라요.

얘, 들어봐, 난 살고 싶단다. 하지만 이제 그럴 수가 없어. 내가 죽으면, 그냥 자리 하나가 비는 거야. 그리고 새로운 자리가 하나 찰 것이고.

사랑해요, 아들은 어머니의 손을 잡고 말한다.

정말? 참 좋구나, 그녀가 말한다.

아들의 크고 따뜻한 손 안에서 그녀의 손은 차갑고 뼈가 앙상하다.

나는 두려워. 그녀가 말한다. 모든 것이 사라질까봐, 흔적이 사라질까봐.

무슨 흔적이오? 아들이 묻는다.

난 모르겠어, 어디서 와서 어디로 가는지.

아들은 침묵한다.

아득하게 펼쳐진 하늘에는 구름 몇 점이 흘러간다. 높이 날아간 비행기 두 대가 남겨놓은 비행운이 서서히 하늘로 녹아들어가는 중이다. 문득 아들은 몇 년 전만 해도 이런 정적 한가운데서 간혹 귀를 찢는 폭음이 들려왔던 것을 기억한다. 군사 훈련을 하는 초음속 전부기가 음속 한계를 통과할 때 나는 폭음이다. 그러나 이제 친구라고 불리던 러시아인들은 오래전에 물러갔고, 국가인민군 훈련장도 어딘가로 이전되었다. 어쩌면 지금은 훈련 때문에 음속을 통과하는 일이 법으로 금지되었는지도 모른다. 지금은 고요하다. 하늘은 마치 사냥꾼과 채집인의 시대처럼, 거의 텅 비었다.

우리가 게임을 시도한다면 정말 이상한 게임이 될 거라는 생각이 들어. 어머니가 말한다.

장벽이 무너지기 4주 전, 어머니는 그녀 일생의 작품으로 1등 국가상을 받았다. 그녀는 상장과 작은 상자를 받기 위해 아들의 팔에 의지하여 앞으로 나갔다. 지금 그는 어머니와 함께 숲 가장자리 벤치에 앉아 있다. 그들의 등 뒤에서 잎사귀들이 술렁이고, 그들 앞에는 부드럽게 경사진 드넓은 들판이 펼쳐져 있다. 들판에는 아직 청록색인 곡식이 무릎 높이로 자랐다. 바람이 그 위를 스쳐갈 때마다, 들판은 마치 수면처럼 푸르게 출렁인다.

내게 하고 싶은 말은 단지, 이것이 네게 보내는, 정말로 정말로 다정한 작별 인사라는 거야. 어머니가 말한다.

오, 어머니. 그는 가만히 어머니의 등을 쓰다듬는다.

그녀가 말한다. 도래할 것에 대한 내 두려움은 틀리지 않아.

어머니의 생일을 맞아 어머니의 몇몇 친구가 오겠다고 했다. 그러나 그는 모두 거절했다. 그는 어머니가 부끄러웠던 걸까? 아니면 어머니가 친구들에게 예전 모습으로 기억되기를 바랐던 걸까? 그는 어머니를 위해서 그랬던 걸까, 아니면 친구들을 위해서, 또는 그 자신을 위해서?

그것은 위에서 아래로, 너를 향해 내려올 거야. 어느 쪽에서 오는지는 알지 못해. 나는 모르고, 너도 역시 모를 거야.

그래요, 나는 몰라요.

그가 지금처럼 모르는 것투성이였던 적은 한 번도 없었다.

그는 다만, 자신의 모름이, 그녀의 모름과는 완전히 다르다는 것을 알 뿐이다. 어머니의 모름은 깊은 강과 같았고, 그 강의 건너편은 그가 살고 있는 세계와는 완전히 다른 세계에 속해 있는 것이 틀림없다.

인간이 무엇으로 인간을 알아보는지, 난 잘 모르겠다.

누구에게 이 모든 걸 다 요청해야 할지 난 잘 모르겠다.

그들이 우리에게로 오는 건지 아니면 우리에게서 나오는 건지?

뭐가 올지 나는 잘 모르겠어.

나는 아무것도 몰라.

언제 크고 언제 작은지, 나는 모르겠어.

뭘 해야 하는지 모르겠어.

내 집이 어디였는지 모르겠어.

너무 많이 모르겠어.

무슨 일이 일어나고 있는지 모르겠어.

천천히 시작하고, 천천히 끝나버려. 어느 편이 더 좋은지, 나는 모르겠어.

가슴이 다시 뛰게 될지, 난 모르겠어.

나는 큰 차이를 모르겠어.

아무런 차이를 모르겠어.

나는 모르고, 나는 이해하지도 못하겠어.

나는 내가 무엇을 아는지를 알아. 하지만 그게 이름과 연결되지 않아.

모든 게 다 꾸며낸 이야기 같아.

그런 것 같아.

자신이 이주해온 이 나라에서, 한때 알았던 것을 모두 모르게 됨으로써, 어머니는 이제 그 어떤 어휘도 필요하지 않게 되는구나, 그는 이렇게 이해한다. 짧고, 명쾌하고, 예리한 한 순간, 그는 어머니와 함께 그곳에 도달하는 기분을 느낀다. 곡식이 자라는 들판은, 등 뒤에서 술렁거리는 나뭇잎들과 마찬가지로, 태초부터 거기에 있고, 고요는 오직 그의 기억 속에만 남아 있는 굉음의 부재로 팽배하며, 이 고요를 채운 기억은 지금 이 순간 땅 위를 지나는 인간들의 발걸음과 마찬가지로, 지금 이 순간 인간들의 몰락, 도약, 비굴, 그리고 잠과 마찬가지로 실제며, 또한 그 사이 말없이 땅속에 누워 있거나 흘러가는 모든 것과 마찬가지로 실제일 것이다. 샘, 뿌리, 망자들, 멀리서 들리는 뻐꾸기의 울음 역시, 그의 구두 밑에서 바스락거리는 돌멩이와 마찬가지로 실제며, 저녁의 서늘함과 나뭇잎 사이로 비쳐들어 그의 발 앞에 떨어지는 햇살, 어머니의 등을 쓰다듬으며 얇고 늙은 피부 속의 뼈, 이제 머지않아 앙상한 해골이 될 뼈를 느끼고 있는 그의 손과 마찬가지로 실제일 것이다. 짧고, 명쾌하고, 예리하게, 그는 일순간 들리는 것과 들리지 않는 것, 먼 것과 가까운 것, 내면의 것과 외면의 것, 죽은 것과 산 것이 동시에 존재하는 느낌을 알게 된다. 그 무엇도 다른 것 위에 있지 않으며 모두가 동시에 공존하는 이 순간은 영원할 것이다. 그러나 그는 중년의 남자, 아내와 두 자녀, 직업이 있기 때문에, 뭔가를 모를 때 백과사전을 뒤지거나 동료에게 물어볼 시간을 아직은 어느 정도는 더 갖고 있기 때문에, 이 말 없는 앎은, 그를 덮쳤을 때와 마찬가지로 불현듯 지나가버린다. 그는 어머니의 눈으로 다른 세상을 볼 수 없는데, 앞으로도 상당한 지상의 시간 동안 매우 결정적인 무엇이 부족할 것이기 때문이다. 그것은 바로 떠나감이다.

나는 꿈속에서 꿈을 꾸고 있었어.
그런데 갑자기, 더는 꿈이 아니었어.

7

그날 저녁 아들이 어머니를 방으로 데려다주었을 때, 부쉬비츠 부인은 이미 잠들어 있다. 어머니 침대의 협탁에는 깨끗하게 씻은 레모네이드 유리병이 놓여 있다. 유리병에는 붉은 찰흙으로 '90'이란 숫자를 만들어 붙였고, 90 주변에는 노란색 원을 두르고 원 바깥에는 초록색과 푸른색으로 소시지 모양의 햇살 무늬를 만들어놓았다. 병에는 장미 한 송이가 꽂혔고, 병에 기대놓은 생일 카드에는 이렇게 적혀 있다.

생일 축하합니다! 찬더와 그의 아내로부터.

찬더는 누구고 그의 아내는 또 누군가요? 아들이 묻자 어머니는 좋은 친구들이라고 대답한다. 아 그렇군요. 아들이 말한다. 아들은 떠나기 전에 미니어처 그림을 레모네이드 병에 기대놓는다.

변함없는 충성.

나는 말이야. 이제 서서히 시작해야겠다는 생각이 들어. 어머니가 말한다. 인생 최대의 짐에게 칭호를 붙여 말을 걸어보는 것 말이다.

괜찮으세요? 아들이 묻는다.

그럼 물론이지, 어머니가 말한다. 나는 한 세기를 때려눕혔어. 내 말은, 일순간은 그랬다는 거야.

간호사에게 어머니 옷 갈아입는 걸 돕고 침대에 뉘여 달라고 부탁할게요. 괜찮죠?

우리는 너무 슬프구나. 그게 무슨 의미일까. 어머니가 말한다.

그러면 난 이만 갈게요. 아들이 말한다.

그래그래, 그만 가보렴 아들아. 모자 쓰고.

북위 52.58867도, 동경 13.39529도.

아침 6시에 전화벨이 울리자, 아들은 틀림없이 자신에게 온 전화임을 확신한다. 안타깝게도 새벽 4시와 5시 사이에, 아들에게는 분명 슬픈 일이지만, 그래도 어머니에게는 어쩌면 다행스러울 수도 있고, 우리 모두는 신의 손 안에 있는 것이니.

아들은 그 후 일주일 동안 매일 새벽 4시 17분에 잠에서 깬다. 새들이 노래를 시작하기 직전, 위대한 침묵의 순간에. 그는 일생 처음으로, 깨어난 후에도 기억에 남아 있는 꿈을 꾸게 된다.

어머니가 흙 속에 살짝 묻혀 있고, 머리는 지표면 밖으로 나와 있다. 네가 바로 나와 함께 우파에 있던 그 사람이냐? 어머니가 묻는다. 네 맞아요. 아들은 대답하면서 10센티미터의 흙을 이불처럼 들어 올리고 어머니의 품에 자기 아이들의 사진을 찔러 넣는다.

그리고 그는 깨어난다. 사방은 고요하다. 곧 새들이 한꺼번에 노래하기 시작한다. 4시 17분이다.

수많은 아침을, 그는 이렇게 이른 시간에 자리에서 일어나게 된다. 오직 그 혼자에게만 속한 시간. 그는 부엌으로 가서, 그곳에서 일생 동안 한 번도 해보지 못한 방식으로 울 것이다. 콧물을 줄줄 흘리면서, 눈물을 꺽꺽 삼키면서, 인간이 슬픔을 발산하는 길은 정녕 이런 괴상한 소리와 부들거리는 경련밖에는 없는지, 그는 스스로에게 물을 것이다.

한 삶에서 다른 삶으로 번역되는 동안
인간은 어디에서 머무는가

• 배수아

모든 길은 무덤으로 통한다. 예니 에르펜베크의 소설 『모든 저녁이 저물 때』$^{Aller\ Tage\ Abend}$는 너무나 당연한 이 하나의 진리 위에서 출발하는 듯하다. 이 소설은 한 권이지만, 다섯 책으로 이루어진 다섯 인생에 관한 이야기다. 그렇다면 이것은 하나의 인생일까 아니면 모든 인생일까?

이름이 알려지지 않은 주인공은 1902년 갈리시아에서 유대인 어머니와 가톨릭교도 아버지 사이에서 출생했으며 생후 8개월 되던 무렵 유아돌연사로 최초의 죽음을 맞는다. 아기의 죽음으로 인해 젊은 부부의 결혼생활도 파탄나고 만다. 아버지는 아무에게도 알리지 않고 훌쩍 미국 이민 길에 오른다. 가족은 작별의 인사도 하지 못하고 잔인하게 헤어진다. 이제 더 이상 이들의 이야기는 이어지지 않을 것만 같다.

하지만 삶의 우연에 의해, 만약 젊은 어머니가 아기를 살려낸다면? 우연히 취한 응급조치가 마침 적절하여, 아기를 돌연한 죽음에서 구해내게 된다면? 그렇다면 삶은 계속되고 이야기는 이어진다. 제2권에서 젊은 여인으로 성장한 아기는 가족과 함께 제1차 세계대

전이 끝난 직후 빈곤과 암울, 게다가 스페인 독감까지 기승을 부리는 빈에서 살고 있다. 그녀는 이번에도 죽음을 맞는데, 그 죽음은 우연한 만남에 의해 기묘한 방식으로 선택하게 된 수동적 자살이다. 하지만 만약 그녀가 거리에서 우연한 만남을 피할 수만 있었다면 삶은 어떻게 달라졌을까? 그러면 그녀는, 제3권에서 이어지는 대로, 공산주의자가 되어 남편과 함께 모스크바로 이주했다가 스탈린 치하에서 체포의 위협을 받는 30대 여성 H.다. 그녀의 남편은 이미 체포되어 소식을 모른다. 그녀 역시 그 당시 흔하게 이루어진, 알파벳 순에 의한 무작정 체포의 희생자로 수용소에 끌려간 후 그곳에서의 혹독한 겨울을 이겨내지 못하고 죽는다. 빈에 남아 있던 그녀의 가족도 나치 유대인 학살의 희생자로 사라진다. 하지만 여성 H.동지가 우연히도 알파벳 체포를 피하게 된다면, 그러면 그녀는 처음에는 러시아어 시 번역가로 활동하고, 전쟁 중에는 라디오 모스크바의 독일어 방송을 위해 일하며, 전후에는 동독으로 돌아가 작가로 명성을 얻게 된다. 러시아 시인과의 하룻밤 사랑으로 얻은 아들도 있다. 그러다가 60세를 미처 채우지 못하고 계단에서 실족사한다. 이것이 제4권이다. 그러나 그녀가 아차 하는 바로 그 순간 마주칠 죽음을 우연히도 피해간다면? 그렇다면 그녀의 인생은 어떻게 진행될까? 마지막 권에서 그녀는 90세가 되고 독일은 통일된다. 그녀는 치매 노인을 위한 양로원에서 죽음을 맞는다. 그녀가 우연에 의해 삶으로 돌아오는 일은, 이제 일어나지 않는다. 소설에서는 "한 사람이 죽은 하루가 저문다고 해서, 세상의 모든 저녁이 저무는 것은 결코 아니"라고 말한다. 그런데 이제, '모든 저녁'이 저물었다.

   이 소설에는 다섯 번의 죽음이 등장하지만, 마지막 제5권을 제외

하고는 이야기의 끝이 아니다. 아주 사소한 우연과 무수한 가능성들의 무작위적 조합이 운명을 만든다면, 인생의 이야기를 한 가지로만 규정할 수는 없지 않을까 하는 질문이 깔려 있다. '나'라는 존재는 무수한 가능성 중의 한 가지 사건일 뿐이다. 그 가능성을 새로이 조합해보는 실험이 이 책에서는 '막간극'이라는 형태로 등장하여 소설의 구성을 더욱 독특하게 만든다. 소설은 허구라는 전제에서 출발하지만, 이 작품의 경우, 그 허구에 허구를 더한 '허구의 허구'에 해당한다. 이 사실은 주인공들이 전혀 이름을 갖지 않는 데서 오는 익명의 불특정성과 함께—거의 모든 등장인물이 그 또는 그녀로만 지칭된다—독자에게 모종의 '소설적 진실'에 대한 근본적인 회의를 던진다는 특징이 있다. 개인의 삶이 오직 우연이란 인자에 의해 결정된다면, 개인적 삶의 총체이기도 한 역사는, 그렇다면 무엇일까? 하는 물음과 더불어.

예니 에르펜베크는 1967년 동베를린에서 태어나 훔볼트대학에서 연극과 무대음악연출을 공부했다. 쇤베르크의 「기대」[Erwartung], 벨라 바르톡의 「푸른 수염 영주의 성」, 헨델의 「아시스와 갈라테아」, 모차르트의 「자이데」 등 많은 작품을 무대에 올려 오페라 연출가로 성공을 거두었으며, 1999년 처음으로 발표한 소설 『늙은 아이 이야기』 이후로는 많은 상과 호평을 받는 작가로 부상했다. 에르펜베크의 아버지는 물리학자이자 작가며 어머니는 아랍어 번역가다. 아버지 쪽 조부모 역시 동독의 작가 부부인 프리츠 에르펜베크[Fritz Erpenbeck, 1897-1975]와 헤다 친너[Hedda Zinner, 1905-94]다. 특히 헤다 친너는 1905년 갈리시아의 렘베르크 출신으로 베를린에서 독일 공산당에 입당한 후 작가이자 낭송배우로 활동하다가 1933년 빈과 프라하를 거쳐 소련으로 망명했다. 그곳에서는 라디오 모스크바에 방송극을 썼고, 종전 후 동베를린으로 돌아와 1994년에 사망할 때까지 작가로 활동했다. 헤다 친너의 이력에서 독자들은 이 작품 속 익명의 주인공인—작가가 끝내 퍼스트 네임을 밝히지 않은 것 때문에 더욱 강하게—H.동지, 즉 호프만 부인의 모습을 발견하게 된다. 또한 에르펜베크의 전작을 읽은 독자라면, 이 '호프만 부인'이 『그곳에 집이 있었을까』^{Heimsuchung}에 나오는, 말년에 이르러 이념과 체제에 회의하는 동독의 작가와 겹쳐진다는 느낌을 받았을 것이다. 이 소설은 이름 없는 '호프만 부인'의 인생에 투영된 20세기 유럽을 관통하는 이야기처럼 보인다. 에르펜베크는 전작 『그곳에 집이 있었을까』와 마찬가지로 이 소설에서도 개인의 삶으로 역사적 삶을 또는 역사적 삶으로 개인의 삶을 이야기하는 방식을 채택하고 있다. 에르펜베크의 최신작으로 많은 관심을 모은 장편소설 『가다, 갔다, 가버렸다』^{Gehen,} $^{ging,\ gegangen}$는 현대 유럽사회의 큰 화두인 난민 문제를 정면으로 다룬다. 작가로서 에르펜베크는 매우 내밀하고 독특한 개성적인 문체를 사용하면서 동시에 '우리 모두'를 아우르는 어떤 문제와의 접점을 놓치지 않는다는 인상을 받는다.

그러나 에르펜베크의 소설은 다큐멘터리적 글쓰기와는 거리가 멀고, 설명보다는 묘사의 미학이 주를 이루며, 즉흥적인 대사나 파편화된 장면이 예고 없이 등장해 독자들을 혼란스럽게 만드는 특징이 있다. 내가 겪은 간단한 일화를 소개하면, 예전에 동독 출신의 의사이자 예술 애호가인 사람이 내게 여러 명의 동독 출신 작가들을 추천했는데, 그중에 에르펜베크의 이름은 들어 있지 않았다. 내가 에르펜베크의 『그곳에 집이 있었을까』를 흥미롭게 읽었다고 하자 그는 카프카$^{Franz\ Kafka}$나 에르펜베크처럼 "머리로 만들어서 글을 쓰는" 작가들을 좋아하지 않는다고 했다. 나는 그의 의견에 동의하기 어려웠고, 그가 추천해준 리얼리즘 계열의 작가들은 내게 크게 흥미롭지 않았다.

제1권에서 독자들은, 19세기 말 오스트리아-헝가리 제국의 서부에 속했던 갈리시아 지방에서 일어난 포그롬^{pogrom*}의 한 장면을 보게 된다. 잘 알고 지내던 이웃들이 잔인한 폭도로 변해 한 유대인 상인의 집에 침입하여 남자 주인을 도끼로 난도질해 죽이는 장면 묘사에 대해서, 한 평론가는 "이 작품에서 보기 드물게 잘못 채택된 전술이다. 왜냐하면 이 부분의 지나친 노골성이 소설 전체의 정교한 스타일을 파괴해버리기 때문"이라고 밝히기도 했다. 이것은 역설적으로 그 장면이 독자들에게는 그만큼 충격적이란 의미로 받아들일 수도 있다. 유럽의 포그롬은 뿌리 깊은 역사를 지니고 있으며, 십자군 시대의 반유대주의 프로파간다에서부터 나치의 홀로코스트까지 많은 사례가 있다. 갈리시아 지방은 오스트리아-헝가리 제국에 속해 있었지만 자치권을 지니고 있었고 폴란드인이 다수를 이뤘다. 20세기 초 이 지역에서는 폴란드 민족주의에 가톨릭교회까지 가세해 반유대주의가 강해졌다.

이 소설은 그곳에 살았던 한 유대 가족의 이야기에서 시작된다. 끔찍한 사건으로 남편을 잃은 어머니는 당시 아기였던 딸에게 아버지의 부재 이유를 솔직히 알려주지 못한다. 대신 딸을 이교도인 가

---

* '말살'이란 의미의 러시아어에서 유래했다. 원래는 유럽과 러시아에서 일어난 유대인 박해를 가리켰으나 점차 그 의미가 확장되었다.

톨릭교도 남자와 결혼시킨다. 딸은 이유를 알 수 없는 아버지의 부재를 생각하며 평생 마음을 앓고 어머니는 자신의 딸을 '창녀'라고 부른다. 하지만 그것은, 자신의 딸이 아기일 때 죽었더라면, 그녀 자신의 것이 되었을지도 모르는 바로 그 단어이기도 하다. 창녀라고 불린 딸은 공산주의자가 되어 모스크바로 이주한 후, 어머니에게 편지를 써 보낸다.

아주 잘 지내요. 그리고 언제부턴가 딸은, 어떻게 지내는지 묻는 어머니의 편지에, 다음과 같은 대답 말고는 할 수가 없었다. 아주 잘 지내요. *아주 잘 지내요.*

이 소설은, 어머니에게서 딸로, 그리고 다시 그 딸로 이어지는 여성 서사다. 항상 '그녀'로만 지칭되는 여자 주인공은 어머니이자 딸이며 할머니다. 그녀들은 멀리 있는 그녀들에게 말한다. 자신은 잘 지낸다고, 아주 잘 지낸다고. "진실을 알지 못하는 자에게, 죽은 것과 아주 멀리 있는 것의 차이"가 무의미할 것이므로, "진실을 모르는 사람에게는 체포된 것이나 그냥 아주 멀리 떨어져서 사는 것이나 사실상 아무런 차이가 없기 때문"에, 그리고 "네 아버지는 하리코프에서 전사"했기 때문에.

에르펜베크는 역사 속에서 없거나 잊혀져간 목소리들, 여성, 유대인, 그리고 머나먼 변경 갈리시아와 동독을 서사의 중심으로 삼는다. 학살의 현장을 증언하는 괴테 전집은—그것이 학살의 증언인 것은 오직 어머니만이 알 뿐이다—어머니의 손에 들려 갈리시아에서 이주지인 빈으로 오게 되며, 어머니가 유대인 소개 정책에 의해 끌려간 후 마찬가지로 억류된 신분으로 유대인 공동 임시 숙소를 전전하는 딸의 손에 들어가지만, 그 책에 얽힌 역사를 전혀 모르는 딸 또한 "동쪽으로 소개"된 후로는 유대인이 남기고 간 이삿짐을 사들이는 빈 거주민에게 헐값에 팔아버리고, 그 거주민이 죽은 후에 고물상에게 넘어간다. (여기서 이삿짐을 사들인 빈의 거주민 역시 작은 여성 서사의 일부를 이룬다.) 딸의 후손은 통독 이후 빈으로 출장 온 길에 그것을 발견하지만, 그는 당연하게도 집안의 역사이기도 한 괴테 전집을 알아보지 못한다.

마지막으로 에르펜베크의 언어에 대해서 말하고 싶다. 그의 언어가 번역으로 충분히 전달되기는 힘들 거라고 예상하지만—두 언어의 근본적인 차이뿐만 아니라 옮긴이의 부족함까지 더해져서—사실 에르펜베크의 문학에서 가장 눈에 띄는 점은 그의 언어 자체라고 생각한다. 이 작품이나 『그곳에 집이 있었을까』를 읽은 독자라면 에르펜베크 언어가 주는 독특함과 큰 울림을 어느 정도는 느꼈으리라.

나는 어제 취리히 인근에 사는 스위스 작가 레토 헤니[Reto Hänny]를 방문했다. 헤니는 그 자리에서, 자신의 언어가 동아시아어로 어떻게 번역될 수 있는지 도저히 상상할 수 없다고 말했다. 표기 도구와 구조가 완전히 다르고 발음되는 소리조차 상상할 수 없는데다가, 사용자들을 하나의 공통된 집단의식으로 묶어주는 정신과 문화의 배경이 판이할 것이기 때문이다. 더군다나, 영어나 프랑스어 등의 유럽 언어와 달리 옮겨진 번역문을 작가 자신이 직접 확인할 수 없다는 점도 결정적으로 작용한다. 나는 종종, 아시아어를 잘 모르는 유럽인이 이런 생경함과 거리감을 문학과 언어를 통해서 유럽에 어느 정도는 친숙한 아시아인들보다도 더 크게 느낀다는 인상을 받곤 한다.

어떤 작가들은 자신의 문장이 과연 제대로 옮겨지는지 의구심과 불안감을 갖기도 한다. 번역에 관해서, 모든 번역가는 다르게 말할 수 있으며 그 어떤 말도 유일하게 올바를 수는 없다는 것이 내 의견이다. 나는 헤니에게, 번역가는 위험을 감수할 용기가 있어야 하고 내가 번역작업에서 중시하는 점 가운데 하나는 원본 텍스트에 내재한 음악과 리듬이라고 말했다.

에르펜베크의 문장은 대체로 간결하다. 그렇기에 더더욱 쉽지 않다. 화려한 수사나 복잡한 문장은 전혀 아니지만 그 형태는 때로 수수께끼 같으며, 가슴에 깊이 파고들어오는 정체 모를 강도가 있다. 하나의 목소리를 뚫고 다른 목소리가 속삭이면서 틈입하며 그것은 동시에 다른 목소리로 흘러가기도 한다. 이방의 선율이 화음을 이룬다. 설명하지 않으면서 스스로 만들어지는 문장이다. "한 마디 한 마디가 전부 중요하단 말인가?" 중요한 모티프마다 마치 작가가 독자에게 불현듯 던지는 질문처럼 불쑥 튀어나오는 이러한 문장, 이것은 말의 미학에 민감한 에르펜베크의 문학을 포괄하는 문장이기도 하지만 동시에 예측하기 어려운 불안의 시대를 거쳐온 주인공이 잘못된 어휘를 선택할지도 모른다는 위험에 대해 스스로에게 보내는 매우 구체적인 경고이기도 하다.

오래전, 한 사람이 하나의 말을 하고, 다른 사람은 또 다른 말을 하여, 말들이 공기를 움직였고 말들이 잉크를 사용해 종이에 적혀 서류철에 묶였다. 공기는 공기로 상쇄되고 잉크는 잉크로 상쇄되었다. 공기의 말과 잉크의 말이 실제 사물로 변화하는 그 경계를 인간이 볼 수 없다는 건 참으로 아쉽다. 밀가루 한 봉지, 반란의 무리로 변한 군중처럼 실제며, 1941년 겨울 구덩이 속으로 던져지는 H.동지의 뼈에서 나는 소리처럼 실제인 것. 그 소리는 마치 나무로 만든 도미노 패들을 상자 속에 한꺼번에 집어던지는 것처럼 들렸다. 기온이 충분히 낮으면, 한때 피와 살이었던 사물은 나무막대기 같은 소리를 내기 때문이다.

역사는 수많은 희생을 요구하며 개인의 삶을 휩쓸고 흘러간다. 세계의 가장자리에 있는 사람들의 목소리로, 그들의 말로, 그들의 죽음으로, 그들이자 에르펜베크의 언어로, 언어이자 실제인 것으로, 밀가루 한 봉지, 반란의 군중, 말, 언어, "한 마디 한 마디가 전부 중요하단 말인가?" 공기의 말과 잉크의 말로, "시가 한 언어에서 다른 언어로 번역되는 동안, 그 시는 어디에 머무는가?"라고 질문하는 독백으로. 그리고 말로. 그리고 문학으로.

2018년 7월
취리히에서

예니 에르펜베크 Jenny Erpenbeck, 1967-

21세기 독일어권의 대표적인 서사적 소설가 예니 에르펜베크는 독일 동베를린에서 태어났다. 훔볼트대학에서 연극학을 공부하고 한스 아이슬러 음악학교에서 오페라 연출을 공부했다. 하이너 뮐러, 루트 베르크하우스의 가르침을 받은 그는 베를린과 오스트리아의 오페라 하우스에서 많은 오페라 작품을 연출했다. 1999년 『늙은 아이 이야기』를 발표하고 독일 문단의 호평을 받으며 작가로 데뷔했다. 단편집 『탄트』(2001), 장편소설 『사전』(2004)과 『가다, 갔다, 가버렸다』(2015) 등 여러 작품을 발표했다. 잉게보르크 바하만 심사위원상, 예술가협회 문학상, 졸로투른 문학상, 하이미토 폰 도더러 문학상, 헤르타 쾨니히 문학상, 리테라투르 노르트 문학상 등을 수상했다. 현재 베를린에서 전업 작가와 연출가로 활동하고 있다.

옮긴이 배수아 裵琇亞, 1965-

소설가이자 번역가로 이화여대 화학과를 졸업했다. 1993년 『소설과사상』에 「천구백팔십팔년의 어두운 방」을 발표하며 작품활동을 시작했다. 2003년 『일요일 스키야키 식당』으로 한국일보문학상, 2004년 『독학자』로 동서문학상을 수상했다. 소설집으로 『어느 하루가 다르다면, 그것은 왜일까』『뱀과 물』『밀레나, 밀레나, 황홀한』등과 산문집 『처음 보는 유목민 여인』등이 있다. 옮긴 책으로 페르난두 페소아의 『불안의 서』, 프란츠 카프카의 『꿈』, 로베르트 발저의 『산책자』, 예니 에르펜베크의 『그곳에 집이 있었을까』등이 있다.

모든 저녁이 저물 때

지은이 예니 에르펜베크
옮긴이 배수아
펴낸이 김언호

펴낸곳 (주)도서출판 한길사
등록 1976년 12월 24일 제74호
주소 10881 경기도 파주시 광인사길 37
홈페이지 www.hangilsa.co.kr
전자우편 hangilsa@hangilsa.co.kr
전화 031-955-2000~3 팩스 031-955-2005

부사장 박관순 총괄이사 김서영 관리이사 곽명호
경영이사 김관영 편집주간 백은숙
편집 노유연 박홍민 배소현 임진영
관리 이주환 문주상 이희문 원선아 이진아 마케팅 이영은
디자인 창포 031-955-2097
인쇄 예림 제책 예림바인딩

제1판 제1쇄 2018년 7월 20일
제1판 제2쇄 2024년 11월 18일

값 17,000원
ISBN 978-89-356-7058-1 03850

• 잘못 만들어진 책은 구입하신 서점에서 바꿔드립니다.
• 이 도서의 국립중앙도서관 출판시도서목록(CIP)은 서지정보유통지원시스템
홈페이지(seoji.nl.go.kr)와
국가자료공동목록시스템(www.nl.go.kr/kolisnet)에서 이용하실 수 있습니다.
(CIP제어번호: CIP2018021492)
• 이 책은 독일문화원의 번역 지원금을 받았습니다.
(The translation of this work was supported by a grant from the Goethe-Institut
which is funded by the German Ministry of Foreign Affairs.)